④ 异火焚天地

天蚕土豆 著

浙江文艺出版社
Zhejiang Literature & Art Publishing House

图书在版编目（CIP）数据

斗破苍穹. 4 / 天蚕土豆著. -- 杭州：浙江文艺出版社，2025. 3. -- ISBN 978-7-5339-7807-5

Ⅰ. I247.5

中国国家版本馆CIP数据核字第2024WH6927号

策划统筹　许龙桃　周海鸣
责任编辑　柳聪颖
营销编辑　宋佳音
封面设计　嫁衣工舍
版式设计　吕翡翠
责任印制　吴春娟

斗破苍穹4

天蚕土豆　著

出版发行	浙江文艺出版社
地　　址	杭州市环城北路177号
邮　　编	310003
电　　话	0571-85176953（总编办）
	0571-85152727（市场部）
制　　版	浙江新华图文制作有限公司
印　　刷	浙江新华数码印务有限公司
开　　本	710毫米×1000毫米　1/16
字　　数	220千字
印　　张	15.5
插　　页	2
版　　次	2025年3月第1版
印　　次	2025年3月第1次印刷
书　　号	ISBN 978-7-5339-7807-5
定　　价	49.00元

版权所有　侵权必究

目录

001 第一章
沙漠巧遇

015 第二章
亲兄弟

030 第三章
兄弟间的比试

040 第四章
探测地形

054 第五章
岩浆世界

068 第六章
双头火灵蛇

082 第七章
青莲地心火

097 第八章
遭遇蛇人族

111 第九章
恐怖的阵容

121 第十章
神秘黑袍人

131	第十一章	美杜莎女王
146	第十二章	谈判失败
160	第十三章	七彩吞天蟒
173	第十四章	收服青莲地心火
183	第十五章	携宝而逃
198	第十六章	五蛇毒刹印
208	第十七章	开花结果
217	第十八章	吞噬异火
226	第十九章	异火锻体

第一章
沙漠巧遇

茫茫沙漠，沙子的金色是这里的唯一主色调。狂风携着沙子，席卷天地，风啸阵阵，不绝于耳。

在一处沙丘上，赤裸着上半身的萧炎，正紧皱眉头望着手中的地图。进入塔戈尔沙漠已经有十来天了，经过这十多天的行走，萧炎总算接近了地图上火焰标志的范围。可自从昨天进入这个范围之后，经过一整天的搜索，萧炎依然没有发现任何有关异火的痕迹。

"怎么没有？我们不会被那老家伙忽悠了吧？"萧炎扬了扬手中的羊皮地图，抬头望向悬浮在半空中的药老，苦笑道。

"这个……我也不知道，周围的地形和别的地方没什么区别，我感觉不到哪里有异动。"药老缓缓地降下身子，有些无奈地道。

"如果这地图没问题的话……那这里多半没有异火的痕迹吧……"萧炎摇了摇头。

"或许是吧。"

"唉……白白走了十多天的路。"萧炎狠狠地挥动着羊皮地图，郁闷地说道。

"呵呵，也不算白走吧，至少在这十多天的修炼中，你已经逐渐接近一星斗师的层次，只要再坚持修炼一段时间，突破到二星斗师应该是水到渠成的事。"药老笑着安慰道。

闻言，萧炎依旧有些不甘地撇了撇嘴，他指着地图上的火焰标志，沉吟道："再找找吧，毕竟这标志这么大，覆盖的范围可不小，我们又不熟悉这里的环境，自然要多花点时间来寻找，万一错过了……那不得后悔死？"

"嗯，这范围的确不小，那老家伙也真够懒的。唉，那便再找两天吧，两天之后，转去北边。这两边来回一折腾，没有一个月时间，是不可能结束的。"药老瞟了一眼那火焰标志，微微皱眉，旋即点了点头。

萧炎苦笑一声，再次叹了一口气，手掌习惯性地摸了摸背后巨大的玄重尺，然后抬脚向沙海中行去。

顶着烈日，萧炎满头大汗地又走了将近半个小时，就在他打算停下来歇息一会儿时，眉头忽然一挑，偏过头，望向不远处的沙丘。那里，一道人影正极其狼狈地逃窜着，那人在奔下沙丘时，一个不稳，顺着沙壁滚了下来。

萧炎微皱着眉头望着那一路滚下来，最后滚到自己面前不远处的人影，无奈地摇了摇头，他走上前去，从纳戒中取出一袋清水，倾倒在这个男子的脸上。

在水的刺激下，陷入昏迷的男子慢慢睁开双眼，他望着眼前的萧炎，先是一惊，在发现他没有恶意之后，才松了一口气。

萧炎淡淡地瞟了一眼男子，随意地从纳戒中取出两袋清水，丢在男子身旁，然后转身便走。

萧炎从不认为自己是个拥有菩萨心肠的大好人，在这沙漠之中遇见一个受伤的陌生人，给他一些水，便是他能提供的最大帮助了。他可没时间一路护持着将人送出沙漠。

"小兄弟……"瞧着转身走得丝毫不拖泥带水的萧炎，男子略微一怔，旋即声音嘶哑地喊道，"小兄弟，请留步，我们的佣兵队伍被蛇人袭击了，现在正陷入生死关头，还请小兄弟帮忙去石漠城求一下救兵！"

"抱歉，我没时间。"萧炎没有回头，扬了扬手，淡淡地道。

这不能怪他淡漠，这世界上每天都有无数的人在死去，难道都要自己去帮忙搬救兵吗？既然在塔戈尔大沙漠做佣兵，那就应该有可能会落得这种下场的觉悟。

"小兄弟！"

看着逐渐走远的萧炎，男子咬着牙蠕动了一下身子，竭尽全力地大喊道："小兄弟，还请帮帮忙，若是小队能够获救，我们漠铁佣兵团绝对会重金酬谢！"

男子的话音刚落，远处那快要消失在风沙中的少年却忽然停下了脚步，片刻后，少年转身回走，在男子狂喜的目光中来到他身边。

"漠铁佣兵团？石漠城的漠铁佣兵团？"萧炎眨了眨眼睛，漆黑的眸子中透着些许愕然。这么巧？

"是的……小兄弟听过我们的佣兵团？"见状，男子有些拿不准萧炎对漠铁佣兵团是恶意还是好意，不过在这种情况下，他只得硬着头皮问。

"你们团长的名字是？"

"萧鼎……萧厉……"男子舔了舔干枯的嘴唇，小心翼翼地道。

"哦……"萧炎微微点头，脸上的笑意柔和了许多，竟然蹲下身来，翻看了一下男子大腿上的伤势，然后丢给男子一枚药丸，"吃了吧，先把蛇毒解了。"

"多谢小兄弟了。"男子感激地说，然后赶忙接过药丸，将之吞进了肚内。

"这是疗伤药，自己敷点，应该没什么大事。敷好后，带我去你们佣兵小队那里吧。"萧炎从纳戒中取出一小瓶疗伤药，再次丢给男子，然后站起身来，拍了拍手，笑道。

"呃，去那里？"闻言，男子一惊，急忙道，"小兄弟，那可不行，围攻我们小队的蛇人可有八名，而且其中三位都是九星斗者啊！"

"小兄弟,你还是赶紧去石漠城帮我们通报一声吧,团长他们会立刻赶过来的,这里距离石漠城已经不远了!"男子苦苦相劝。

"别废话了,赶紧敷药然后带路,我会这么做自然有我的把握,不然等救兵过来,你的人就死光了。"萧炎一脚轻踢在男子的大腿上,翻了个白眼催促道。

听了萧炎这话,男子将信将疑地再度打量了前者一番:赤膊的少年,身穿一条短裤,带着一把古怪的黑尺……男子猜不透面前的少年究竟有何实力。

苦笑了一声,男子将疗伤药敷在大腿上,然后颤抖地站了起来,手指指向沙丘,道:"就在那边不远处。"

萧炎瞟了瞟沙丘,微微点了点头。他一把抓住男子的手臂,脚掌猛然一踏沙面,随着一声沉闷的爆炸声,沙面之上,竟然被震出了一个巨大的沙坑,而借助这股反推力,萧炎与男子猛然冲到了沙丘之上。

翻上沙丘,萧炎再次闪电般地掠了一段距离,最后在一处高耸的沙面上停了下来。他将手中那已经目瞪口呆的男子丢在地面,上前一步,望着出现在下方沙漠中的一堆人。

在下方的沙漠之中,十名佣兵正手持武器背对着背,八名样貌奇异的生物正将他们包围在其中。这些生物有着人头人身,不过双脚的部位竟然长着一条巨大的蛇尾,蛇尾甩掷间,发出咻咻的声响,让人有些心寒。

"这些就是塔戈尔大沙漠的蛇人吗?"萧炎的目光扫过这八名男性蛇人,惊叹了一声,真是大开眼界,这可是他第一次看见这种生物。

"小兄弟……大人,他们就是我们漠铁佣兵团的一支小队,本来我们是打算猎杀魔兽的,可没想到被这些家伙偷袭……"男子目光敬畏地扫过萧炎的背影,先前萧炎所展现出来的速度已经让他知道,面前这个年龄看似不大的少年,是一名深藏不露的强者。

"嗯。"萧炎微微点了点头,目光再次在那十名佣兵之中扫过。十名佣兵,八男二女。萧炎的视线在其中瞟了瞟,最后停留在一道窈窕的倩影上。

这名女子年龄看起来二十岁左右，俏脸颇为精致，不过那略微飞扬的浅眉，却隐隐地泛着一抹犹如沙漠中的小母豹子一般的桀骜。可以想象出，虽然这朵沙漠之花很漂亮，但是浑身长满了刺。

此女穿着颇为火辣，有好几个蛇人都对她垂涎三尺。

"杀了他们，留下女人！"

一名领头的蛇人，用有着三角形瞳孔的眼睛在女子身上扫过，声音阴寒嘶哑，透着几分邪恶之气。

听到首领下令，周围几名蛇人的脸上顿时涌起嗜血之意，嘴巴微张，猩红的蛇芯吐了出来。

"大家小心点，旦仔已经回去求救了，只要再坚持一会儿，我们就能得救了！"瞧见蛇人的举动，那名性感女子抿了抿红润的嘴唇，声音清冷地喝道。

闻言，周围的佣兵微微振奋了一点儿，不过那紧握着武器的手掌，依然满是汗水。他们这边的最高级别不过七星斗者左右，可对方却是好几名九星斗者啊，在这种差距下他们也不知道能不能撑到援兵到达。

"杀！"蛇人头领冷笑了一声，一挥手，周围虎视眈眈的蛇人顿时满脸狰狞地朝着中间的佣兵扑杀而去。

咻！

就在蛇人开始进攻之时，一道尖锐的破风声忽然在天空响起，一道黑影猛然划过天际，最后犹如一道黑色闪电，"轰"的一声重重地砸在了蛇人与佣兵之间。

黄沙逐渐飞散，一道手持巨大黑尺的单薄背影，缓缓地出现在所有人的视线之内。

突然出现的赤背少年让双方一惊，不过片刻后，佣兵这方便逐渐平静了下来。既然来者是人，那么他们相信此人至少不会帮着蛇人。

而那群蛇人望着萧炎这个不速之客，却大为恼怒。那名领头的蛇人，三角形的瞳孔阴冷地扫过萧炎，也不废话，手掌一挥，两名实力在五星斗者左右的蛇

人，便甩动着尾巴，满脸凶光地朝着萧炎冲杀而去。

抬了抬眼，萧炎轻轻嗅了嗅迎面扑来的淡淡腥风，微微皱了皱眉，然后手掌缓缓地握在玄重尺柄之上，脚掌轻轻抬起，然后猛然一踏，身形骤然间由极静转化成极动。一道人影犹如闪电一般，在众人的注视之下，快速地与两个蛇人交错而过。

嘭，嘭！

身形刚刚交错，萧炎便再次突兀地停住，而那两名满脸凶光的蛇人，则如遭重击，身形剧颤地贴着沙面飞了出去，口中的鲜血狂喷而出。

紧握着玄重尺柄的手掌微微松了松，萧炎舔了舔嘴唇，目光瞟了瞟那被玄重尺起码扇飞了几十米距离的两名蛇人。在这般重击之下，他们即使不死，也得落个重伤的下场。

嗒……

从萧炎与蛇人交错到蛇人吐血倒地，其间不过短短十来秒而已，只用了十来秒，胜负已分。

望着萧炎这雷霆般的一手，那十名佣兵微微张大了嘴巴，脸上充斥着惊愕。他们目光愕然地盯着少年的背影，很难想象，在这具单薄的身体之内，怎么能隐藏着那般恐怖的力量。

"这家伙……好暴力。"微张着红唇盯着那犹如拍苍蝇一般将两名蛇人拍飞的萧炎，那名性感女子忍不住失声喃喃道。

"嘿，雪岚，你们没事吧？"沙丘之上，那名男子满脸兴奋地拖着伤腿跑了下来，小心翼翼地绕开几名蛇人，来到佣兵之中，冲着女子笑道。

"旦仔……你不是回石漠城找救兵了吗？怎么还在这里？"望着男子，那位被称为雪岚的性感女人，柳眉微竖，呵斥道。

被女子呵斥了一顿，旦仔苦笑了一声，指着萧炎的背影道："喏，这不是救兵吗？"

"他?"闻言,雪岚一愣,目光回望向萧炎,皱眉谨慎地问道,"他不是我们漠铁佣兵团的人吧?你怎么请动人家的?他提了什么条件?"

"我也不认识他,先前凑巧遇见了他,本来想请他去石漠城帮忙通报一声……"说到这里,且仔有些尴尬,"刚开始他没有理我,可当我说出我是漠铁佣兵团的人后,他便忽然热情了起来,而且还给我解毒丸、疗伤药……"

"难道他与我们漠铁佣兵团有故?"雪岚的纤手轻轻掠过额前一缕沾染着香汗的青丝,不经意间流露出的风情,让不远处的一名蛇人目不转睛。

"可我从没听团长他们说过认识一名这般年龄的强者啊?看他先前出手的强度,恐怕至少也是一名八星以上的斗者吧?"雪岚微蹙着柳眉,疑惑道。

"我也不知道。"且仔苦笑着摇了摇头,道,"不过我想他应该没有恶意,不然,他又何必冒险来救我们?"

"唉……救不救得了还是问题啊,这次的蛇人里面可有三名九星斗者,就怕最后救人不成,反把他也搭了进来。"雪岚摇了摇头,有些担忧地道。

闻言,且仔一愣,讪讪地笑道:"我想……他应该能够应付吧,毕竟我和他说过蛇人的实力。他若是没有把握的话,怎么还会过来?"

"难道你想和我说,他是一名斗师?"雪岚甩了甩那一头略带卷度的青丝,无奈地道。

"这……"且仔张了张嘴,却没有说出话来,虽然他心中高看萧炎的实力,但是斗师……他的年龄应该不过二十岁吧?二十岁不到,就成为一名斗师?这怎么可能?

"唉,希望他有底牌吧……"苦笑着摇了摇头,且仔只得这样安慰道。

雪岚皱着柳眉沉思了一会儿,只得颓丧地摇了摇头,现在的状况只能寄托于面前的少年了,希望他能够有出人意料的表现吧。

见萧炎轻易击伤自己的两名属下,那名领头蛇人的三角眼瞳微微一缩,猩红的蛇芯轻轻地吐缩着,森然道:"人类,在塔戈尔沙漠中得罪我们蛇人,可不是

什么明智的选择！"

萧炎淡淡地笑了笑，斜握着玄重尺，没有搭话。

"奉劝你现在离开，我可以不计较你伤我手下的过错！"领头蛇人眼瞳中泛着阴寒，话语之中却透着一分忌惮与隐隐的阴毒，显然，先前萧炎的出手，也让他不敢小觑。

"抱歉。"萧炎笑了笑，微微摇了摇头，简单的两个字却带着无法商谈的语气。

"找死！"被萧炎拒绝，领头蛇人那略微生着一些细小蛇鳞的脸上顿时浮现一抹煞气，手掌一挥，阴冷地道，"一起上，杀了他！女人抓回去好好享受！"

唿！听着首领下令，周围的蛇人踌躇了一会儿之后，便吐着蛇芯，握着尖锐的蛇矛，朝着萧炎围攻而去。

"伤员原地待命，其他人跟我上！"瞧得蛇人竟然打算一起上，雪岚柳眉一竖，纤手一挥，冷喝道。

"不用了，你们就待在那里吧，免得碍手碍脚。"听得后面的动静，萧炎眉头微皱，无奈地偏过头，淡淡地道。

"你……"闻言，手持武器刚欲冲出来的雪岚脚步顿时停住，倒竖着柳眉。她还是第一次被人这般看不起，刚欲呵斥，却忽然想起面前的人可是他们唯一的救兵，当下只得愤愤地跺了跺脚，然后狠狠地瞪了萧炎一眼，纤手一动，抱起双臂，退后了一步，冷眼望着萧炎，心中嘀咕道："小小年纪，就知道逞强！"

然而，雪岚冷眼旁观的心情并没有持续多久，便震惊起来，当然，同样震惊的，还有她身后所有的佣兵。

在众人不远处，少年手持玄重尺站立着，略微沉寂之后，淡淡的紫色斗气纱衣，逐渐地笼罩了他的全身。在这斗气纱衣之外，袅袅紫色火焰翻腾而起，颇为奇异。

唿……望着少年身体之上的紫色能量纱衣，在场的所有人都猛吸了一口凉气。

"这……斗气纱衣？他竟然真的是一名斗师？"睁着美眸，雪岚盯着面前那道被包裹在紫色斗气之中的背影，一脸疑惑的样子。

"好变态的家伙，这点年纪竟然就晋升成了一名斗师，要知道，两位团长今年也不过是五星斗师啊。"旦仔张大了嘴，脸上的表情犹如见鬼一般，呆滞地喃喃道。

"难怪他一人便敢冲过来，原来竟然是一名斗师。"一名佣兵叹息了一声，苦笑道。声音中有些羡慕，也有些劫后余生的窃喜。

"这小家伙究竟是从哪个地方冒出来的啊？从没听说过附近的城市什么时候出了这么变态的一个少年啊！"雪岚皱着柳眉，轻声道。

"不知道……"周围的人都同时摇着头。

见状，雪岚也无奈地苦笑道："算了，不管他的来路了，反正看来我们今天似乎是幸运地得救了。"

在萧炎召唤出斗气纱衣时，对面冲杀而来的蛇人，明显也是一阵慌乱，看来他们也非常清楚能够召唤斗气纱衣代表着什么。

斗师！那是与斗者完全不同的阶别。若是没有变态的斗技或者功法做底牌，根本没人能完成这种越阶的挑战，而至于变态的斗技与功法，难道这些明显混得不太好的蛇人会拥有吗？所以，这将会是一场一面倒的战斗。

召唤出了斗气纱衣，萧炎轻呼了一口气，手掌紧握着玄重尺，望着对面那些惊慌起来的蛇人，嘴角泛起一抹冷笑，脚掌猛踏地面，随着一声爆炸巨响，萧炎身形贴着沙面，一掠而出。

嘭！闪电般地出现在一名九星斗者蛇人面前，萧炎眼神冷漠，手中的玄重尺夹杂着凶猛的劲气，猛地砸在对方胸膛之上。随着一声轻微的闷响，蛇人的眼瞳骤缩，然后吐了一口鲜血，同时，身体犹如炮弹一般倒射而出，最后落入一处沙丘之中。

电光石火之间，这名九星斗者连施展斗技的机会都未曾有过，便遭到了萧炎的致命攻击。由此可见，如今的萧炎，对付斗者已经简单到了何种地步。

眨眼间击杀了一名九星斗者蛇人，萧炎身形猛地一晃，再次来到另外几名实力仅仅四五星斗者的蛇人之间，手中的玄重尺此刻似乎变成了拍子，将那几名仓皇逃窜的蛇人，全部拍得吐血而飞。

望着那场中几乎是一人独自表演的萧炎，雪岚与众佣兵们皆是目瞪口呆。就算是一名斗师，那也不可能如此轻易地将对方击得溃不成军吧？无论如何，对方也有三名九星斗者啊，可这短短一个照面，对方便损失了一名九星斗者及其他好几名普通蛇人，这……

众人只得叹息着摇了摇头，这家伙的实力，似乎比普通斗师还要强上许多啊！

短短几回合，己方便损失这般惨重，那名领头的蛇人的三角眼瞳中顿时涌出一股嗜血的狰狞。他与另外一名九星斗者蛇人对视了一眼，脸上皆涌起一抹凶光，手中紧握着尖锐的蛇矛，蛇尾在沙面之上诡异地一扭，两人呈"八"字形，朝着萧炎怒攻而去。

看两人这般熟练的配合，明显是经过了长时间的训练。两杆蛇矛诡异探伸，在蛇矛之间，一抹淡淡的猩红色若隐若现，显然蛇矛被涂上了剧毒。

手中的玄重尺将最后一名蛇人拍飞，感受到身后急射而来的森寒劲气，萧炎的玄重尺突然后移，随着一阵叮当声响，两杆刁钻刺来的蛇矛被抵御下来。

噗！瞧着攻击被挡，两名蛇人几乎不约而同地猛然张嘴，两道腥臭的幽青气体，对着萧炎迅速喷射而去。

"小心蛇毒！"瞧见两名蛇人的举动，雪岚俏脸微变，急忙喊道。

雪岚的喊声刚落，萧炎体外的斗气纱衣便一阵急速涌动，迅速将萧炎的身体包裹住。凡是接触到紫火纱衣的青色毒气，全部被焚烧成一片虚无，逐渐升空消散。

萧炎脸色淡漠地抗下这波毒气攻击，脚掌猛然一踏，身形瞬间出现在那名领头蛇人面前，将手中的玄重尺迅速举起，然后狠狠地对着他的脑袋劈砸下去。

突然穿过毒气近身而来的萧炎，让领头蛇人脸色剧变。危急关头，那蛇人的蛇尾忽然一阵诡异地摆动，随着一阵奇异的声响，身体后退了几米，险险地避开了萧炎的致命攻击。

避开萧炎的攻击之后，领头蛇人依然觉得有些不保险，蛇尾急速摆动，身形快速地后退着。

然而后退刚刚持续了几秒，一阵怪异的吸力猛地自不远处的萧炎的掌心中喷涌而出。顿时，猝不及防的蛇人头领，便被吸拽再次朝着萧炎飞去。

萧炎抬眼望着那满脸恐惧地飞来的领头蛇人，发出一声冷笑，脚掌再次猛踏地面，身体犹如大鹏一般，急速拔高，然后掠至蛇人头顶，手中玄重尺轰然砸下。

嘭！一具躯体迅速坠落，砸进了黄沙之中。片刻后，黄沙坑洞也逐渐消失在流动的黄沙中。

首领死亡，最后一名九星斗者的蛇人脸上也涌起了一抹恐惧，嘴里发出几声尖锐的嘶鸣声，然后蛇尾一摆，身体快速地向着沙漠深处逃窜。

解决掉领头蛇人，萧炎身体凌空一翻，身体微旋，借助旋转的力量，将手中的玄重尺猛地脱手而出，对着那逃窜的蛇人直射而去。

扑哧……玄重尺闪电般地掠过天际，快速地追上蛇人，最后从其脖子处飞射而出。玄重尺带着殷红的血腥，插进黄沙之中，只留一个尺柄在外。

脚掌重重地踏上沙面，让沙面深陷了半尺。萧炎轻喘了一口气，缓缓地抽出脚，慢慢地行至玄重尺处，手掌握着尺柄，将之一把抽了出来。

用纱布将尺身上的鲜血擦净，萧炎将之随意地插在后背的尺套里，然后缓缓地走向已经石化的佣兵。

"喂，你们没事吧？"走得近了，萧炎站在那名美丽的女子面前，笑问道。

"没……没事。"美眸在萧炎身上扫过,雪岚倒并未因此有什么害羞的表情。在这沙漠之中,风气是较为开放的,而且她又经常混迹在佣兵堆之中,自然不像那些温婉小姐一般娇羞矜持,所以倒不至于羞红俏脸。

"你……"雪岚眨了眨眼睛,然后对着萧炎轻笑道,"不管你是出于什么目的相助,还是得对你说声谢谢,不然的话,我们的下场……我叫雪岚,是这支小队的队长,这支小队是漠铁佣兵团的一支分队。"

"萧炎。"萧炎笑着点了点头。

"萧炎?似乎有点儿熟悉,在哪儿听过?"听着这名字,雪岚微微皱了皱眉,在心中思虑了一会儿,却依然没有想出个头绪,只得无奈地摇了摇头。她抬头问萧炎:"你接下来打算去哪儿?如果有时间的话,我想请你去一趟石漠城。我们漠铁佣兵团恩怨分明,你帮了我们,这恩情我们会酬谢的!"

"石漠城距这里并不远,半个小时左右便能到达,应该不会拖延你的时间。"似乎是怕萧炎拒绝,雪岚连忙又补充道。

闻言,萧炎笑着点了点头,既然要去石漠城,自然要和两位多年不见的兄长见上一面。虽然最近几年他们因为事业繁忙,很少回到家族,但是年少时的兄弟感情,依然让萧炎对他们十分牵挂。在萧家,除了父亲与薰儿之外,便是两位兄长对他最照顾。

"不知道薰儿那妮子怎么样了,一年了啊。"记忆之中,那身着青衣的淡雅少女,忽然毫无预兆地浮现在萧炎脑海中,那温柔的一颦一笑,让萧炎心神颤动。

一年之中,苦修占据了萧炎大部分的时间,直到此刻思绪忽然开启,萧炎才体会到思念的滋味。

缓缓地吐了一口气,萧炎抬起脸,少女背负着小手,轻灵的身姿让萧炎心中猛地涌起一股想要立刻结束苦修,前去迦南学院的冲动。念头刚刚出现,萧炎便打了个寒战。他狠狠地摇了摇头,将之强行压在心底。那丫头的秘密实在太多,若是自己不努力提升实力,恐怕会在她面前自卑死。

出来历练了这么久，萧炎更明白了玄阶功法的可贵。要知道，当初薰儿可是随便一掏，就拿出了一卷玄阶高阶功法。由此，萧炎也更能感觉到她身份背景的神秘与庞大。

再有，薰儿的修炼速度，萧炎可是亲眼目睹过的。这一年时间，还不知道那妮子会蹦到什么级别去，说不定比自己还高。

"唉，不知道她在迦南学院过得怎样。不过以这妮子的容貌与气质，恐怕追求者不会少吧？以薰儿那什么都不在乎的淡然性子，应该没啥男子能让她动心吧？"萧炎摸了摸鼻子，咧嘴自恋地一笑。每次在想着这些问题时，他都会有些庆幸，庆幸自己当年在误打误撞之下，竟然莫名其妙地将这妮子的心给抓了过来。

"不过，小时候我只是想试试那斗气究竟是不是真的存在而已啊，那时候，哪懂什么温养脉络啊，不过为什么我一试竟然就试了好几年？难道我那时候就对薰儿动心了？怎么可能？"心中忽然钻出一些莫名其妙的问题，萧炎有些神经质地喃喃道。

雪岚偏头望着身旁突然沉默，并且脸色不断变幻的萧炎，不由得有些愕然，片刻后，才轻碰了碰他："喂？你没事吧？不会是中毒了吧？"

"啊？哦……呵呵，抱歉，分神了，我没事。"从回忆中清醒过来，萧炎一愣，望着周围那些正盯着自己的众人，充满歉意地摇了摇头。

"如果没问题的话，我们现在便启程回石漠城吧，怎么样？"雪岚偏头向萧炎询问道。

"呵呵，好。"萧炎笑着点了点头。

"费高，去将驼马车拉出来。"见到萧炎点头，雪岚转身对一名佣兵挥了挥手，吩咐道。

"好嘞。"那个佣兵笑着点了点头，然后飞快地蹿进不远处的沙丘，拉出一辆驼马马车来。马车拉过来后，萧炎才发现，在马车的车厢里有两头一阶魔兽的尸

体。看到其尚未变黏稠的鲜血，萧炎想它们应该是雪岚这支小队的猎物了。这种沙漠之中的马车体积并不大，因为已被魔兽尸体所占据，所以想要乘坐它，明显是不可能了。

"你先带着东西回石漠城吧，和团长他们汇报一下这里的事情。"雪岚对驾驭马车的佣兵挥了挥手，熟练地下着命令。

"嘿嘿，好，我相信团长他们会很高兴认识一位新朋友的。"佣兵对着萧炎和善地笑了笑，然后脚掌在驼马屁股上一踢，带着猎物，快速地朝着石漠城飞奔而去。

望着那快要消失在视线尽头的马车，萧炎笑了笑，随意地从纳戒中取出一套衣衫穿在身上，率先朝着马车行驶的方向快步走去。

看到萧炎动身，雪岚也赶忙催促着手下。

"队长，你觉不觉得萧炎似乎和两位团长……有点儿像啊？"盯着萧炎的背影，旦仔将东西装好，忽然出声问道。

"呃？"闻言，雪岚一愣，把目光转向萧炎的背影，片刻后，心头忽然猛地一动，轻声道，"我似乎听团长说过，他们有个弟弟吧？"

"呃……我也记得，就是那个，实力一直诡异地在斗者之下徘徊的小家伙吧？呵呵。"

"团长的弟弟……似乎……也叫……萧炎？"雪岚眨动着修长的睫毛，香舌舔了舔红唇，回想起事情的始末，片刻后，俏脸逐渐地被一片惊愕覆盖。

第二章
亲兄弟

　　在回石漠城的路上，为了确定萧炎的身份，雪岚也隐晦地询问了几次，不过每次都被萧炎含糊地挡了过去。对此，她也只得无奈地瞪对方几眼。

　　虽然萧炎并未亲口承认，但是雪岚仔仔细细地扫视了一遍这家伙的容貌之后，心中终于确定，面前这位斗师级别的少年，绝对是萧鼎与萧厉口中的那个修炼状态有些诡异的小弟——萧炎！

　　确认了萧炎的身份之后，雪岚看向萧炎的目光也少了一分戒备，多了几分柔和。

　　一路畅谈，那坐落在塔戈尔沙漠东部外围的一座巨大城市的轮廓，隐隐地出现在众人的视线之内。

　　望着不远处的石漠城，不仅雪岚等人长松了一口气，连萧炎的脸上也多出了几分笑意。沙漠中长达十来天的苦修与行走，实在是让他的精神颇为疲惫，如今能有一个歇息的地方，自然颇为兴奋。

　　在众人的欢呼声中，萧炎等人缓缓地来到城门口处，然后鱼贯而入。

　　沙漠之中的城市，与帝国内部的城市比较起来，多了几分朴实与厚重。或许是临近塔戈尔沙漠的缘故，这里的防御也比帝国内部要森严许多，城市中随处可见全副武装的士兵在巡逻。

　　萧炎跟着雪岚一行人，向着城南处行去。在转过几条街道之后，一个占地几乎能够与乌坦城的萧家大院相比的院落，出现在了视线之中。

　　在院落上方，一面旗帜随风摇摆，"漠铁佣兵团"几个大字绘于其上，隐隐地透露着一股铁血坚硬之气。

　　大院外，几名彪悍的大汉正手持武器笔直地站立着，他们用锐利的目光来回扫视着门外过往的路人。从他们身体上隐隐散发的血腥味道可知，他们是真正从刀口上打滚过来的铁血汉子，可不是那些在腰间佩把武器，便以为自己是佣兵的菜鸟能够相比的。

　　"在这石漠城中，我们漠铁佣兵团的实力排在前三。仅有一个沙之佣兵团能够超过我们，他们的团长是一名大斗师，所以沙之佣兵团的地位无可撼动。除了沙之佣兵团外，在这整个石漠城中，便只有暴风佣兵团能勉强与我们相匹敌。"朝着大院行去，雪岚对着一旁的萧炎微笑道，笑容中带有几分自傲。

　　萧炎微笑着点了点头，心中有些惊叹，短短几年时间，大哥与二哥便能在这人生地不熟的地方建立起一股不弱的势力，这实在是让他不得不佩服。他心中清楚，如果换作自己的话，是绝对不可能有这般成就的。

　　"大哥一向机智过人，即使是父亲也对他赞不绝口；二哥为人谨慎，处世圆滑，手段颇狠。他们联手，再加上出色的修炼天赋，实在是一对完美的搭档，难怪会有如此成就。"脑中回想起昔日父亲对两位兄长的赞扬，萧炎忍不住在心中笑道。

　　"雪岚，你们没事吧？听先前回来的人说，你们遇到蛇人的袭击了？"走进大院，一名大汉迎上前来，笑着问道。

　　"没事。"随意地摆了摆手，雪岚笑着问，"两位团长在吗？"

"嗯，都在。"大汉点了点头，目光从一旁的萧炎身上扫过，最后停留在他的脸上，忍不住笑道，"自从知道这位小兄弟的姓名之后，两位团长可是兴奋得有些坐不住啊。呵呵，很少见到一向自诩冷静稳重的团长这么高兴。"

萧炎听着，心中涌上一股暖流，他冲大汉和善地点了点头，然后跟着掩嘴轻笑的雪岚走进了院落。

跟在雪岚身后，穿过几条小道，一路走来，遇到不少漠铁佣兵团的团员。这些佣兵见到萧炎之后，脸上都浮现出一抹惊异之色，然后窃窃私语起来。

"呵呵，两位团长经常会提起你，看来先前我派回来报告的那家伙，已经把你来了的消息给宣传出去了。"望着周围佣兵的表情，雪岚偏头嫣然笑道。

萧炎苦笑了一声，点了点头，心想看来她已经猜出自己与两位团长的关系了。

萧炎跟着雪岚又穿过一条小道，一间宽敞的大厅出现在面前。站在大厅之外，萧炎听到里面传出来两个熟悉的男子的声音，鼻子忽然有些发酸。与家族之中的萧宁等人不同，在这个世界之中，萧鼎与萧厉可是真正与他有血缘关系的亲兄弟啊。不管萧炎性子如何淡然，见到血浓于水的至亲，他依然忍不住有些激动与失态。

萧炎深吸了一口气，对着一旁的雪岚抱歉地笑了笑，然后缓缓走进大门，刚欲推门而入，房门却"嘎吱"一声，被拉了开来。出现在面前的，是一张与萧炎有几分相似的年轻的面孔。

青年身穿一套佣兵服，挺拔的身子笔直有力，漆黑的眸子中透着慵懒与阴厉，脸上笑意盎然，只不过这分笑意之下，却隐隐地藏着几分犹如恶狼一般的凶狠。青年看似和善，不过明显是那种人不犯我，我不犯人，人若犯我，临死都要反咬一口的凶悍之人。

青年打开房门，望着忽然出现在面前的少年，微微一愣，旋即身体猛然僵硬，脸上那隐藏着凶狠的表情骤然间烟消云散，一股发自内心的灿烂温暖的笑

意，浮上青年的脸。

望着青年温暖的笑容，萧炎鼻尖微微发红，眼睛忍不住有些湿润。以前在家族之中，即使是在自己沦落为废物之后，面前的青年依然会小心翼翼地维护着自己仅剩的尊严，犹如那恶狼一般，将所有敢出言嘲讽自己的族人咬得遍体鳞伤，受罚后还不忘带着被家法伺候过的伤痕，笑眯眯地安慰着黯然颓丧的自己。

"二哥……"用手背抹了抹眼睛，萧炎盯着面前的青年，颤抖着声音喊道。

"呵呵，呵呵……小炎子，竟然真的找来了，哈哈。"青年咧嘴傻笑了几声，然后快步上前一步，狠狠地抱住萧炎，重重地拍了拍他的肩膀，心中同样满是激动与喜悦。

小炎子——小时候的亲昵称呼，萧炎微微笑了笑，手掌不着痕迹地将眼中的雾水擦拭而去，苦笑道："二哥，你想拍死我啊？"

"小家伙，不错啊……你那诡异的体质问题解决了？"萧厉笑着松开萧炎，手掌拍了拍他的肩膀，目光在他身上扫视了一圈，惊喜地道。

"嗯。"萧炎微笑着点了点头。

"走，先进去看看大哥吧，他可一直等着你呢。"说着，萧厉一把抓过萧炎，也来不及和一旁的雪岚打招呼，转身就冲进了大厅。

进入大厅，萧炎的目光投向了坐于首位的青年。青年一身白袍，此时正微笑着望向刚走进屋的萧炎，他较之常人要明亮几分的眸子中，透着几分睿智与难以察觉的机智与狡诈。

"小炎子，几年不见，真的长大了啊。"白袍青年缓缓站起身，盯着身高几乎赶上萧厉的少年，眼睛中掠过一抹宠溺与柔和，微笑道。

"大哥。"萧炎深吸了一口气，压下心中的波动，脸上的表情也逐渐变得平和起来，笑道，"大哥也越来越英俊潇洒了。"

看着萧炎如此轻易地压下了心中的情绪，白袍青年脸上闪过一抹诧异，赞叹地点了点头："小家伙，看来在我们走后，你经历了许多啊，这般定力与心智，或许连你二哥都比不上哦。"

"那种氛围虽然让人难受,但是没有那种环境,我还真的难以走到今天的地步。"萧炎摊了摊手,笑道。

"呵呵,你能走到如今的地步,自然是好,你二哥一直抱怨我当初没把你带走。可在加玛帝国游历的那段时间,我们好几次差点儿丧命,若是让你跟在身边,岂不是害了你?留在家族之中,至少父亲能照顾你。"萧鼎笑道。

"好了,好了,好不容易见面,就别再说以前的那些事了,还好小炎子没出什么事,不然日后回去,我定要把那些小王八蛋好好教训一遍!"挥了挥手,萧厉道。

"呵呵,好吧,不提以前的那些事了。"萧鼎笑了笑,目光转向萧炎,含笑道,"小家伙,听回来的佣兵报告,你的实力似乎在斗师级别了?"

闻言,一旁的萧厉也满脸惊异地盯着萧炎,他记得当初走的时候,萧炎还在三四段斗之气徘徊吧。这不过短短三四年的时间,竟然快要追赶上他们二人了。

"嗯,前不久在历练时,才晋升的斗师。"

"啧啧,真是了不起,这种修炼速度即使是你小时候巅峰之时也比不上吧?"见到萧炎点头,萧鼎与萧厉皆忍不住惊叹道。

"呵呵,不努力修炼不行啊,毕竟三年期限快要到了。"萧炎耸了耸肩,笑道。

"三年期限?"萧鼎与萧厉一愣,片刻后,萧厉脸上的笑意逐渐收敛,声音阴狠地道,"听说纳兰家族的纳兰嫣然,真的来家族逼迫父亲解除婚约了?"

"他们真是欺人太甚啊。"萧鼎淡淡地笑道,笑容中透着几分冷意。以漠铁佣兵团的实力,现在的确不可能抗衡云岚宗,不过他为人素来懂得隐忍,出来打拼了这么多年,那分隐忍更是到了炉火纯青的地步。在这石漠城之中,狡狐萧鼎与恶狼萧厉之名,曾经让他们的对手寝食难安啊。

"呵呵,这些事情我会去料理,大哥和二哥,安心发展你们的势力就好,说

不定日后我得罪了什么大人物，还得靠你们保命呢。"萧炎摇了摇头，戏谑地笑道。

萧鼎与萧厉对视了一眼，脸上浮现柔和的笑意，轻声道："不管日后如何，你只需要记得，我们是亲兄弟，当初建立漠铁佣兵团，我与你二哥所想的，便是日后能替你建造一个安身之所。不过看你现在的情况，似乎已经不需要我们的护持了。"

萧炎失笑，笑容中透着感动。

当夜，滴酒不沾的萧炎，也破例与萧鼎、萧厉痛快地来了个一醉方休。

翌日，当脑袋有些昏沉的萧炎从熟睡中醒来时，发现天色已经大亮。他用手揉了揉有些发疼的脑袋，偏头望了望身上的薄被，缓缓地坐起身来。他狠狠地甩了甩头，苦笑了一声，然后盘起双腿，双手结出修炼的印结，进入了修炼状态，开始驱逐体内残余的酒精。

半晌，萧炎手指轻弹，一缕浓郁的酒气从指间喷射而出。将酒精逼出身体后，萧炎轻舒了一口气，这才逐渐睁大双眼，漆黑的眸子中再度恢复了以往的冷静。

嘎吱。房门忽然被轻轻地推开了，一道娇俏的身影悄悄地走了进来。当看到坐在床上的萧炎后，来人微微一惊，赶忙对他行了一礼，声音怯怯地道："萧炎少爷，您醒了吗？"

进门的女孩，年龄似乎并不大，看上去比萧炎还要小一点儿。她一身淡绿的清雅装束，身子虽然娇小，倒也发育得较为成熟，只不过看上去有些青涩而已，犹如一个美丽的瓷娃娃一般，一副怯生生的模样，如同那惊慌失措的小兔子，让人心中不免有些怜惜。

乍见这绿衣女孩，萧炎也愣了一愣，旋即冲着她和善地点了点头。

"萧炎少爷，我……我来帮您洗漱吧？"将手中的水盆轻放在床榻旁的木架上，女孩紧张地站在一旁，低声道。

"不用了，我自己来。"笑着摇了摇头，萧炎从床榻上下来，随意地洗漱一遍，偏头望向女孩，问道，"你叫什么名字?"

"啊?"闻言，女孩微愣，旋即吞吞吐吐地道，"我……我叫青鳞。"

"哦。"萧炎微微点了点头，拿帕子擦拭着脸，然后将帕子丢进盆中，仰天轻吸了一口清爽的空气。

见萧炎洗漱完毕，青鳞赶紧端着水盆，朝门外走去。

偏过头，望着女孩那娇小的身影，萧炎的目光忽然瞟到女孩那不堪盈盈一握的腰肢之上。不知道为何，他总觉得这女孩那纤细的腰肢扭动起来，有种异样的诱惑。

"我真是糊涂了，在乱想些什么。"莫名其妙的念头让萧炎苦笑着骂了自己一声。回到床榻旁，萧炎紧握巨大的玄重尺柄，然后用力一提，一声低喝，将之扛在了肩膀上。

扛着玄重尺，萧炎轻轻地展了展身子。经过一年的苦修，现在的他，几乎已经适应了玄重尺的重量。每次当他取下玄重尺之后，速度与力量都会猛涨一截。萧炎相信，在与敌人对战时，这猛然飙升的速度与力量，定会让对手措手不及。

手掌反握住玄重尺柄，萧炎猛地将它挥出，随着一声带有巨大压迫感的声响，一旁的木架轰然崩裂。

望着爆裂的木架，萧炎咧嘴一笑，又将玄重尺负于背上。

"啊!"门口处，刚刚倒水回来的青鳞，瞧得屋内的狼藉，不由得轻轻地惊呼了一声，然后赶紧跑过来，蹲下身子捡地上的衣衫。

瞧着忙里忙外的小女孩，萧炎尴尬一笑，不好意思地蹲下来。刚欲帮忙捡掉落的衣衫，他的目光却骤然停在了青鳞那截露出衣袖的雪白手腕之上。

那雪白手腕处，竟然生长着些许青色的……蛇鳞。

萧炎惊愕地盯着那些青鳞，同时不由自主地扫向了青鳞的双脚，却并未看见蛇尾，只看见两只三寸金莲。

　　正在收拾衣衫的青鳞，忽然抬起小脸，瞧见萧炎惊愕的目光，她顺着他的目光看去，发现自己的手臂不小心露了出来。可爱的小脸立刻惨白起来，她一把拉下衣袖，小心翼翼地后退了两步，然后靠着墙角蹲了下来，双手抱着小腿，小小的身躯不断地颤抖着。

　　"对……对不起……我……我不是故意吓您的。"小女孩胆怯的声音中竟然带着哭腔。

　　被小女孩这敏感的样子弄得愣了神，望着她胆怯的模样，萧炎心里轻叹了一口气。他以前就听说过，在塔戈尔沙漠附近，偶尔会有人类女人被蛇人凌辱的事情。蛇人与人类发生关系，一般并不会怀孕，然而万事无绝对，总有极低的概率，与蛇人发生关系的女人会怀孕，并且诞子。

　　不过这种有着蛇人血脉的孩子，一般很难活过两岁，可萧炎面前的青鳞，似乎已经十三四岁了吧？这是怎么回事？

　　萧炎怜悯地看着小女孩，苦笑了一声，就算能活到这么大，又有什么用？青鳞这种人，人类与蛇人都将之视为诅咒，活了这么多年，除了受到的白眼与嘲讽之外，似乎没有别的什么。

　　缓缓地来到青鳞身旁，萧炎蹲下身来，手掌轻轻地抚摸着小女孩的脑袋，然后在她恐惧的目光中握住她的手臂，小心地掀开衣袖，望着那些青色蛇鳞，萧炎柔和地轻声道："好漂亮的鳞片。"

　　小女孩一愣，自从她出生以来，萧炎是第一个说这些连她自己都害怕的鳞片很漂亮的人。

　　那饱受摧残的弱小心灵，悄悄地泛起一丝奇异的感觉，睁着那双隐隐散发出些许异样魅惑的眸子，青鳞怯生生地道："少爷难道不怕吗？"

　　盯着青鳞那对水灵的眸子，萧炎这才发现，这对眸子略微偏绿色，而且瞳孔深处，似乎隐藏着三个极为细小的碧绿小点。

　　萧炎紧紧地盯着那双有些妖异的碧绿瞳孔，忽然间精神有些恍惚。过了一瞬，他心中猛地一震，迅速回过神来，脸上隐隐地浮现出一抹惊骇。这是什么妖异的眼瞳？以自己的灵魂之力，居然都会略微失神。

惊骇之余，萧炎再度盯着小女孩的眸子，却愕然地发现，三个细小的碧绿小点竟然消失了。

"难道看花眼了？"惊愕地喃喃了一声，萧炎狠狠地甩了甩头，再度盯着小女孩看了片刻，除了眸子有些偏绿色之外，那小点似乎并不存在。

"唉……多半是昨夜喝酒的缘故吧。"萧炎无奈地摇了摇头，拉下青鳞的衣袖，然后将之拉起身来，笑眯眯地望着这个只到自己肩膀的胆怯女孩，微笑道，"抱歉，让你受了惊吓。"

青鳞赶忙摇着脑袋，小手紧张地绞着衣角。在她的记忆中，这么多年来，萧炎也是第一个对她道歉的人。

"少爷，这段时间，我是您的贴身侍女，您有任何事，尽管吩咐青鳞就好。"弯着身，青鳞低声道。

萧炎点了点头，抚摸着女孩的脑袋，笑道："我大哥他们呢？"

"萧鼎团长与萧厉团长都去处理团中的事务了，他们吩咐我，若少爷想要找他们的话，就带您去前院的议事厅。"青鳞柔声道。

"呵呵，既然他们在忙，那就算了吧。"笑着摇了摇头，萧炎背着玄重尺朝着外面行去，笑道，"走吧，带我逛逛这漠铁佣兵团。"

"嗯。"柔柔地应了下来，青鳞小心翼翼地跟了上去。

走出房间，屋外的阳光挥洒而下，让人浑身暖洋洋的。沙漠炎热，不过现在正是清晨，气温刚好，不至于让人感觉到炎热。

一路与青鳞行走在佣兵团内部，来往的佣兵都会停下来和萧炎友善地打招呼，想来他们也都知道了萧炎的身份。

不过当他们的目光扫到一旁的青鳞时，笑容则变得冷淡，一些人的眼光中更是隐隐地带着一些厌恶。

　　对于他们的这种表情，萧炎也只得无奈地轻叹了一声，看来这些人也都知道青鳞的身份。当年萧炎沦落为废物的时候，也曾经受到过这种待遇，所以才会对可怜无助的青鳞有几分同情之心。不过沙漠边缘的佣兵都与蛇人有着难以抹去的血仇，只要这些佣兵每次想到面前的小女孩体内流淌着那些肮脏蛇人的血液，就会忍不住流露出一些厌恶的情绪。这种情绪，几乎没有任何东西能够压制，这是人类与蛇人交恶已久后互相抵触而产生的厌恶。

　　同时拥有人类与蛇人血脉的青鳞，还承担了双方的歧视与厌恶，说起来，她只是一个极为无辜的女孩。

　　一路上，跟在萧炎身边，每次周围射来那些厌恶的目光，都会让青鳞娇小的身躯微微颤抖，那本来该被无数人爱慕的可爱小脸蛋儿，也布满了黯淡。

　　走过一处转角，萧炎忍不住叹了一声，缓缓地止住步子，偏头望着因为他的叹息而忽然变得忐忑不安的青鳞，沉默了一会儿，方才柔声道："青鳞，不要太过在意别人的目光，你只要记得，你不是为别人而活着，你为的是你自己！"说罢，萧炎揉了揉青鳞的脑袋，继续朝着远处走去。

　　听到萧炎的话，青鳞愣在原地，许久之后，可爱精致的脸上露出些许莫名的异彩。她的俏鼻轻轻地抽了抽，抬起小脸，那对碧绿色的瞳孔之中，三个极细的绿色小点，忽然再度悄无声息地浮现出来。

　　"谢谢您，萧炎少爷。"

　　轻声呢喃了一句，青鳞小脸上突然展现出一抹充满异样诱惑的笑意，然后小跑着追上了前面少年的背影。

　　"少爷，起床了……"

　　清晨，青鳞双手叉着细腰，有些无奈地望着床上那抱着被子呼呼大睡的萧炎，轻声喊道。

　　萧炎迷迷糊糊地睁开了眼睛，耷拉着眼皮，懒懒地坐起身子。他哭笑不得地望着身旁噘着小嘴的青鳞，叹了一口气，只得放弃了睡懒觉的念头，在青鳞那双柔柔嫩嫩的小手的服侍下，迅速地将衣衫穿好。

"少爷，您可不能怪青鳞打扰您的好梦，今天是漠铁佣兵团每三月一次的测验，也是三个月里团内最热闹的时候，您昨夜可提醒了青鳞，一定要准时叫您起来，不然……"说到此处，青鳞精致的小脸上浮现一抹淡淡的绯红，声音低不可闻地道，"不然您说青鳞的屁股可是会遭殃的。"

虽然面前的青鳞年龄方才十三四岁，可或许是人蛇血脉同体的缘故，她娇小玲珑的身躯，却是该丰满的丰满，该纤细的纤细，透露着年轻少女特有的无限魅力，令人赏心悦目。虽然萧炎对这个少女并无其他想法，但是在这种时候，心中总会冒出一股冲动，好在他迅速地将那冲动给压制了下来，不然岂不是会丢脸死？

青鳞一双娇嫩的小手将萧炎服侍得极为满意。伸了一个懒腰，他戏谑地笑道："这种生活，才真是少爷过的啊，日后身边若是少了这么个体贴的人，我岂不是又要回到以前的那种生活了？"

闻言，青鳞心头微甜，经过这几日的相处，她与萧炎也越来越熟络，而萧炎对她的温和，也使得她极为乐意如此服侍他。

"若是少爷愿意，青鳞可以一直跟在您身边做侍女的。"小手抚平萧炎袖子上的折痕，青鳞低声道。

"呵呵，我倒是想，可我最多只会在这里待十天而已，十天过后，我还得继续进入沙漠，进行修行。那种环境，你一个小女孩跟在身边，岂不是自讨苦吃？放心吧，我走之前，一定会嘱咐大哥他们好好照顾你的。"萧炎揉了揉青鳞的脑袋，含笑道。

听到萧炎此话，青鳞低垂的碧绿眸子中掠过一抹失望，不过片刻后，她便微笑道："好了，少爷，我们走吧，或许测验现在已经开始了呢。"

萧炎笑着点了点头，背好玄重尺，然后迈步朝房间外行去。而机灵的青鳞，则快走一步，推开房门，然后回头对着萧炎娇俏一笑。

所谓的测验，是漠铁佣兵团每三月一次的实力检验，这种检验很有些激励团员努力修炼的意思。一般只要在测验上表现出色，就能获得自己组织一支小队的资格，从而晋升成一名队长。

为了得到这一资格，漠铁佣兵团的团员们一直较为勤奋向上。在这种竞争氛围之中，团员实力的成长速度也远远比别的佣兵团要快，这也是漠铁佣兵团团员的实力一直遥遥领先于石漠城其他佣兵团的原因之一。

对于这种良性竞争的测验，萧炎也颇为赞同。而关于竞争的提议，不出萧炎意料，正是一向脑子极为灵活的大哥萧鼎提出的。这种本来还有些缺陷的测验，如今，已经逐步完善，所取得的效果也越加显著。

走出房间，萧炎带着青鳞在佣兵团内转了几圈，途中遇见了几个手忙脚乱刚从床上爬起来的人，大家互相笑着打了招呼，然后卖命地朝着后院的训练场狂奔而去。

或许是萧炎的原因，漠铁团员现在在面对青鳞时，表面上的厌恶情绪已经收敛了许多，虽然对她的态度依然冷淡，但是至少没有恶言相向。

萧炎并没有去测试的想法，所以不用像他们这般着急，他与青鳞笑着聊天，慢吞吞地走进了后院。

等两人来到偌大的训练场时，热火朝天的较量已经开始了。场上是上百人的乱战，场下的众人皆脸色激动地大声吼着，有人甚至还开了赌盘，赌最后坚持下来的五个人是谁。

站在场外的一块巨石之上，萧炎将青鳞也拉了上来。两人并排而立，饶有兴致地望着训练场上乌烟瘴气的战斗，偶尔见到一些极其下流的招数，两人都忍不住失笑。

"少爷，萧鼎团长他们在上面。"一旁的青鳞忽然指着对面的高台，对萧炎微笑道。

"哦？"萧炎微微一愣，抬眼望去，果然见到萧鼎与萧厉正坐在那高台上。他们身边还坐着一些身穿漠铁佣兵团服饰的人，想来应该是团中的高层，这几日，萧炎与他们都见过面，所以离这么远也能认得。

萧炎看过去时，萧鼎与萧厉也将目光投了过来，三人互相看了一眼，不由得微微一笑，彼此扬了扬手。

就在萧炎打算收回目光时，忽然瞧见萧厉的手势，不由得一愣，只见他用手指向场内，再指了指自己。

随后，萧厉大笑着点了点头，低头对一旁的萧鼎说着什么，然后在萧鼎无奈的神色下跃下了高台，稳稳地立在场中。

瞧着萧厉的举动，萧炎无奈地翻了翻白眼，对着身边的青鳞说了一声后，便脚掌猛然一踏巨石，随着一声巨响，身体凌空一翻，双脚便踏进了场内。

"哈哈，小炎子，让我看看你这个家族中的小天才，在这几年时间，能强到何种地步！"斗气携带着萧厉的声音，竟然将训练场周围的喧闹声压了下去。

"二团长！二团长！"

听得萧厉的声音，周围的人群在愕然之后，旋即脸色激动地大声呐喊着。顿时，训练场周围，一波波狂热的呐喊声汇成一股声音的浪潮，直冲云霄。

"二哥有意，小弟自然不敢拒绝！"被周围那火爆的气氛带动起心中的一抹热血豪情，萧炎手掌握住玄重尺柄，猛然一抽，"锵"的一声，他抽出玄重尺，抬头豪迈地笑道。

"哈哈，好！"

萧厉一声大笑，手掌一翻，一把笔直的钨钢长枪便出现在掌心中，银色的斗气猛然升腾而起，最后在其身体表面形成一层银色斗气纱衣。

"没想到几年不见，二哥的雷属性斗气越发精纯了。"萧炎目光扫过萧厉身体表面的银色斗气纱衣，忍不住赞叹出声。萧厉的斗气颇为罕见，是一种雷电属性的斗气，这种斗气不仅攻击力强悍，而且还附带着麻痹的特效，战斗时，让人极为头疼。

缓缓地吐了一口气，萧炎体内的紫火斗气也急速涌动，片刻之后，升腾着紫火的斗气纱衣，同样将萧炎包裹在其中。

"好家伙！"望着萧炎召唤出来的紫火纱衣，萧厉不禁赞叹了一声，旋即紧握着长枪，大喝道，"开始吧！"

萧厉的声音刚落，萧炎与他的身体几乎是同时出动，两人脚掌在地面一踏，身体狂射而出。

望着那几乎将混乱的场内活生生地撕出一条道路的两人，周围的佣兵顿时再度沸腾了起来。

两名斗师的战斗，可算是难得一见，今日能够有眼福观摩一场，这些人如何能不感到兴奋？

"少爷，加油！"站在巨石上，青鳞小脸微红，娇脆地喊道。

"呵呵，团长，你说二团长与萧炎小兄弟，谁的胜算大一些？"高台之上，雪岚目光瞟过场内，娇笑着问道。

听到雪岚的问题，台上的另外几位高层也将目光投了过来，望着平日决策团内大小事务的萧鼎。

被众人注视着的萧鼎，若无其事地端起茶杯，浅浅地抿了一口，视线扫向场内，笑吟吟地道："二弟如今的实力是四星斗师，以他的速度，想必不久后便能进入五星级别。而小炎子现在仅仅是刚刚踏入斗师。再有，二弟的雷属性斗气，诸位也曾经领教过，虽然小炎子的紫火斗气，我有些摸不着头脑，但是……你们说，谁胜算大？"萧鼎眼睛中掠过一抹狡诈，笑道。

"这样看来，二团长不是准赢了？毕竟他们可相差了好几星的实力呢。"闻言，雪岚不由得撇了撇嘴，有些失望地道，她可是很想见到萧厉出丑的模样呢。

"呵呵……"微微笑了笑，萧鼎手指轻轻地敲打着桌面，盯着场中被紫火斗气包裹的少年，轻声道，"换作别人，或许的确没有半点胜算，不过，对于我这

个最小的弟弟,那可不能以常理来判断,那小家伙从小就知道如何隐藏自己,我可不认为他的实力只有表面上的这点……

"所以,这场比试,说不定小炎子的胜算会更大!"

第三章
兄弟间的比试

  偌大的广场之上,一银一紫两道人影几乎将混乱的场面生生地撕出了两条通道,两人所过之处,都遗留下长长的空洞地带。

  砰!随着一声金铁交击的清脆声响,一股凶猛的能量波动猛地自广场中央位置暴涌而出。顿时,两人周身十多米的范围,便被清理出了一个空旷的空洞圆圈。

  手掌紧握着玄重尺,萧炎抬眼望着那犹如毒蛇一般刁钻刺来的长枪。在那枪尖之上,银色的电弧不断地跳动着。萧炎轻呼了一口气,将手中玄重尺猛然抡出。

  叮!枪尖正好点在巨大的尺身之上,在玄重尺所携带的力量的压迫之下,长枪顿时弯成了一个极其夸张的弧度,枪尖几乎快要接近萧厉握着枪柄的手掌了。

  "嘿嘿,小家伙力气不小。"刚一交手,就吃了个小亏,萧厉不由得一笑,掌心之上斗气急速凝聚,然后猛地击打在了枪柄之上。一股电流般的能量,顺着枪身,飞快地传进玄重尺之内。

能量侵进玄重尺，萧炎紧握着玄重尺的手掌顿时轻轻颤了颤，体内紫火斗气继续涌动，将那股酥麻的能量从体内快速地驱逐了出去。

"小炎子，二哥与人战斗，可从不会热身，既然要战，那便竭尽全力，你可得小心了！"

在萧炎手掌颤抖的瞬间，萧厉嘿嘿一笑，手中长枪诡异地一拐，枪尖便在玄重尺之上带起一串火花，横划而过，然后骤然暴刺而出。

"雷弧三段舞！"

长枪刚动，萧厉便是一声低喝，顿时，枪身之上三条蛇形的电弧猛然闪现而出。电弧弧线交叉闪烁，"刺刺"的声响中，带着一股让人不敢小觑的强大能量。

"雷弧三段舞？"

"呃……二团长竟然这么快便将雷弧三段舞给使出来了？"见到萧厉的攻势，场下顿时响起一阵阵惊愕的声音。这招雷弧三段舞可以说是萧厉的一记杀招，没想到这才刚交手，他便将之施展了出来，难道他是想速战速决？

"呵呵，看来萧炎兄弟要吃亏了，二团长的雷弧三段舞可是玄阶级的斗技啊，再加上雷属性斗气的麻痹效果，即使是一名四星斗师轻易也抵挡不住。啧啧，不过这么快，二团长便将其使用了出来，看来萧炎兄弟的实力的确不凡啊。"高台之上，一名漠铁高层忍不住笑道。

"这家伙可真够欺负人的，本来级别就比萧炎小弟高，竟然还动用玄阶斗技。"雪岚撇了撇嘴，有些替萧炎打抱不平。

"呵呵，二弟的雷属性斗气本来就属于一鼓作气的类型，若是拖得久了，反而对他不利。所以无论与谁战斗，他都必须选择用最短的时间分出胜负，不然一旦气势弱下来，他的局势就不太妙了。"萧鼎摇了摇头，微笑道。

闻言，众人无奈地一笑，也只能在心中祈祷，萧炎能在这记攻击之下支撑下来。

在萧厉使用出斗技之时，萧炎也是一惊，不过这一年来的苦修，也让他定力

大增。过了一瞬，萧炎的心便平静下来，体内气旋之中，一道紫火斗气流转而出，将尺身包裹，以免被萧厉的雷属性斗气借机传进体内，而导致身体麻痹。

漆黑的玄重尺被紫火包裹着，最后在萧炎倾尽全力的驱使之下，带起一股极具压迫感的劲风，狠狠地对着那杆急刺而来的长枪暴砸而去。

在周围众人的紧张注视之下，玄重尺与长枪猛然相触。顿时，随着一声能量炸响，两人立脚之处的石板，皆出现了细密的裂缝。

叮！枪尖疾点在玄重尺之上，一条电弧张牙舞爪地狠狠撞在尺上，枪上携带的强猛劲气将玄重尺撞击得猛然上仰，同时由于电弧的侵蚀，玄重尺之上的紫火斗气，也快速地减少了一大半。

瞧着手握玄重尺急退了一步的萧炎，萧厉嘿嘿一笑，手下却丝毫没有留情，长枪退势还未完毕，便又狠狠地刺在了那因为后退尚来不及攻击的玄重尺之上。

叮！又一声清脆的声响，玄重尺之上的紫火斗气竟然完全消散。

叮！击散紫火之后，萧厉的长枪继续闪电般地刺出，同时，最后一道电弧能量，也猛地蹿出枪身，重重地劈在玄重尺之上。随着一道颇为响亮的声响，萧炎手中的玄重尺竟然被这三股强猛的力量震得离手而出，在翻滚了十几次后，倒插在地面之上。

"小家伙，战斗结束了。"手掌紧握着长枪，萧厉冲着萧炎含笑道。

"嘘……"萧炎的武器竟然脱手而出，场下顿时响起一片嘘声。在这种比试中失去了武器，基本上相当于一只脚踏入了败局。

不过对于萧炎来说，却是完全相反的状况。手中的玄重尺的确能够为萧炎增加一些攻击力，不过对萧炎来说也是一种束缚。背负着玄重尺，萧炎不仅速度被压制得厉害，而且必须竭尽全力地催动体内的斗气，才能应付这种等级的战斗。如今玄重尺离手，也让萧炎彻底抛开了压制实力的束缚。

所以听得萧厉的话，萧炎只是耸了耸肩："那可不一定哦。"

见到萧炎依然平静的笑脸，萧厉略感愕然，旋即手中长枪轻飘飘地落向萧炎的肩膀之上。

"暴步！"

抬起脸，萧炎灿烂一笑，随着一声轻喝，脚掌猛踏地面，随着一声能量暴响，几乎是在瞬间，他的身体就暴射到了萧厉身旁。

场地之中，瞧着萧炎的举止，众人不由得惊叫了一阵。显然，他们有些想不通，在这种情况下，萧炎为什么会犹如吃了药一般速度暴增。

骤然间欺身向前的萧炎，让萧厉脸上闪过一抹惊诧。萧厉紧握着长枪的手掌猛然后抽，长枪贴着腰杆，犹如风车一般地飞速旋转着，在旋转之间，一丝丝电芒在其中跳跃闪烁。

脚尖轻飘飘地点在一截枪尖之上，萧炎再次出人意料地暴退而出。

在倒射而出之时，萧炎手掌忽然平探而出，旋即紧握长枪。顿时，凶猛的吸力自掌心中喷涌而出，不远处那猝不及防的萧厉，身体一个不稳，犹如电风车一般的长枪被扯了出去。

由于手掌上散发的吸力，萧炎倒射的身形也诡异地停住，抬头望着那被吸过来的萧厉，他微微一笑，脚掌再次猛踏地面，随着一声暴响，身形闪电般地出现在了萧厉身前。

"二哥，尺子可并非我的武器，我最擅长的，还是近身搏斗！"两双眼睛近距离的接触，萧炎忽然轻笑了一声，旋即手掌猛地紧握成拳，身体快速借力在半空中旋转半圈，竟然诡异地钻进了萧厉怀中。

背对着萧厉，萧炎肘尖在停滞了瞬间之后，带着一股几乎撕破空气阻碍的尖锐声响，狠狠地对着萧厉胸膛砸了下去。

在感受到萧炎肘尖所蕴含的恐怖劲气之后，萧厉的脸色猛然一变，眼瞳中快速地掠过一抹凝重，右拳忽然重捶了一下胸口。

随着萧厉拳头的捶下，一圈刺眼的银芒忽然自其胸膛中扩散而出，最后在他胸口处的半寸地方，形成一块半个脸盆大小的银色实质小盾。

"啧啧……二弟看来真是被逼急了啊,竟然连这最后的保命'电光银盾'都给使用了出来。"望着场地中萧厉胸膛处的银色小盾牌,萧鼎摇了摇头,轻笑道。

"我就知道,小炎子永远都有自己的底牌,想要从表面来判断他的实力,可是一个极不明智的举动啊。"萧鼎目光扫过场中那巨大的玄重尺,笑道,"诸位难道没有发现,自从那把尺子离身之后,小炎子的速度与力量几乎是暴增了将近三四成吗?"

闻言,雪岚几人脸上都现出一抹愕然与惊叹。

场地之内,萧炎也察觉到了身后的能量波动,不过肘尖却依然劲道不减,瞬间之后,重重地砸在了那小小的银色盾牌之上。

轰!随着一声巨响,众人看见一圈劲气涟漪自两人之间猛然扩散而出,直到十几米开外后,才逐渐消散。

场地内,萧炎与萧厉的身体骤然间停滞了下来。众人只能够看见在肘尖与银盾交接之处,银盾表面剧烈地泛着一道道涟漪。

涟漪急速地扩散着,片刻之后,逐渐消散,而两人的身体也犹如触电一般,暴退而出。

"小家伙,没想到你竟然懂得这般高深的肉搏斗技,嘿嘿,不过毕竟你我实力差距颇大,你的力量还不足以突破我的电光银盾。"身形急退之时,萧厉忽然笑道。

"呵呵……那可不一定。"萧炎淡淡地笑了笑,手掌猛然紧握,轻喝道,"爆!"

砰!萧炎的话音刚落,一声轻微的闷响突然从倒退的萧厉体内传出。萧厉顿时如遭雷击,不仅身形剧烈地颤抖了好几次,而且脸色也忽然苍白了一些。

身形不断地暴退着,萧厉的脚掌每一次踏下都会在地面上留下一个深深的脚印。在连退了将近二十步之后,萧厉终于稳住了身形,然而此时面前一道人影闪烁而至,锋利的枪尖停在了萧厉胸口处。

"二哥，你轻敌了哦……"枪尖指着萧厉，萧炎微笑着轻声道。

在短短几分钟之内，情势便陡然逆转，所有人都愕然地睁大了眼睛。很难想象，在团内一向鲜有对手的萧厉，竟然会莫名其妙地败给小他七八岁的萧炎。

场中，望着胸前的枪尖，萧厉也愕然了好一会儿，方才逐渐回过神来，目光扫过面前的萧炎，不由得摇了摇头，啧啧地惊叹道："小家伙，没想到啊，竟然隐藏得这么深！你展现出来的实力，可不像是一星级别的普通斗师啊。"

"呵呵，侥幸罢了。"笑着摇了摇头，萧炎将长枪插在地面上，然后行至不远处的玄重尺处，刚欲将之抓起来，一旁的萧厉却笑着将他阻止了。

"让我来试试，你这尺子……似乎有点儿古怪。"萧厉饶有兴致地盯着地面上的巨大尺子，笑吟吟地道。

"呃？"闻言，萧炎微微一愣，旋即笑着点了点头，退后了一步，目光中带着些许戏谑。

萧厉搓了搓手，缓缓站在玄重尺旁，紧紧地抓着尺柄，然后轻吐了一口气，手掌随意地扯了扯玄重尺。这次扯动之后，萧厉的脸色微变，他发现，自从玄重尺入手之后，体内本来迅猛奔腾的雷电斗气，忽然变得犹如龟爬一般。

"好家伙，果然有些古怪……"惊愕地喃喃了一声，萧厉手臂紧绷，一条条青筋在臂弯上跳动着。

紧握着玄重尺，萧厉涨红了脸，一声低喝："起！"

声音落下，萧厉手臂有些颤抖地缓缓抬了起来，将玄重尺握在身前，使劲挥动了一下，望向萧炎的目光中隐隐地多了一抹震撼。

"你……你先前竟然背负着这东西与我战斗？"望着萧炎清秀的面孔，萧厉忽然有些口干舌燥。天啊，把这东西背在身上还能自由地移动已经很了不起了，而萧炎竟然背负着它与自己战斗了好几个回合，这如何能不让萧厉震惊？

瞧着萧厉的模样，萧炎笑了笑，微微点了点头，接过玄重尺，然后将之插在了后背。

萧厉一直紧紧地盯着萧炎的举动，他发现，在接过玄重尺时，萧炎的手掌竟然只下沉了一点儿，而且这点细微的下沉幅度很快被调整过来。

看到萧炎这副轻松的模样，萧厉嘴巴微张，好一阵后，才惊叹地摇了摇头："小家伙，了不起啊！那纳兰嫣然的眼睛被狗屎蒙蔽了吗？像我家兄弟这么优秀的人，这加玛帝国能找出几个来？她竟然还嫌弃！"

萧炎笑了笑，摊手道："至少薰儿不会比我弱。"

"薰儿？呵呵，那小妮子啊，好多年没回去了，那妮子肯定出落得更水灵了吧？小时候为了她，乌坦城内那些少爷们可是每天翻墙来萧家呢，不过她似乎很黏你吧？嘿嘿。"听着这清雅的名字，萧厉一愣，有些怀念地笑道。

回想起少女美丽的容颜与动人身姿，萧炎也颇有感触地笑了笑，手掌轻拍了拍玄重尺，微笑道："日后有机会，我带她来见见你们，不过现在，我有点儿正事想请大哥与二哥帮忙。"

"哦？有事？没问题！尽管说，就算在能力之外，二哥与大哥也会全力相助！"闻言，萧厉立刻挥了挥手，笑道。

"嗯。"微微笑了笑，萧炎点了点头。

宽敞的房间之中，萧炎三人坐于其中，而青鳞则小心翼翼地端上三杯清茶，然后乖巧地站在萧炎身后。

"呵呵，小炎子有事？说出来吧，让大哥帮你分析分析。"端着茶杯抿了一口，萧鼎冲着萧炎笑道。

萧炎笑着点了点头，沉吟了一会儿，轻声道："我此次来塔戈尔大沙漠，是要寻找一种东西。"

"东西？什么东西？"闻言，萧厉有些好奇地笑着问道。

"异火。"手指轻轻地敲打在桌面上，萧炎低声道。

"异火"两字出口，萧鼎与萧厉面面相觑，迷惑地道："异火？那种东西，似乎是炼药师才会需要的东西吧？你要它干什么？"

萧炎耸了耸肩，淡淡地笑道："因为我就是炼药师。"

"啊？"闻言，萧鼎与萧厉脸色一僵，片刻后，眉梢之上涌上狂喜，"你是炼药师？"

"呵呵，我刚好侥幸有成为炼药师的天赋，而且在乌坦城的时候，也遇见了一名老师，所以……"萧炎轻笑道。

"啧啧，小家伙实在了不起，没想到我萧家竟然也能出一名炼药师，哈哈。"萧炎点头确认，萧鼎与萧厉顿时大笑道，笑声中有些羡慕与欣慰。

"异火这东西，珍稀程度实在惊人，虽然我们在石漠城混了不少的时日，但是还真没听谁说过何处有异火的踪迹啊。"欣喜过后，萧鼎眉头微皱，无奈地道。

萧炎笑着摇了摇头，手指轻轻弹了弹纳戒，从中取出一张古朴的羊皮卷轴，将之小心翼翼地铺在桌面上，指着其上的一处火焰标志，轻声道："这是我弄来的一张地图，在这处火焰标志的地方，应该有机会寻到异火的踪迹，不过我对石漠城周围的地形并不熟悉，所以找不到火焰标志的确切地点。大哥，你们在这里混了不少时间，是否知道石漠城周围，有没有什么奇异的地方？"

萧鼎拉过地图，目光粗略地扫了扫，惊异地道："好详细的地图，这种地图我可是第一次看见啊。"

"嗯，的确详细得有点儿过分。"萧厉点了点头，皱着眉头细细地观察了一会儿地图，轻声道，"这块火焰标志的地方，似乎是在石漠城的东部吧？"

"嗯，准确说来，是东部偏南的地方。"萧鼎微微点头，沉思道，"可石漠城的东部，似乎没有什么太过奇异的地方啊！"

"的确没有，那个地方，我在执行任务的时候曾经带人搜索了几天，没发现有什么奇怪的地方。"萧厉也摇了摇头，无奈地道。

瞧着两人摇头，萧炎脸上掠过一抹失望，叹息了一声。看来这里并没有异火的痕迹。

然而，就在萧炎满心失望之时，一道怯怯的声音忽然在房间之内响起。

"那个……少爷，石漠城的东部……似乎的确有奇怪的东西。"

闻言，萧炎先是一愣，紧接着猛然转头，目光灼热地盯着那绞着小手的青鳞，急声道："你知道？"

一旁，萧鼎与萧厉也将愕然的目光移向青鳞，显然他们并不知情。

被房间内的三人注视着，青鳞小脸上的胆怯又多了一分，吞吞吐吐地道："我也不知道我感应得是否准确……不过在半年之前，我真的感应到在石漠城东部偏南的地带有一些异动。"

"你是如何知道的？你似乎并不具备这种实力吧？"萧鼎手掌抚摩着茶杯，有些怀疑地道。

"我……我不知道。半年之前，我感应到一股极其强大的气息出现在石漠城之外，这股气息……与我体内的一些血脉有些相似，而在那股气息面前，即使是沙之佣兵团的团长，也弱了很多很多。"青鳞小心翼翼地紧贴着萧炎，低声道。

"哦？"闻言，萧鼎与萧厉有些动容，沙之佣兵团的团长可是一名大斗师啊，连他都比那股神秘气息弱上许多，那……对方岂不至少是斗王级别的强者？

"与你血脉相似的气息？难道是美杜莎女王？"沉思了片刻，萧厉有些惊骇地道。以美杜莎女王的实力，将石漠城毁灭，也并不困难吧？这种超级恐怖的怪物，竟然在他们不知道的情况下，在石漠城周围转了一圈。

萧鼎的脸色也有些变化，在塔戈尔沙漠周围，美杜莎女王这个名头，就犹如丹王古河在加玛帝国内的声势一般。

"我不知道……"青鳞摇了摇头，轻声道，"我只能模糊地感应到。半年之前，她忽然来到石漠城东部位置，在那里似乎停留了一夜。在那一夜之中，东部的能量极为暴躁，而且我还知道，她离开的时候，似乎受了伤。"

听着青鳞的诉说，萧炎轻吐了一口气，双眼微眯，低声道："你能确定她停留的地方具体是哪儿吗？"

"应该能吧,虽然时隔半年,但是她遗留下的一些残余气息实在太浓了,我……我依靠着体内的那丝血脉……应该能找到那个地方。"说起那丝血脉时,青鳞的小脸明显黯淡了几分,不过她依然微笑着道。

"少爷想去的话,青鳞会尽力带您去的!"

"呵呵,那便多谢青鳞了。明天我们便过去看看吧。"萧炎笑着点了点头,轻声道。

第四章
探测地形

茫茫大漠，黄沙肆虐。

"青鳞，你确定是在这里？"萧炎满脸愕然地望着面前一片平坦的沙漠。这里的地形极为平常，没有任何引人注意的特点。像这种平坦沙地，在茫茫沙漠之中，几乎数不胜数。萧炎很难想象，这丝毫不起眼的地方，竟然有着异火的踪迹。

在萧炎的身后，站着萧鼎与萧厉，还有几十名漠铁佣兵团的精英团员，不过此时，他们都将怀疑的目光投向带路的青鳞。对于在石漠城生活了几年甚至十几年的他们来说，这块地方简直是平凡得不能再平凡，而且其中有些人还在此处执行了好几次任务，可他们从未感觉到这里有异于其他地方的东西啊。

被众人注视着，青鳞虽然有些胆怯，但是她依然鼓起勇气盯着萧炎，轻声道："少爷，在我的感应之中，半年前发生异动的地点，的确是这里。"

萧炎眉头微微皱了皱，缓缓向前走了两步，站在一处小小的沙丘上，举目四处望了望，现出沉吟之色。

"这里并没有特殊的建筑或奇异的山洞，不过青鳞不像在说假话，既然地面上没有，天空上也没有……那么，或许在这里。"萧鼎四处望了望，忽然蹲下身来，抓起一把沙子，然后缓缓将之撒落，轻笑道。

"大哥的意思……是地下！"闻言，萧炎微微一愣，愕然道。

"嗯，虽然有很多强者能够借助沙漠之中空气的扭曲制造出海市蜃楼，用以迷惑他人，但是以石漠城周围空气的扭曲程度，还不足以形成这种奇观，所以能够排除这个可能。既然没有海市蜃楼的遮掩，而我们用肉眼又看不见，那么最大的可能便是在地下了。"萧鼎笑着分析道。

微微点了点头，萧炎轻踩了踩地面，旋即苦笑道："即使秘密是在地下，我们也不可能胡乱挖一通吧？"

"呵呵，自然是不可能，在沙漠中胡乱挖洞，说不定最后会把自己给活埋了。不过那美杜莎女王既然能够下去，那么我猜应该有隐藏的通道。"笑着摇了摇头，萧鼎道，"我们团内正好有一些精通地形查探的好手，让他们来检测一番，应该能找出进入地下的通道。"

闻言，萧炎松了一口气，笑道："既然如此，那就只得麻烦他们了。"

"寻找通道倒是小事，只是这里距离石漠城并不远，我们的人如此大张旗鼓地探测，恐怕会被石漠城内的其他势力察觉。塔戈尔沙漠的夜晚很短暂，若是只在晚上开工的话，不仅会消耗大量时间，说不定还会因为黑暗，遗漏一些重要的地方。在这石漠城，别的小势力倒是不敢招惹我们漠铁佣兵团，可那沙之佣兵团说不定会跳出来干扰我们。"萧鼎摇了摇头，无奈地道。

"沙之佣兵团？"萧炎眉头皱了皱。

"沙之佣兵团是石漠城内除城主府之外的最强势力。在总体实力上，我们漠铁佣兵团并不逊色，可他们的团长罗布是一名大斗师。你应该清楚大斗师与斗师的差距，所以平日若无大事，我们一般不会招惹沙之佣兵团。但这次如果我们大张旗鼓地搜索，难免会引起他们的好奇心，这种状况下，他们自然不可能保持旁

观。"一旁的萧厉，有些无奈地出声道。

萧炎抿了抿嘴，沉吟了半晌，抬头望着萧鼎与萧厉，微笑道："没关系，大哥与二哥只管让人搜索就好，不过还请一定不要将异火的消息传出去，至于那沙之佣兵团，若他们真想插手，那就由我来解决吧。"

"呵呵，这里的人都是漠铁佣兵团的骨干，当初跟着我们一起打拼的兄弟，保密绝对没问题。"萧厉笑着拍了拍胸口，不过旋即有些担心地道，"你能解决沙之佣兵团的罗布？你的实力……"

"二哥放心吧，我会这样说，自然有把握，你们只需要派人将通道找出来即可。"萧炎神秘地笑道。

瞧着神神秘秘的萧炎，萧鼎与萧厉只得无奈地点了点头。他们心中倒是相信的，毕竟以萧炎的性子，绝对不会在这种情势下开玩笑。

"这小家伙，真是越来越让人看不透了。"心中嘀咕了一声，萧鼎与萧厉对视了一眼，都从对方眼中瞧出同样的疑惑。

"好吧，既然如此，雪岚，你马上赶回漠铁佣兵团，将那些擅长探测地形的团员找来，争取在一天之内，寻找出通道。"萧鼎回过头，对雪岚吩咐道。

"嗯，好，这事交给我吧！"雪岚微笑着点了点头，快速转身，吹一声口哨，一匹驼马便从不远处飞奔而来。她矫健地跃上马背，带起一路冲天的黄尘，朝着远处的石漠城奔驰而去。

望着那逐渐消失在视线之内的雪岚，萧炎松了一口气，缓缓蹲下身来，手掌插进滚烫的沙粒之中，轻声喃喃道："异火……下面真的有吗？"

雪岚回去之后，将漠铁佣兵团内所有精通地形探测的人员全部带了出来。半个小时后，他们便到达了萧炎几人所在的地方，在萧鼎的吩咐下，四十多名地形探测员分工明确地开始了工作。

漠铁佣兵团是石漠城的一大势力，自然有无数的目光注视着他们的一举一动。所以雪岚带着大批人马出来之后不久，便有一些散兵游勇出现在萧炎几人所在的地带，满脸迷惑地望着那些探测地形的漠铁佣兵团团员。

石漠城之外的那片有可能隐藏着异火的区域，先前便被萧鼎调集的人员封锁得死死的。所以那些前来围观的佣兵以及其他人员，都被无情地阻拦在了外面。

随着探测的深入，围观的人越来越多。虽然萧鼎对外说，漠铁佣兵团大举行动是要猎杀一头三阶魔兽，但周围的人依然越来越多。

站在一处沙丘之上，萧鼎几人望着外面的人群，不由得无奈地摇了摇头，苦笑道："照这样看来，恐怕不出半个小时，沙之佣兵团就会派人过来了。"

萧厉眉头紧皱着，脸上隐隐带着些许阴狠的凶煞之气。他手掌一晃，钨钢长枪出现在掌心中，他将长枪狠狠地插在沙丘中，阴冷地道："若是真惹急了我们，他沙之佣兵团也别想好过。他们除了一个罗布，其他人都是一群软蛋而已！"

萧鼎淡淡地笑了笑，低垂的眸子中，同样是冷芒闪过。

一旁，坐在沙丘上的萧炎也轻声笑了笑，微微抬起清秀的脸，微眯着双眼望着天空中的烈日，嘴角挑起一抹若隐若现的冰冷弧度。

青鳞的目光从萧炎三兄弟身上扫过，她忽然发现，这三人真不愧是亲兄弟，不管性格如何不同，骨子中都隐含着一股让人心寒的狠劲。这种人，不招惹也就罢了，一旦惹上，他们就犹如沙漠之中受伤的饿狼一般，至死都要死死地盯着你，等待着你放松的那一刻。

当年，萧炎因为纳兰嫣然的退婚之辱，放弃了家族中的舒适生活，咬紧牙关，在山林中与魔兽搏杀，在沙漠中忍受孤独与寂寞，苦修三年。他对自己都能如此狠心，更何况是对敌人？

当天上的烈日逐渐西落之时，外围围观的人群中忽然一阵骚乱。一队四十人左右的佣兵队伍，缓缓地分开人群，朝着隔离地带走来。

"是沙之佣兵团的人，这次有好戏看了……"

"嘿嘿，那罗布终于耐不住性子了。"瞧见逐渐靠近的佣兵队伍，围观的人群

中顿时响起了窃窃私语。

"还是高估了那家伙的耐性啊。"望着正在走来的队伍，萧鼎摇了摇头，讥讽道。

"去看看吧，在没探测清楚的情况下，罗布那家伙不会出面。现在带队的，好像是沙之佣兵团内地位仅次于罗布的摩星吧？嘿嘿，手下败将还敢有脸来找我们的碴儿。"萧厉眺望了一下，冷笑道。

"嗯。"萧鼎微微点了点头，手掌一挥，周围顿时分出二十几名漠铁团团员。冰冷的武器掂在手中，他们走出隔离地带，淡淡地望着行过来的那支佣兵小队。

两支队伍缓缓相遇，气氛有些紧张。作为石漠城的两大势力，他们以前发生过不少冲突。

"停下脚步吧，漠铁佣兵团正在执行任务，请不要干扰。"抬了抬眼，萧鼎的声音，如古井一般平静无波。

"嘿，萧鼎团长，我可没听说佣兵工会什么时候发布了这项任务哦？而且这石漠城周围几十里范围内，都属于公众地带，我带人过来，似乎没什么不妥吧？"沙之佣兵团的队伍中，走出一名面容阴鸷的男人，他的目光从隔离地带内的探测人员身上扫过，嘿嘿笑道。

"摩星，上次若不是罗布出手，你现在恐怕已经变成废人了吧？"萧厉瞟了一眼这个极为欠揍的男子，不怀好意地笑道。

微微抽了抽脸皮，被称为摩星的男子，目光有些惧怕与怨恨，他扫了萧厉一眼，退后了一步，冷笑道："明人不说暗话，我们团长也对这块地方有些兴趣，所以……"

"不该到此处之人，还请回去，否则，后果自负。"

"你是什么东西，敢这样和我说话？"闻言，摩星先是一愣，紧接着瞧见萧炎那年轻的面孔，顿时大怒。萧厉二人是漠铁佣兵团的团长，与他说话不客气倒没什么奇怪，可这看起来还是少年的小家伙，凭什么敢这般毫不客气地同他讲话？

摩星的喝骂还未出口，萧厉脸色便猛地一冷，手中紧握的钨钢枪之上瞬间跳跃起一抹电弧，脚步朝前一踏，长枪带着一股尖锐的劲气，狠毒地朝着摩星的喉咙暴射而去。

突然下杀手的萧厉，让摩星脸色狂变，他没想到对方竟然如此大胆。不过萧厉的实力在他之上，所以他只得极为狼狈地倒退着，可在倒退之时，他的脚忽然一崴，竟然在大庭广众下一屁股坐在了地上。

"萧厉，你敢杀我，我们团长不会放过你们的！"望着急速放大的银色枪尖，摩星脸上浮现一抹恐惧，尖声喝道。

长枪在距离摩星喉咙半寸处，骤然停顿。其上所蕴含的尖锐劲气，竟然透过空气，在摩星的喉咙处划出一条小小的血痕。

"你算个什么东西，也敢和我兄弟如此说话？"望着那任由鲜血直淌，在长枪的威胁下一动也不敢动的摩星，萧厉不屑地冷笑道。

咽了一口唾沫，摩星额头上出现些许冷汗，他小心翼翼地用手掌撑着沙面向后挪动，然后狼狈地起身，跑进队伍之中，怨毒地道："萧厉，你们有种！我这就回去向团长汇报，你们漠铁佣兵团，等着大难临头吧！"

说完，摩星生怕那杆犹如鬼魅一般的长枪再度袭来，一声吆喝，带着人赶忙转身逃窜。

望着那犹如丧家之犬一般狼狈离开的沙之佣兵团，围观的众人忍不住发出嘘声。

"瘪货……"萧厉对着摩星等人逃窜的方向不屑地撇了撇嘴，转过身，对萧炎摊了摊手，道，"当着这么多人的面将那家伙撵了回去，我们和沙之佣兵团的梁子算是结下了。等那摩星回去后，添油加醋地对着罗布一通报告，恐怕明天沙之佣兵团就会整合人员，来强抢这块地头了。"

萧炎笑着点了点头，目光在周围扫了扫，轻声道："大哥二哥，你们只要将这块地守好就行，至于那沙之佣兵团，我去解决。"

"你……真的能办到吗？如果实在不行……"萧鼎眉头微皱，有些担心地道。

"呵呵，一个大斗师而已……"萧炎笑眯眯地点了点头，对着两人挥了挥手，拉过旁边的一匹驼马，跃了上去，微笑道，"相信我，我会让那沙之佣兵团这段时间跟乌龟一样缩在石漠城里的。"

说完，萧炎脚跟轻踢，驼马带起一缕黄尘，飞快地朝着石漠城奔驰而去。

望着逐渐远去的萧炎，萧鼎与萧厉对视了一眼，不由得苦笑着摇了摇头。半晌后，才无奈地道："算了，希望这小家伙真有我们不知道的底牌吧。而且，以我们漠铁佣兵团的实力，罗布并不敢太嚣张。毕竟真要拼杀起来，他们沙之佣兵团也绝对会损失过半。这种损失，他可承受不起。"

一旁，萧厉摊了摊手，笑吟吟地道："我很好奇小炎子是否能让罗布那家伙乖乖地待在石漠城中。"

"拭目以待吧，我相信他。"萧鼎轻笑了笑，低声道。

沙漠中，月亮遥遥地挂在天空之上，犹如一个巨大的银盘。淡淡的月华从空中倾洒而下，将黑夜中的石漠城笼罩其中。

在石漠城偏西的地带，巨大的庭院里灯火通明，不断有嬉笑打闹之声从中传出。大院的上方，用木杆悬挂着一幅旗帜，其上绘着"沙之佣兵团"五个大字。黑夜之中，一缕轻风刮过，将旗帜吹得扭曲了方向。

在大院中央位置的一处房间中，淡淡的灯光将房中的黑暗完全驱逐，房间内有两人，其中一人便是下午与萧炎他们有过冲突的摩星，而在那首位坐着的中年人，便是沙之佣兵团的团长——罗布。

"团长，萧鼎他们现在是越来越嚣张了。要知道，我们沙之佣兵团才是石漠城的老牌势力啊，那两个毛头小子这才来了没几年，竟然敢这般无视我们，若是放任他们继续发展，恐怕后患无穷啊。"摩星舔了舔嘴唇，声音阴冷地道。

首位之上，中年人抬了抬眼，瞟了一眼下面的摩星，淡淡地道："打听到他们究竟在那里做什么了吗?"

"呃……没有,我带的人还未接近,便被萧厉他们撵了出来。"摩星的脸微微一红,尴尬地道。

闻言,中年人皱了皱眉头,轻哼了一声,显然对摩星的办事能力不太满意。

听到哼声,摩星的额头上现些许冷汗,赶忙道:"团长,虽然并不知道他们的确切目的,但是能够让萧鼎那狡猾的家伙倾尽全团之力去寻找,那绝对不是寻常之物啊。而且他们所在的范围,刚好是石漠城外不远处,所以我们有足够的借口,插脚进入那块地方。"

罗布微微点头,脸上却依然带着一分踌躇。在没有得到准确消息之前,他不太想和漠铁佣兵团起冲突。虽然自己是一名大斗师,但是团中除了摩星是斗师之外,其他人全部都是斗师之下;而反观漠铁佣兵团,不仅萧鼎与萧厉是斗师强者,而且团中还有两名二星斗师,总体实力可比沙之佣兵团强了许多,所以罗布对漠铁佣兵团也有几分忌惮。

"团长,机不可失啊,沙漠中秘密太多,万一萧鼎他们挖掘出一些前人遗留下的高级功法或者斗技,那以后,漠铁佣兵团可就真会蹦到我们沙之佣兵团之上了啊!"瞧着罗布的迟疑,摩星心中暗骂了一声,然后开始煽风点火。

"好吧。"在摩星的催促之下,罗布也有些动摇,再度沉吟片刻,终于忍不住地点了点头,"明天整合人员,强抢漠铁佣兵团的那块地盘!"

见罗布终于点头,摩星脸上也浮现一缕笑意,细眯的眼睛中闪过一丝怨毒。

"唉……罗布团长,您的决定,真的很让人失望啊。"房间之中,淡淡的声音忽然毫无预兆地响起。

突然响起的声音,让房间内的两人脸色猛变,霍然转过头来。两人有些惊恐地发现,在那角落的椅子上,一个身着黑袍的少年不知何时居然坐在其上。

"你是谁?"罗布震惊地望着能够在自己毫无察觉的情况下进入房间的少年,厉喝道。只不过,有些色厉内荏的味道。

"团长,他是萧鼎与萧厉的兄弟!"望着萧炎,摩星退后了一步,忽然叫道。

罗布瞳孔微缩,死死地盯着萧炎,沉声道:"这位朋友,深夜来我沙之佣兵团,不知有何事?"

亲眼见识过萧炎出现时的鬼魅身形,罗布才不会傻到将之当成一个什么都不懂的无知少年。

"呵呵,没什么事。只是想请罗布团长最近几天,管好沙之佣兵团的团员,请他们不要打扰我大哥与二哥的正事。"萧炎笑吟吟地道。

"小子,你也太猖狂了,你算什么东西!"听得萧炎的话,摩星顿时怒喝道。

"不好意思。"抬了抬眼,萧炎望着躲在罗布身后的摩星,漆黑的眸子中掠过一抹寒意。他脚掌微抬,骤然间化为一抹黑影,闪电般地穿过房屋中的重重阻碍,手掌轻轻地贴在摩星的后背之上,身体略微前倾,轻声道:"你这狗头军师出的主意,还挺恶毒的啊。"

话音刚落,萧炎手掌之上,白色的火焰猛然腾升而起,然后飞快地蹿进满脸恐惧的摩星体内。随着一声极其轻微的闷响,先前还是人形的摩星,眨眼间便化成了一团漆黑的灰烬。

击倒摩星后,萧炎轻拍了拍手掌,踱着步子来到那僵硬着身体背对着自己的罗布面前,看到他满脸冷汗,不由得微微一笑。

瞧着面前少年脸上的笑容,罗布喉咙微微滚动了一下。先前少年施展出来的鬼魅速度,实在让他心寒。能够施展出这种恐怖的速度与实力,至少得是斗王级别的实力吧?

"斗王……"罗布望着面前少年清秀的脸,心中悄悄地呻吟了一声,"不到二十岁的斗王。"

"嗯,先前我提的事情……"萧炎把玩着掌心中的火焰,微笑着问道。

"咕",咽了一口唾沫,罗布抹了把额头上细密的冷汗,脸上露出一抹难看的笑容,他极为识相地干声说道:"全依大人所言,沙之佣兵团绝对不会再进入那片地域半步！"

石漠城外烈日高照，漠铁佣兵团的团员依然在一寸一寸地仔细探寻着。

"大哥，你发现没有，今天这周围似乎连一个沙之佣兵团的人都没有。"站在一处沙丘之上，萧厉的视线在周围扫了一圈，半晌后，微微皱眉，偏头对着一旁的萧鼎道。

"呵呵，不仅这里没有，就连石漠城内，往日那些晃荡的沙之佣兵团的团员，也奇怪地消失了许多。而且据我所得的情报，昨天夜里摩星那家伙死了，罗布却并未因这件事暴怒，反而安静得像完全不知情一般。"萧鼎眼瞳中泛过一抹笑意，微笑道，"小炎子真的是越来越让人看不透了啊，这般对待沙之佣兵团，却能将罗布镇得屁都不敢放一个，啧啧，这需要何种实力？真不知道他是如何办到的。"

"唉，短短几年不见，这小家伙是越来越神秘了。"萧厉点了点头，苦笑道。

萧鼎笑了笑，偏过头，目光扫向不远处一处专供休息的沙丘之上。那里，少年并未进入帐篷躲避烈日，而是顶着烈日的暴晒，盘腿坐在滚烫的沙粒之上，缓缓地吸收着天地间浓郁的火属性能量，任由汗水如流水一般从额头上滚流而下，打湿了衣衫。

"小时候，他虽然天赋让人惊羡，但是骨子中少了一份韧性与坚毅。我想，那三年的废物时期，虽然让他受尽了白眼与嘲讽，但是从长远来看，又何尝不是替他将踏入真正强者之列的最后一丝缺陷给修复了？至少，以前的小炎子，绝对不会有独自来到塔戈尔大沙漠进行艰苦修行的决心。"望着似乎不愿浪费分秒时间修炼的少年，萧鼎轻叹了一声，有些感叹地道。

"嗯。"闻言，萧厉深有同感地点了点头。想要成为真正的强者，天赋固然重要，可若是没有坚持不懈的韧性，最后的成就依然不会太高。斗气大陆很大，天才自然不少，不过最后能成为巅峰强者的，也仅仅只有寥寥可数的几人而已。

当年废物时期对萧炎的影响，将会在日后的强者之路上，凸显得越加清晰。

那时候，他或许会霍然明白，当初三年的废物时期，对他而言并非打击，而是一种足以影响一生的磨炼。

"团长！第三小队似乎发现了通道的痕迹！"

就在萧鼎两人感叹之时，远处一道人影忽然快速跑来，兴奋地高声喊道。

"发现了？"听着这声音，萧鼎与萧厉同时一愣，脸上旋即涌现狂喜的神情。两人对视了一眼，然后将目光转向沙丘之上，只见萧炎此时也睁开了眼睛，脸上有着错愕与惊喜。

萧炎赶紧从修炼状态中退了出来，拍了拍身上的黄沙，迎向那跑来的人影，急切地问道："发现通道了？"

"嘿嘿，好像是发现了一点儿痕迹，以我们的经验来看，很可能是通往地底的通道。"那名佣兵咧嘴憨笑道。

"好！"惊喜地将手掌重重拍在一起，萧炎迫不及待地催促道，"走走，快带我去看看！"

"好嘞。"佣兵扫了一眼后面正在赶来的萧鼎与萧厉，笑着点了点头，然后赶紧掉头带路。

跟着佣兵往偏北的方向小跑了几分钟，只见一群人拥在一处有点儿凹陷的沙地之中，窃窃私语着。

"让开，让开！"带路的佣兵扯着大嗓门开辟出了一条路，萧炎跟着走进去，眼睛一瞟，有些惊喜地发现，这里的凹陷之地已经被佣兵们挖出了一个半米左右的洞口。他往洞口里边瞟了瞟，里面黑漆漆的一片，有淡淡的热气从中升腾而出。

"是这里吗？"萧炎指向黑洞，问道。

"是的，洞口本来被黄沙堵住了，若不是青鳞察觉到这里残留着一些异样的气息，恐怕我们真的难以发现。"一名佣兵笑着回道。

萧炎瞟向对面的青鳞，发现小女孩满身沾着黄沙，此刻精致的小脸蛋儿上带着开心的神情。

察觉到萧炎的目光，青鳞与他对视了一眼，略微有些羞涩，旋即冲着他俏皮地眨了眨眼睛。

"呵呵，小丫头，干得漂亮！"萧炎对着青鳞竖起拇指，望着小女孩浮现灿烂笑容的脸蛋儿，柔和一笑。他缓缓来到漆黑的洞口前，手掌一翻，一枚月光石出现在手中，然后向洞中投掷了过去。

月光石散发的淡淡亮光，在漆黑的洞中翻滚了几次之后，便完全消失了。瞧着快速消失的月光石，萧炎眉头微皱，轻声道："看来这通道并非一条直线啊。"

"嗯，先前我们初步探测过了，这下面的通道起码有十几条，而且弯弯曲曲，如同被巨大的蛇爬过一般。"先前带路的佣兵，苦笑着回道。

"这样啊……"萧炎眉头紧皱着，有些苦恼。

"要不我派人下去一条一条地搜索？"萧鼎的笑声，忽然从后面传来。

回过头来，萧炎望着萧鼎与萧厉，微微摇了摇头，道："这下面不知道会有什么危险，漠铁佣兵团花费这般大的人力帮我寻找通道，我已经很感激了，不能再让他们涉险。"

"呵呵，萧炎小兄弟，不用担心，我们漠铁佣兵团可没有贪生怕死之辈。"周围的团员大笑着道。

"这样吧，我挑选十几名实力不错的团员，陪你下去看看。让你单独下去，我们可不放心，若是出了点意外，恐怕暴怒的父亲会直接从乌坦城赶过来把我们给宰了。"萧鼎沉吟了一会儿，轻笑道。

萧炎踌躇了一会儿，只得无奈地点了点头，沉声道："不过若是在下面遇见什么突发状况，我希望大哥能带着人先行撤退，至于我的安全，不用担忧。"

瞧着萧炎那凝重的脸色，萧鼎与萧厉对视了一眼，微微点头。昨夜萧炎将沙之佣兵团的问题解决之后，他们对他的实力便没有任何怀疑了。

"那个……少爷……下面的通道中，曾经残留了半年前那人的气息。我想，

我应该能带着您找到正确的通道。"就在萧炎打算开始行动时,青鳞那怯怯的话语让他有些惊喜。

"真的?"萧炎快速地偏过头,凝视着犹如瓷娃娃一般可爱的青鳞,欣喜地道。

"嗯。"青鳞望着欣喜的萧炎,掩嘴轻轻一笑,微微点了点头。

"小丫头还真是管用,哈哈。"萧炎跃过洞口,拍了拍青鳞的小脑袋,望向萧鼎与萧厉,轻笑道,"既然这样,那我们便动身吧?"

"呵呵,好。"萧鼎笑着点了点头,目光在周围扫视了一圈,然后快速地点出一些人,又对其他人沉声吩咐道,"等我们进入洞中之后,加紧周围的防御,绝对不能让人捣乱。这种沙层不太牢固,若是稍有不慎,导致沙层塌陷,恐怕会将进去的人给活埋了。"

"团长放心吧,这段时间内,不管是谁,敢进入这片区域,我们都会下狠手!"听得萧鼎的命令,漠铁佣兵团团员顿时满脸凶狠地齐声答道。

"二弟,我们下去之后,这上面便由你来指挥了。你不在上面,我不太放心。"萧鼎吩咐完众人后,依然觉得有些不保险,再次偏头对着萧厉道。

本来还打算跟着一起下去的萧厉,只得无奈地点了点头。

将一切都安排妥当之后,萧鼎这才取出一大捆绳子,测试了一下其结实程度,然后将之拴在一根早已固定好的木桩上,然后将手中的绳子丢进了洞中。

"这通道并不是很陡峭,只是为了保险起见,还是用上这些绳子。万一听到下面有人呼喊,上面的人便用绳子快速地将下面的人拉上来。"萧鼎拍了拍手,笑道。

瞧着周到妥当的萧鼎,萧炎苦笑了一声,率先来到漆黑的洞口处,偏头对一旁的青鳞招了招手。

见到萧炎的举动,青鳞赶忙小跑了过来,一双奇异的碧绿眼瞳灵动地盯着萧炎。目光扫过那双迷人的碧绿瞳孔,萧炎在心中惊叹了一声,然后伸出手臂,在青鳞那愕然的目光中，将之揽进怀中，微笑道："待会儿你就指点道路吧。"

被萧炎揽在怀中，青鳞脸上逐渐泛起红晕，她低垂着脑袋，柔柔地点了点头。

"诸位，动身吧！"萧炎轻声笑了笑，对着萧鼎点了点头，然后率先抓着绳子，跃进了漆黑的山洞之中。

"异火……真的在下面吗？希望不会让我失望吧。"身体急速地在通道中滑过，萧炎抱紧了怀中的青鳞，低声喃喃道。

第五章
岩浆世界

在漆黑的通道之中，萧炎紧搂着怀中的青鳞。两人的身体借助通道的坡度不断下滑，而青鳞的小手正举着一枚月光石，淡淡的柔和亮光从中散发出来，使萧炎能够辨清前方的道路。

在萧炎两人身后不远处，十多道淡淡的光芒紧随而下，众人屁股贴着洞壁滑出的声响，在通道之中缓缓回荡着。

在身体下滑之时，萧炎的目光从两侧的洞壁上扫过。半响后，他有些愕然地发现，这个通道居然极为光滑，基本没有石头从洞壁中凸出，看上去，像是被一股极其庞大的能量柱蛮横地冲击过一般。

下滑持续了两三分钟之后，萧炎已经能瞧见通道的底部了。当下双腿微微弯曲，片刻之后，随着一声轻微的闷响，他身体呈弓形，落了地。身体一弯一伸之间，萧炎已将下落的反弹之力全部化解。

落地后，萧炎将怀中的青鳞松开，拉着她向前走了几步，目光向前方的道路一扫，果然发现了十几条黑漆漆的通道。

萧炎无奈地摇了摇头，冲着青鳞笑道："你感应一下吧，不然，这十多条通道试下去，没几天时间是找不出正确通路的。"

"嗯。"青鳞轻点了点头，小手拉着萧炎，眨了眨眸子。只见在那碧绿的瞳孔周围，三个极为细小的绿色小点悄无声息地浮现了出来。

由于通道之内光线颇为暗淡，所以萧炎未曾察觉青鳞眼睛的变化。

青鳞缓缓闭上眸子感应着通道中的气息，周围再度安静了下来。片刻之后，后面传来一阵轻微的闷响，萧炎知道，那是萧鼎他们已经赶来。

微微偏过头，萧炎对着落地的萧鼎等人做了个噤声的手势，然后手指指向闭目的青鳞。

瞧着萧炎的动作，萧鼎微微点了点头，打了个手势，身后落地的众人极有默契地将到口的询问吞了下去。

将手中的绳子放好，萧鼎与其他的漠铁佣兵团团员，缓缓地抽出武器，然后悄悄地上前，将萧炎与青鳞护在中间，谨慎的目光不断地在周围扫视。

沉默持续了片刻，青鳞终于睁开了碧绿的眼睛，小手指向偏左的一处通道，轻声道："少爷，虽然其他几条通道也有一些残留的气息，但是这条是最浓郁的，看来半年之前，那人在这里逗留的时间最长！"

闻言，萧炎将目光扫向那条漆黑的通道。这条通道明显很长，一眼望去，漆黑一片。瞧着这种情形，萧炎的眉头不由得皱了起来。

偏过头，萧炎与萧鼎对视了一眼，轻呼了一口气，欲率先走进去，却忽然被萧鼎拦了下来。

"先等等。"萧鼎对萧炎微微摇了摇头，然后，转头对一名身形颇为壮硕的大汉轻声道，"汉姆，你去探测一下这条通道之中有没有隐藏一些特别的东西。"

"嗯。"闻言，名为汉姆的大汉点了点头，他谨慎地来到漆黑的通道之前，然后趴下身子，用侧脸接触沙面，同时将一对手掌狠狠地插进沙地之中。

"这是？"瞧着汉姆的奇异举动，萧炎不由得惊愕地问道。

"汉姆所修炼的属性是土属性的一种变异形态——沙属性。所以,在沙漠之中,他能够借助沙子,感应到一些别人难以发觉的隐藏气息。"萧鼎解释道,"在这种未知地方,我们一切都得小心。胡乱冲撞,可不是明智的举动。"

"呵呵,漠铁佣兵团的奇人还真是挺多,这般团队合作,自然要比我一人乱窜好许多。"萧炎笑了笑,有些感叹地道。

"一些保命的小把戏罢了。"萧鼎随意地摇了摇头,抬头望向探测结束的大汉,"怎么样?"

"没探测完毕……"汉姆皱着眉头摇了摇头,苦笑道,"我探测了将近五百米的距离,并未发现别的隐藏气息。不过就在我打算一探到底时,却发现在更深处,土属性的能量竟然完全消失了,取而代之的是极为炽热的火属性能量。在那种环境下,我的探测已经起不到半点作用了。"

"土属性能量消失了?"闻言,萧炎与萧鼎都是一惊,在这沙漠深处,本来该是土属性能量最浓郁的地方,怎么可能完全消失了?

"看来这里面的确有古怪啊。"萧炎轻声喃喃了一句,漆黑的眼睛中却燃起一股炽热的火焰。这里越古怪,存在异火的概率就越大,这对于一直在苦苦寻找异火的萧炎来说,无疑是一个值得振奋的好消息。

瞧得萧炎的模样,萧鼎无奈地摇了摇头,想要劝其小心行事的话语,也只得咽了下去。

"走吧,进去看看,若是发现情况不对,我建议先行撤退,然后再从长计议。毕竟我们已经找到了这里,只要花些时间,应该能达到目的。"萧鼎沉声道。

萧炎笑了笑,手掌轻轻地抚摸着背上的玄重尺,轻吐了一口气,将青鳞护在身后,然后率先朝着这条漆黑的通道行去。

走进漆黑的通道之中,萧炎感觉浑身有些发凉。他舔了舔嘴唇,微眯的眼睛在周围光滑的洞壁中扫过,手指在纳戒上刨了刨,一枚回气丹被他快速地塞进嘴中。这个举动,几乎已经成为萧炎每次做事情之前的习惯性动作了。毕竟,说不定在什么时候，那点斗气会起到决定生死的巨大作用。

"记住，每隔五十米，便在洞壁上安置一枚月光石……"听着身后萧鼎对漠铁佣兵团团员的轻声吩咐，前面的萧炎不由得在心中咂了咂嘴。自己这大哥做起事情来，还真是滴水不漏，任何一点儿小事都被他想到。

十几道人影借助月光石的光芒，缓缓地行走在漆黑的通道之中。因为弄不清楚究竟有何危险，所以大家都不约而同地保持着沉默，一路行来，除了脚步落下的细微沙沙声之外，几乎一片寂静。

在漆黑又深邃的通道之中，时间似乎消失了，众人有些僵硬地不断前行着。而通道好像永远没有尽头一般，众人始终看不见尽头的光亮，仿佛在不断朝着大地中心走去。

随着行走的深入，萧炎察觉到笼罩在周身的冰凉感逐渐消散，取而代之的是一股淡淡的炽热。

感受到这一变化，萧炎脚步缓缓顿住，微偏过头瞧着萧鼎等人，望着他们脸上的惊异，舔了舔嘴唇，低声道："原来不是土属性能量消失了，而是这里的火属性能量太过浓郁，竟然将土属性能量压制到了令人难以察觉的地步……"

"这才刚刚进入火属性能量的范围，便已这般浓郁，若是再继续往下，将会是如何恐怖？难道这下面真的有异火存在？"萧鼎有些震惊地道。

萧炎抿着嘴，眼瞳中升腾起渴望的焰火。自从修炼了焚诀之后，异火便是自己梦寐以求的天地奇物，现在它快要出现在自己面前了，这种突如其来的幸福，几乎让萧炎激动得抖起身体。

"诸位，如果受不了周围火属性能量的熏烤，那便请停下脚步。若是继续走下去的话，恐怕人会自燃。"萧炎深吸了一口气，回过头来，郑重地说道。

"嗯。"瞧着萧炎认真的神色，众人也不敢掉以轻心，当下赶忙点头。

"青鳞，若是感觉坚持不了，便和我说，知道吗？"低下头，萧炎对着青鳞沉声道。

"嗯。"青鳞乖乖地点了点头，似乎并没有因为周围炽热的火属性能量而有什么异状。

吩咐完毕后，萧炎拳头紧了紧，再度迈开大步，朝着通道内部行去。

越往里走，周围的火属性气息就越浓郁。有几名实力稍差的团员已经忍受不了这种高温，无奈地选择了退出。

虽然有人退出，但是深入依然在继续。到最后，居然只有萧炎、萧鼎以及青鳞坚持了下来，其他人则受不了越来越暴躁的火属性能量，全部退出。

越走越深，萧炎的脸色也越来越凝重，不过在凝重之余，还隐隐有着一抹狂喜之色，因为他能感觉到，体内焚诀的运转，在他没有驱使的情况下，竟然自动带动着紫火斗气，开始急速运转。这可是修炼以来，头一次发生的事情啊。

"要到了……"再次走过一个转角，不远处的通道尽头竟然出现了红色光芒。见状，萧炎激动得打了个哆嗦，他抹去脸上的汗水，声音嘶哑而干涩地说道。

最后的路程，三人速度越来越快，他们迅速地穿过通道，来到了尽头。

站在通道的尽头，三人望着出现在眼前的火红世界，满脸震撼。

巨大的地穴之中，火红的岩浆缓缓流淌，偶尔有巨大的气泡从岩浆之中浮现而出。不过片刻之后，随着一道轻微的声响，"嘭"的一声爆裂开来，炽热的岩浆从中暴射而出，犹如烟花般绚丽。

站在狭窄的通道尽头，萧炎三人望着面前那几乎望不到边际的岩浆世界，震撼之余，皆不由自主地咽了一口唾沫。

"没想到在石漠城外的地底，居然隐藏着这么一个恐怖的地方。"萧鼎的身体被一层深绿色的光芒所包裹，他擦去脸上的汗水，惊叹地道。

"是啊，好壮观的地底岩浆世界。"萧炎身体上同样包裹着斗气纱衣，不过尽管如此，炽热的温度也让他浑身有些发烫。

"这下怎么走？这里已经没有路了，而且我修炼的是木属性功法，刚好会被火属性能量克制。若不是我具备五星斗师的实力，我想我也走不到这里来，不过这里已经是我的极限了。"萧鼎冲着萧炎苦笑道。

萧炎微微点了点头，要不是他本源属性便是火，也早就经受不住高温的熏烤而退却了。而且，来到尽头之后，萧炎明显发现，这里的火属性较之通道之中的，要更加炽热与狂暴。

呼……萧炎轻吐了一口气，低下头望向一直紧跟在自己身后的青鳞，不由得有些愕然。与满头大汗的萧鼎相比，青鳞似乎显得从容许多，要知道青鳞本身并不具备什么实力啊。

静下心来后，紧盯着青鳞的萧炎能够感受到，她的身体之内在源源不断地释放着一股有些阴寒的能量。正是这些能量的护持，才使得青鳞能够一直跟着他们走到通道的尽头。

"这小丫头果然有些奇异的地方，难道是因为她体内的蛇人血脉？可即使是一名真正的蛇人来到这种地方，也只会哀号着选择撤退吧？"萧炎眉头微微皱了皱，心中有些疑惑。

"现在你想怎么办？"萧鼎望着面前翻滚的岩浆世界，偏头问道。

"我想进去看看……"萧炎沉吟了一会儿，轻声道。

"进去？进入那岩浆之中？这里可没有路啊，难道你还想游过去不成？"闻言，萧鼎脸色微变，轻声斥道。

"呵呵，自然不可能游过去。这里的温度连钢铁都能熔化，更别说我了。"萧炎笑着摇了摇头，将背上的玄重尺取下，收进纳戒之中，他身体微颤，紫云翼猛地自背后弹射而出。

"这是？"望着萧炎背后忽然弹出来的双翼，萧鼎眼瞳微缩，过了一瞬间，惊骇地道，"斗气化翼？斗王？这怎么可能?！"

虽然萧鼎对萧炎的修炼天赋极有信心，但若是谁说萧炎不到二十岁便成为一名斗王强者的话，那萧鼎绝对不会相信。要知道，整个加玛帝国的斗王强者，加起来也不会超过二十个。那些人哪个不是名震一方的强者，可从没听说过有什么

人能够在二十岁之前有这般成就。

瞧着萧鼎那惊骇的神色，萧炎轻笑着摇了摇头，手掌轻轻地抚摸着那略带些紫色的紫云翼，微笑道："这可不是斗气化翼，只是一种极为罕见的飞行斗技而已，飞行速度可远远不及真正斗气所凝聚出的双翼，不过能飞便是。"

听得萧炎的解释，萧鼎这才松了一口气，目光泛着些许怪异，盯着萧炎，道："你这小家伙，究竟还隐藏着多少秘密？"

萧炎笑着摇了摇头，岔开话题道："待会儿我单独进去看看，大哥你带着青鳞就先原路返回吧。"

"等等，就算你有这双翼的相助，可地穴里面的温度也极其恐怖，以你的实力，怎么可能在里面坚持太久？"萧鼎急忙伸出手来拦住萧炎，谨慎地道。

"呵呵，相信我吧，不会出事的。"萧炎轻笑道。

萧鼎皱着眉头紧盯着萧炎，好一阵后，才无奈地点了点头，道："小心点，若是有变故，赶紧出来。"

"嗯。"萧炎微笑着点了点头，刚欲转身行动，一只冰凉的小手却忽然拉住了他。

"少爷，等等……岩浆里面似乎藏着什么东西！"

青鳞紧紧地抓住萧炎，碧绿的眸子盯着那一望无际的火红岩浆，急声道。

"嗯？"闻言，萧炎与一旁的萧鼎皆是微微一怔，旋即，赶忙看向岩浆。可除了一些巨石之外，却并未发现任何物体。

"青鳞，你感觉到了什么？"在这种险地，即使萧炎有药老护身，也不敢大意，当下赶忙声音凝重地询问道。

"在那岩浆里面，似乎存在着什么东西，我能感觉到它的一点点隐晦的气息……它很强……"青鳞死死地盯着不断翻滚的某处岩浆，碧绿的眸子中浮现着点点幽光，目光仿佛穿透了岩浆的阻碍，看见了其下所隐藏的某种神秘东西。

"有活物？"萧炎一惊，在这种炽热得几乎可以熔化钢铁的岩浆之中，居然有活物，这实在难以置信。

"嗯。"

"难道这就是半年前你感应到的那股气息？"萧鼎微皱着眉头望着翻滚着气泡的岩浆流，沉声问道。

"不是……那股气息比它更强。"青鳞摇了摇头道。

"它的实力，比沙之佣兵团的罗布要强上一些。"青鳞用小手比画了一下，轻声说道。她一直生活在石漠城中，见到过的最强者便是大斗师级别的罗布，所以也只能拿他来做比较。

"比罗布要强一些……"萧炎呢喃了一声，说到"一些"时，声音稍微重了点。从青鳞的这种比较之中，萧炎勉强能够猜出岩浆中隐藏的东西的大致实力。当初的那股神秘气息，实力至少在斗王之上，所以青鳞对它的形容是罗布都比它弱了许多许多。按照这种推测，那岩浆之中的生物，实力或许在斗灵之上。

当然这只是萧炎的一种猜测，究竟靠不靠谱，他自己也不太清楚。若真有一头能够生活在岩浆之中的生物的话，那么它在这种场合惹出来的麻烦，不会比一名斗王强者弱。

呼……萧炎轻吐了一口气，微眯着眼睛，沉吟了片刻，无奈地摇了摇头，沉声道："不管这里面隐藏着什么东西，我都必须进去看看，说不定我所需要的东西，就在岩浆之中。"

"大哥，你先带着青鳞走吧，我去试试！"转过头来，萧炎对萧鼎说了一句，然后不等他回答，便朝着山壁之下的岩浆跳去，双翼一振，他的身体逐渐悬浮在距离岩浆十多米的位置。

瞧着飞上半空的萧炎，萧鼎只得无奈地点了点头。不过因为心中实在放心不下，所以他并未立刻退出，而是拉着青鳞退后到了通道之中，视线紧紧地盯着那在岩浆上空飞翔的萧炎。

萧炎缓缓地在岩浆之上飞行着，紫火斗气将身体完全包裹了起来，灵魂感知

力也透体而出,谨慎地在周围扫描着。看来青鳞口中所说的隐藏生物,给了萧炎不小的压力。在这种严酷的环境之中,他不得不全神贯注,随时准备应对各种突发的危机。

地穴之中,温度高得有些恐怖,萧炎本体属火,还有紫火斗气的护持,可岩浆气泡吐出来的淡淡雾气不仅炽热,还蕴含着一种火毒。就算萧炎提前吞服了解毒丹,也依然不敢随意地呼吸周围的空气,只是在支撑不住时,才会小心翼翼地将一点点空气吸进体内。

即使萧炎每次只吸入极为少量的空气,可每次在毒气入体时,也会有些晕眩。若不是先前便服下解毒丹,恐怕他早已经支撑不住,一头栽进炽热的岩浆之中了。

因为有着多重的阻碍,所以萧炎并不敢将飞行速度提得很快,他一路晃晃悠悠地在岩浆之上缓缓地扫视着。当然,他飞行之时也不敢发出丝毫声音,生怕会引来岩浆之中的神秘生物的攻击。

飞行在空中,萧炎越发感觉到这处地穴的庞大,周围流动的岩浆在此处汇聚成了巨大的岩浆湖泊。偶尔随着一股炽热的气浪涌来,岩浆湖泊之中会猛然冲起一股火红的岩浆柱,每当此时,都会将飞行中的萧炎吓得心惊肉跳。

地穴中的熔岩世界也是一个充满死亡气息的世界。萧炎飞行在岩浆湖泊之上,每飞行一段距离,都会感到心颤,若是在此时忽然来个斗气不支的话,那恐怕自己真的会尸骨无存了。

萧炎的皮肤已经隐隐有些发红了,他的衣衫也变得格外干燥,现在它们只要稍稍沾一点儿火星子,立马就会焚烧起来。

再度向前飞行了一段距离,萧炎微微回头,发现那个通道口已经变得十分渺小了。在那洞口处,两个细小的影子正牢牢地注视着自己。

瞧见那两道影子,萧炎无奈地摇了摇头,刚欲对着他们挥挥手示意平安,青鳞那有些尖锐的叫声猛地响了起来:"少爷,它在跟着你!快回来!"

听得这声尖锐的叫喊，萧炎的头皮猛地一麻，身体毫不犹豫地调转回来，双翼一振，拼了命地对着通道口暴射而去。

萧炎的身体刚动，下方平静的岩浆湖泊之中便轰然一声闷响，无数炽热的岩浆猛然暴射出来。

在漫天熔岩飞洒之间，一头体形庞大的神秘生物陡然从岩浆之中暴冲而起，闪电般地朝着转身逃窜的萧炎噬咬而去。

神秘的生物破开岩浆时发出一声尖利的嘶鸣，胡乱飞射的岩浆也将平静的岩浆湖泊搅得暴躁起来，一道道岩浆火柱冲天而起，极为壮观。

萧炎的双翼急速振动，忽然暴动起来的岩浆湖泊让他头皮发麻，他紧咬了牙关，拼命地逃窜。

虽然有紫云翼的帮助，萧炎的速度极快，但是那神秘生物的速度绝对不逊色于他。嘶鸣声刚落，它庞大的身体便展现出了与其体形丝毫不符的快捷速度，逐渐地追上了萧炎。旋即，狰狞的巨嘴一张，猩红的三叉芯子犹如利剑一般，暴刺而出。

"少爷，小心，它在您后面！"远处的通道处，望着那逐渐接近萧炎的巨大生物，青鳞的小脸布满惊恐，尖声喊道。

一旁，萧鼎也满脸焦急，有心想要上去相助，却根本过不去，当下只急得在通道中不断踱步。

正在急速飞掠的萧炎，听到青鳞那声尖叫，浑身皮肤猛地一紧，与此同时，炽热的劲气也从身后暴射而来。

喉咙滚动了一下，萧炎甚至连头都来不及回，紫云翼在持续振动之时，脚掌猛地踏在一旁的一道从上面垂直而下的巨石柱上，急喝道："暴步！"

声音落下，萧炎的身体骤然蜷曲成了弓形。刺啦一声，萧炎的衣衫紧紧地贴着皮肤表面，他身体紧绷，旋即犹如一支离弦的箭一般，向前的速度猛然暴涨。

借助暴涨的速度，萧炎侥幸躲过了身后神秘生物的一击必杀，同时也将彼此

的距离稍稍拉远了一些。

嗞！瞧着到口的猎物竟然逃脱，神秘生物发出一声愤怒的嘶鸣，巨大的尾巴狠狠地抡扇而出。顿时，那道被炽热的岩浆冲击了无数次的坚硬石柱，轰然爆裂开来。

在石柱爆裂之时，无数碎石洒落而下，神秘生物不断地狠狠抡动巨尾。而被其尾巴扫到的碎石，犹如一颗颗出膛的炮弹一般，狠狠地对着逃窜的萧炎怒射而去。

身后忽然响起阵阵破风声，萧炎刚刚放松了一点儿的心情再度紧张起来。他的灵魂感知力透体而出，将周身几米处笼罩其中，然后身体骤然开始扭曲。

一枚枚有些棱角的碎石，带着尖锐的破风声，贴着萧炎的身体表面，不断擦过。即使萧炎险之又险地避过了这些碎石的轮番攻击，可它们擦身而过时，尖锐的劲气还是在萧炎身体上留下了道道红色的痕迹。

砰！

一些落空的碎石，在暴射了一段距离后，狠狠地砸在坚硬的岩壁之上。顿时，碎石在轰然爆裂之时，居然也在岩壁之上留下了道道裂缝。由此可见其上面所蕴含的劲气究竟有多恐怖。若是萧炎一个失神被其砸中，恐怕当场就会失去战斗力，一头坠进岩浆之中，化为灰烬。

望着那条条裂缝，萧炎额头之上忍不住冒出些许冷汗。要不是当初在魔兽山脉，药老专门摆设木桩阵来训练他的闪避能力，恐怕今天他就真得栽在这里了。

"这东西竟然还懂得利用别的物体进行攻击，明显智商不低，该死的！"萧炎心中飞快地闪过一道念头，感到棘手的同时，脚掌猛地再次踏在一根石柱之上，速度再度暴涨。

借助暴涨的速度，萧炎艰难地转过头，目光瞟向那紧跟在身后的神秘生物，忍不住倒吸了一口凉气。

这头从岩浆之中跑出来的神秘生物，是一种类似蛇形的魔兽，体形极长，粗略望去，起码有四五丈；它的身体表面密布着巴掌大小的红色鳞片，通体火红，远远看去，犹如一块浑圆的火玉一般。最让萧炎惊骇的是，这头魔兽竟然有两个脑袋，在修长的脖颈分叉处，两个狰狞的脑袋瞪着巨大的菱形眼瞳，充斥着狂暴与嗜血的杀意。

"好古怪的东西，这究竟是什么魔兽？"萧炎心头闪过一道惊恐的念头，却忽然发现那双头蛇的速度居然慢了下来，它的脖颈似乎正在膨胀着，好像快要喷吐出什么东西一般。

瞧着这古怪的一幕，萧炎心头泛过一抹不安，当下双翼猛地一振，快速向前冲的身体骤然顿住，然后向着上方暴冲而起。

就在萧炎向上方暴冲之时，身后的双头蛇狰狞的巨嘴猛然大张，两道由岩浆与火焰构成的巨大熔浆柱，犹如火山爆发一般喷射而出。顿时，两股汹涌的岩浆火柱对着萧炎暴射而来。

一道火柱从萧炎下方一两米处掠过，其中所蕴含的炽热高温，竟然把萧炎的裤脚烧毁了一截。皮肤上传来一阵火辣的灼烧感，他轻吸了一口凉气。

一道火柱落空，另外一道却如闪电般穿过半空，一路遗留下赤红色的火焰线条，带着毁天灭地的气势，狠狠地撞向萧炎。

站在通道口，望着那即将吞噬萧炎的火焰柱，萧鼎与青鳞皆是满脸惊骇。

背后突如其来的炽热高温，将萧炎后背的衣衫焚烧成灰烬，他本来有些黝黑的皮肤，也变得通红起来。

"该死的！"炽热的温度将萧炎熏烤得略微一晕。双翼拼命振动间，他向后瞟了瞟，却惊恐地发现，巨大的岩浆柱将他周身好几米的范围完全笼罩，这么短的时间，他根本没有可能逃出火焰柱的笼罩范围。

"老师，你再不出手，我就死了！"近在咫尺的毁灭攻击，让萧炎的瞳孔几乎缩成了针孔大小，他拼尽全力，依然躲避不过，只得在心中急急地嘶吼道。

"呵呵，小家伙终于支撑不住了吗？"戏谑的笑声在萧炎的心中响起。

　　在声音响起之时，一股奇异的能量猛然灌注进萧炎背后的紫云翼之中。随着一声轻微的闷响，紫云翼之上竟然浮现出了些许紫色的云彩纹路，双翼一振，在这一刻萧炎的身体几乎穿透了空气的阻碍，犹如在湖泊中穿行的小鱼一般，闪电般地冲出了火焰柱的笼罩范围。

　　巨大的熔岩火柱攻击落空，重重地落回岩浆湖泊之中。顿时，激起一声轰然暴响，整个地穴都为之颤了一颤。

　　巨大的熔岩火柱融入岩浆湖泊之中，犹如起到了某种催化的作用一般，平静的湖面之上，无数道巨大的熔岩柱，在一声声闷响中，源源不断地喷射而出。

　　这场景极为恐怖，如同在岩浆之下隐藏了无数火山孔洞，在接二连三地喷发。

　　站在通道之中，萧鼎与青鳞望着那骤然间变得极为狂暴的岩浆世界，在惊骇之余，忍不住咽了一口唾沫。在这种庞大的自然之力面前，人类的力量显得极为渺小。

　　"难怪异火这般珍稀难得，要从这些堪称死亡绝地的地方取得异火，真是难如登天啊。"萧鼎喃喃道。

　　砰！

　　在两人目瞪口呆之时，通道之外不远处的岩浆湖泊之中，一道熔浆柱猛地冲天而起，四射的炽热岩浆铺天盖地地飞洒而出。

　　瞧着那些飞洒的岩浆，萧鼎急忙拉住青鳞，急退了好一段距离，方才躲过那些炽热的细小岩浆。

　　"小炎子怎么样了？人呢？"站在通道之中，萧鼎的视线几乎被爆发的熔岩柱完全遮挡住了，当下不由得心急如焚。

　　一旁，青鳞也小脸苍白，手足无措的她显得极为胆怯和焦虑。

　　就在两人急得发疯之时，岩浆湖泊之中，一道人影猛地横冲直撞着暴掠而来。

望着那道几乎是硬生生地从无数道岩浆柱中冲撞出一条道路的人影,萧鼎在惊喜之余,心中也是一片惊疑。这家伙居然能够无视那岩浆柱的炽热温度,太可怕了吧?

浑身被包裹在紫色斗气之中的人影,在冲出了最后一道岩浆柱之后,终于一头撞进了通道之中。他用手掌扶着墙壁,不断喘着粗气,声音嘶哑地道:"想不到,那家伙如此可怕。"

此时的萧炎,衣衫已经被烧成了一块块布条,皮肤也是一片通红,满头黑色的发丝也变得枯黄了。

"没事吧?"望着不断喘着粗气的萧炎,萧鼎松了一口气,连忙问道。

萧炎苦笑着点了点头,背靠着通道,缓缓地坐了下来,望向湖泊之中。或许是忽然间失去了目标的缘故,那条双头蛇在岩浆之中缓缓地游动着,四只巨大的菱形瞳孔,不断扫视着周围。可因为漫天岩浆的遮掩,它搜寻不到萧炎,只得发出愤怒的嘶鸣声,巨大的尾巴疯狂地搅动着,将岩浆湖泊搅得不断翻涌。

第六章
双头火灵蛇

"现在怎么办?那家伙守在外面,你根本进不去。"萧鼎靠着萧炎一屁股坐下,苦笑着问道。

萧炎轻叹一口气,将一枚回气丹塞进嘴中,喉咙滚动了一下,将之吞了进去。他沉吟了一会儿,轻声道:"无论如何,这异火我都必须弄到手,我知道想要得到异火是何等困难,所以我早有心理准备。现在的这种难度,还没有超出我的承受范围。"

"你还想去试?看那双头蛇的攻击强度,它的实力应该在四阶魔兽左右,相当于人类斗灵强者的程度啊。在这种满是炽热熔岩的地方,即使是一名斗王强者,也难以击杀它啊!"闻言,萧鼎眉头一皱,沉声道。

"呵呵,如果要阻拦这畜生的话,说不定只能宰了它。"萧炎轻声笑了笑,脸上浮现一抹森冷的寒意。他的眼睛死死地盯着熔岩湖泊之中的巨大双头蛇,拳头微微紧了紧,旋即缓缓闭上双眸,慢慢地恢复着体内因为逃命而大量消耗的斗气。

看萧炎丝毫没有放弃的念头，萧鼎只得无奈地摇了摇头。他知道萧炎底牌甚多，可想要在这种环境中打败这条似乎丝毫不受岩浆影响的双头蛇，在萧鼎眼中基本是一件不可能的事情。

靠坐在通道之中，萧鼎愣愣地望着外面的熔岩世界，心中琢磨着如何才能把这犯了牛脾气的萧炎给拉回去。一旁，青鳞也小心翼翼地盘坐在萧炎身旁，碧绿的眸子扫过萧炎那被烧得有些通红的皮肤，眼中忍不住闪过一抹惊惧。

在三人的沉默之中，暴动的岩浆湖泊也再次平静了下来。而当所有喷射的岩浆柱平息之后，那四处扫视的双头蛇终于将目光投入了小小的通道之中。当它发现了通道之内的三人后，顿时，一道嗜血的尖锐嘶鸣声，再度响彻在炽热的地穴之中。

"糟了，它发现我们了！"通道之内，望着双头蛇投来的狰狞目光，萧鼎脸色一变，失声道。

萧鼎话音刚落，双头蛇两个巨大的头颅便猛地一阵摆动。一瞬间，一道炽热的岩浆柱猛地向通道之中暴射而来，看这架势，岩浆若是冲进来的话，里面的三人绝对会在眨眼间便被吞噬。

炽热的岩浆柱，犹如一条狰狞的火龙一般，在半空中划出死亡的弧度，径直朝着通道灌射而来。

就在萧鼎打算抓起萧炎转身逃跑之时，紧闭着眼睛的萧炎却猛地睁开了双眼，漆黑的眸子中，深邃与沧桑缓缓涌现。望着那带着炽热而来的火焰柱，萧炎缓缓站起，微微一晃，居然诡异地闪现在了通道处。

瞧着萧炎忽然展现出来的恐怖速度，萧鼎脸色微微一变，目光紧紧地盯着前者的背影，心中不知为何泛起一股古怪的感觉，好像面前的萧炎，忽然变成了另一个人一般。

心中这古怪的感觉让萧鼎紧皱着眉头，不过虽然心中觉得有点儿不对劲，萧鼎却始终想不出究竟是何处不对。

在萧鼎苦思冥想之时,萧炎缓缓地抬起了手掌,旋即猛然一握。一股奇异的无形能量波动自其掌心中散发而出,瞬间便在通道之外的十来米处,形成一个无形的能量罩。

岩浆柱暴射而来,在通道口之外十多米处,忽然毫无预兆地爆裂开来,四散的岩浆贴着半空缓缓流下,最后将那无形的能量罩渲染成了火红色。

"双头火灵蛇一般生长于极热之地,靠吞噬岩浆为生,进化空间极大。初生时仅是一阶魔兽,若是机缘足够,或许能够进化成堪与斗皇强者相比的六阶魔兽。啧啧,奇异之地生灵物,看来这里的确有异火的踪迹啊。"望着那在熔岩湖泊中翻江倒海的双头蛇,淡淡的笑声从萧炎口中轻轻地传了出来。

嗡!瞧着攻击被阻,火灵蛇眼瞳之中的怒火明显更甚了几分,巨大的尾巴猛地一甩,狠狠地对着通道口的萧炎怒砸而来。

背后的紫云翼微微一振,萧炎猛然冲出,将那火灵蛇的攻击轻易躲避了去。

轰!巨大的尾巴带起一片庞大的阴影,狠狠地砸在山壁之上。顿时,随着一声剧烈的闷响,一道道巨大的裂缝从岩壁上犹如蜘蛛网一般蔓延开来,在延伸了十多米后,方才逐渐停下来。

身体悬浮在半空之中,萧炎手掌缓缓地握着背上的玄重尺尺柄,猛然抽出,脚掌一踏虚空,身体几乎是瞬间便出现在了火灵蛇头顶之上。

如此近距离地接触熔岩火焰,若不是此时是药老在主宰着萧炎的身体,恐怕光是从其中散发出的炽热温度,都能让他马上昏迷过去。

手中的玄重尺夹杂着凶猛的破风声,尺身之上汹涌的紫色斗气在划破空间之时,形成了一道巨大的紫色尺弧,看上去极为绚丽。

嘭!玄重尺犹如雷霆一般,丝毫不给火灵蛇任何反应的机会,便已经狠狠地砸在了其头部。顿时,坚硬的火红鳞片居然爆裂开来,一缕缕殷红的血迹从鳞片的缝隙中渗透而出,最后滴入岩浆之中,化为一阵虚无。

嗡,嗡!头颅忽然遭受重击,火灵蛇猛地发出一阵阵尖锐的嘶鸣声。巨大的尾巴疯狂地往头顶上方狠狠扇动着，而萧炎的身体则犹如那狂风骇浪中的一叶扁舟，虽然在随波而动，却始终险险地保持着生与死的完美平衡。

在岩浆之中剧烈翻腾的火灵蛇，忽然抬起两个巨大的头颅，菱形的巨大眼瞳泛着嗜血的狰狞，死死地盯着半空中不断闪避的萧炎。火灵蛇头颅猛然一摆，庞大的身体上居然缓缓地冒腾出一种深红的火焰。火焰逐渐升腾而起，片刻之后，弥漫了这一小片天地。

深红的火焰在半空缓缓旋转，而火焰的中心位置正是萧炎。

立在原地，萧炎微皱着眉头望着周围的大火。这火焰之中的温度，不比当初紫晶翼狮王的紫火弱上多少，甚至由于这特殊的环境，这深红如血的火焰的温度，居然隐隐有超出紫火温度的趋势。

"要动真格了啊。"感受到周围那愈加炽热的火焰，"萧炎"轻声笑道，"小家伙，暂时交给我来对付它吧。"

在废了一小截的通道之中，萧鼎两人目瞪口呆地望着那几乎弥漫了整个地穴的漫天血色火焰，忍不住倒吸了一口凉气：这种等级的战斗真是恐怖。

轰！漫天的深红火焰在某一刻骤然开始急速旋转，剧烈的鸣啸之声响彻在庞大的地穴中。

随着旋转的加快，周围的火焰忽然一阵蠕动，十来条由火焰能量凝聚而成的双头火灵蛇，忽然从火焰之中浮现出来。

这十多条双头火灵蛇的体形，不比其本体小上多少。几十只巨大的眼瞳泛着狰狞，死死地盯着中央静立不动的"萧炎"。盘旋了片刻之后，十多条双头火灵蛇齐声发出一阵嘶鸣，尖锐的声波在地穴之中不断回荡着，极为刺耳。

随着声波的响起，那十多条完全由炽热火焰构成的双头火灵蛇，组成一道火焰阵形，然后带着足以将空气蒸发的炽热温度，铺天盖地地对着中央位置的"萧炎"冲击而去。

十多条体形长达好几丈的庞大生物在地穴之中飞舞攻击，那场面当真是极为

壮观。当然,在这壮观的背后,也隐藏着要人命的危机。

抬眼望着那从四面八方冲撞而来的双头火灵蛇,"萧炎"脸上浮现出淡淡的笑容,然后他竟然缓缓地闭上了眼睛。

轰!在一阵惊天动地的剧烈爆炸声中,十多条双头火灵蛇在中央位置相撞,刹那间爆炸开来。凶猛的爆炸化为一道道能量涟漪,猛然扩散开来,将那才平静了一点儿的岩浆湖泊,震得再度疯狂暴动了起来。

通道之中,萧鼎呆滞地望着熔岩世界中那毁天灭地般的景象,脸上忍不住地浮现一抹苍白。在这种几乎可以毁灭半个石漠城的恐怖攻击之下,他实在难以想象萧炎凭什么能够将之抵御下来。虽然他并未见过斗王级别的强者,但是面前的这一幕,就算是一名斗王,也不能这般傻傻地硬接下来吧?

"这家伙究竟在干什么?"萧鼎背靠着有些炽热的石壁,一屁股坐在地上。

"团长……少爷他……还活着!"就在萧鼎晕眩之时,青鳞那惊喜的叫声忽然在耳边响起。

闻言,萧鼎猛然抬头,目光急忙移向那漫天火焰之中。他果然发现,在那能量扩散之处,一道年轻的身影正若隐若现。

巨大的岩浆地穴世界之内,半空中弥漫着深红的火焰。空气中泛着带毒的气体,这里几乎是普通人类沾之即死的死亡绝地。

在那半空中,深红色的火焰笼罩之处,年轻的人影缓缓浮现,而随着其身影的浮现,周围的红色火焰也猛地对着其暴涌而去。

此时,那年轻的身影仿佛变成了一个黑洞,周围的红色火焰疯狂地灌注进去。由于灌注的速度实在太快,最后竟然导致地穴的上空形成了一个巨大的火焰气旋,而气旋的中央位置,正是那道年轻的身影。

随着这种近乎贪婪的吞噬,周围的深红色火焰也越来越微弱,到最后,竟然完全被"萧炎"吞噬。

当最后一缕火焰逐渐消失之时,中央位置的人影终于清晰地显现了出来。

半空中，"萧炎"淡然而立。他的身体表面竟然黏附着一层薄薄的森白色火焰，那些深红色的火焰已被这些森白火焰完全吞噬。

"不错，好久没遇见这么美味的补品了。""萧炎"伸了一个懒腰，冲着下方的双头火灵蛇笑眯眯地道。

咝……自己喷出的火焰居然被空中的人类吞噬，火灵蛇巨大的眼瞳之中，分明掠过一抹震惊。

"结束了。""萧炎"微微一笑，缓缓地对着下方的火灵蛇伸出手掌，然后骤然下拍。

随着"萧炎"手掌的拍下，一股无形的恐怖劲气闪电般地透过空间的阻碍，狠狠砸在火灵蛇巨大的身体之上。顿时，庞大的劲气居然将火灵蛇的一些鳞片砸得轰然爆裂开来。而且，在推力的驱使之下，火灵蛇的身体也狠狠地砸进了岩浆湖泊之中。

咝咝咝……突如其来的剧痛让火灵蛇仰头发出尖锐的嘶鸣，巨大的瞳孔中再度充斥着血红，巨嘴不断地开合，一道道炽热的岩浆柱铺天盖地地对着"萧炎"暴射而去。

望着那从下方暴射而来的无数岩浆柱，"萧炎"微微挑眉，身体之上的森白火焰变得更浓郁了。背后的双翼一振，他竟然直接对着那些岩浆柱暴射而下。

"萧炎"的身体没有躲避，而是以最蛮横的姿势直冲而下。而所有与其身体相接触的岩浆柱，都会在接触到森白火焰之后，瞬间化为一片虚无。

通道之中，萧鼎与青鳞望着那几乎势如破竹的"萧炎"，震惊得无以复加，只得愣在原地，呆呆地望着他一个人独自表演。

在几乎闪电般地突破了十几道岩浆柱的攻击后，"萧炎"瞬间出现在了火灵蛇身体上方。手中被森白火焰所包裹的玄重尺，不断地狠狠砸在其庞大的身体之上，而随着玄重尺每一次的挥下，火灵蛇身体上那些足以抵抗熔岩高温的火红鳞片，便会一块块地破裂开来。

所有攻击手段都已经无效的火灵蛇，只能不断地扭曲着庞大的身体，一道道有些凄凉的嘶鸣声响彻整个地穴。

玄重尺再一次狠狠地挥砸，火灵蛇终于忍受不了这种剧痛，遍体鳞伤的身体往岩浆湖泊中一钻，潜了进去。

呼……望着那选择退却的火灵蛇，"萧炎"也松了一口气。虽说他的确能够将之击杀，但必定要使出一些威力强猛的斗技，恐怕会引来沙漠周围一些强者的注意。要知道，异火这种天地奇宝，即使一些隐士强者，也会忍不住生出贪婪之心。毕竟异火所代表的是一股毁灭性的力量，在这个世界上没有人不想拥有这种力量。

随着火灵蛇的退却，暴动的岩浆地穴也逐渐平静了下来。不过为了保险起见，"萧炎"并未立刻动身寻找异火的踪迹，而是立在半空中静待了将近十分钟，确认那火灵蛇是真的退却之后，方才松了一口气，对着通道里的两人随意地摇了摇手，然后双翼一振，开始缓缓地在岩浆地穴之中搜索起来。

"老师，这里会有异火的踪迹吗？"击退了火灵蛇，萧炎再度掌握了身体，当下轻声询问道。

"看这里的环境以及能量的暴躁程度，还有先前那头火灵蛇异兽，这里应该存在异火。"药老笑着回道。

闻言，萧炎重重地松了一口气，兴奋地舔了舔嘴唇，目光一寸寸地在岩浆湖泊之上扫过。任何一点儿有些不同的东西，都会被他仔细检查许久，无果后，他方才失望地继续探寻。

搜索足足持续了半个小时，却依然没能寻找到任何与异火有关的东西，当下萧炎心中也有些不耐烦起来。

"老师，我们都搜索大半个地穴了，怎么还没发现异火？"萧炎盘旋的身体忽然停住，终于忍不住出声询问道。

"这个……我也不知道，我当初又没来过这里。"对于这个问题，药老也只得无奈地摇了摇头。

闻言，萧炎苦笑一声，叹了一口气，刚欲继续找寻，青鳞那尖锐的叫声却忽然在地穴之中猛地响起。

听得这声尖叫，萧炎一惊，赶忙转身望向通道之处，眼瞳骤然一缩。

在那远方的通道之处，原本已经逃窜的火灵蛇，忽然再度从岩浆中钻了出来，并朝着萧鼎与青鳞快速游去。

"孽畜！"望着那快速朝通道游去的火灵蛇，萧炎的脸色变得极为难看，一声怒骂后，他双翼一振，朝着通道处暴掠而去。

"狡诈的畜生。"再度蹿出来的火灵蛇，也让药老怒斥了一声，一股精纯的能量传进萧炎的紫云翼中，顿时，其飞行速度再度暴涨。

萧炎猛地掠过地穴，由于飞掠速度实在太过疯狂，竟然导致下方的岩浆之中，出现了一条被狂风压带出来的长长痕迹。

虽然萧炎拼了命地往回赶，但是距离实在太远，所以只能眼睁睁地看着那火灵蛇距离通道口越来越近。

扑通……随着破水而出的声音，巨大的双头火灵蛇张着狰狞的巨嘴，出现在了通道之外。它睁着嗜血的两双巨瞳，凶残地盯着通道内的青鳞与萧鼎。

"走，青鳞！"望着火灵蛇，萧鼎率先恢复镇定，他一把抓住青鳞，旋即身形暴退。

瞧着想要逃跑的两人，火灵蛇瞳中闪过一抹戏谑。它巨嘴大张，脑袋猛地后仰，一股恐怖的吸力突兀地出现。顿时，身形正在倒退的萧鼎与青鳞，便被这股吸力缓缓地拖向火灵蛇。

在吸力达到鼎盛之时，火灵蛇巨嘴再度一张，恐怖的反推力暴涌而出，将萧鼎与青鳞重重地吹砸在了山壁之上。

砰。萧鼎的身体重砸在山壁之上，吐了一口鲜血。青鳞倒是因为有他做垫背，并未受什么伤，不过她看着那越来越近的狰狞蛇头，小脸被吓得一片惨白。

或许是因为青鳞体内的那丝蛇人血脉，火灵蛇似乎对青鳞有一些兴趣。它张开巨嘴，凶猛的吸力将青鳞扯得在半空一个翻滚，然后翻倒在通道之外。

"不要过来……"望着那越来越近的狰狞巨蛇，青鳞精致的小脸变得惨白，身体不断后退着。

咝……火灵蛇伸出猩红的蛇芯，在青鳞那娇小的身体上缓缓徘徊着，蛇芯上的腥臭气息，几乎要将青鳞熏得晕过去。

通道内部，萧鼎望着那即将被火灵蛇吞进肚内的青鳞，有心想要救，可刚才火灵蛇的那记重击，却让他暂时失去了移动能力，当下只能眼睁睁地看着火灵蛇的蛇芯不断地在青鳞身上缓缓移动着。

蛇芯舔了舔青鳞的小手，火灵蛇的一只巨大头颅忽然后转，望着正急速赶过来的萧炎，巨瞳中掠过一抹凶残，柔软的蛇芯瞬间变得犹如钢铁一般坚硬，旋即狠狠地对着青鳞的胸膛刺下。

远处，正在飞掠而回的萧炎，望着火灵蛇的举动，不由得眼瞳骤然紧缩，脸上充斥着暴怒与杀意。

"啊！"

在那双犹如碧玉般晶莹剔透的眼瞳中，猩红的蛇芯不断放大。在心中恐惧的驱使之下，青鳞扯开嗓子发出高亢锐利的尖叫声。

随着这高亢的尖叫声响起，青鳞那双碧绿的瞳孔旁，三个绿色的小点突兀地涌现出来。

这一次三个绿色小点，比以往任何一次都要清晰。若仔细看，还能够发现这三个绿色小点犹如三个小小的花蕾一般。

尖叫声高亢穿云。而在这越加响亮的尖叫声中，青鳞眼瞳之中的三个绿色小点骤然间幽光大盛，顷刻之间，居然转化成了三个极为细小的绿色花朵。

随着这诡异的绿色花朵的浮现，一片强烈的幽光猛然自其中暴射而出，照射着青鳞面前的那条火灵蛇。火灵蛇庞大的身体骤然僵硬，两双巨眼惊恐地盯着面前的小女孩。

诡异的幽光在火灵蛇身体之上缓缓移动，最后停在了两个蛇头的额头中央之处。当幽光停止移动之后，便开始缓缓缩小，幽光照射的范围越来越小，其中所蕴含的光亮却越来越盛，到最后居然变得只有巴掌大小，此时，幽光不再缩小。随着一阵幽光的暴射，两个小小的绿色花朵被印刻在火灵蛇的两个脑袋上。

花朵印刻好之后，幽光逐渐消失。片刻后，青鳞眼瞳之中的细小花朵迅速退散，瞬间便恢复了以往的样子。

眼瞳恢复正常后，青鳞的身体一阵摇晃，眼皮逐渐耷拉下去，最后终于倒在了地上。

在青鳞倒下之后，那条巨大的火灵蛇依然傻傻地顿在原地。只不过，每当它的视线扫到地上的青鳞时，眼中的凶狠与狰狞都会不由自主地迅速消失，取而代之的居然是一股温顺。

"孽畜，去死吧！"在火灵蛇发愣之时，萧炎终于破空而来，漆黑的玄重尺狠狠地砸在其庞大的身体之上。

咚……再度遭受到重击，火灵蛇终于回过神来，转过庞大的身体，恶狠狠地盯着萧炎。不过当其目光在扫过那巨大的玄重尺后，眼中却闪过一抹畏惧，然后在萧炎暴怒的神色下，再度一头钻进岩浆湖泊之中。

"孽畜，这次小爷先放过你！"望着再次选择逃窜的火灵蛇，萧炎忍不住骂了一声，然后双翼一振，快速地落到青鳞身旁，将之抱起，手指在其鼻下探过，感受到还有呼吸之后，这才松了一口气。

萧炎从纳戒中取出一枚疗伤的丹药，将之塞进青鳞嘴中。这才抱着她，缓缓踱进通道之中，望着那受伤的萧鼎，萧炎苦笑了一声，将一枚疗伤药递给他，道："怎么样？没什么事吧？"

"没什么大碍，歇息一会儿就好。"接过丹药吞进肚内，萧鼎这才喘了一口气，苦笑道。

　　萧炎靠着山壁缓缓坐下，将青鳞抱在怀中，抹了一把满脸的灰尘，遗憾地叹道："可惜还没找到异火……"

　　"待会儿你先带着青鳞回去吧，我留在这里继续找找。不用担心，现在那畜生看见我就只会跑，这里已经没有什么东西能伤到我了。"萧炎沉吟了一会儿，偏头对着萧鼎道。

　　"这样……也好，我们继续在这里，也成你的累赘了。"闻言，萧鼎只得无奈地点了点头。

　　"不过这地穴面积这么大，而且到处都是火焰，你想从这里找出异火，也不是一件容易的事啊。"萧鼎叹道。

　　"嗯，而且还不能在这里拖延太长时间，不然一旦其他强者感应到这里的动静，就会有大麻烦了。"萧炎点了点头，苦笑道。

　　闻言，萧鼎也点了点头，他同样非常清楚异火对于那些强者有着多么巨大的吸引力。

　　在萧炎有些无奈之时，怀中的青鳞终于缓缓地苏醒过来。她摇了摇昏沉的小脑袋，抬起头来，望着抱着自己的萧炎，小脸微红，纤细的手指揉着太阳穴，忽然轻声道："少爷，青鳞或许能够知道异火在哪里。"

　　"哦？"闻言，萧炎与萧鼎皆是一愣，愕然地道，"你怎么可能知道？"

　　青鳞抿着小嘴笑了笑，忽然挣脱萧炎的怀抱，小跑到通道口处，小手围在小嘴边，大喊道："出来！"

　　青鳞的喊声刚落下，平静的岩浆湖泊之中，巨大的火灵蛇猛然腾起身子，然后缓缓对着通道口处游来。

　　瞧着那再度出现的火灵蛇，萧炎一惊，赶忙站起身来，抓起玄重尺，警觉地望着游过来的火灵蛇。

　　"少爷，别打它，它不会再攻击我们了。"瞧着萧炎的举动，青鳞赶紧一把抓住他。

"怎么回事？"眼睛紧紧地盯着火灵蛇，萧炎发现，现在的它似乎没有了攻击的意图，当下不由得愕然地问道。

"我也不太清楚……"青鳞微微摇了摇头，上前两步，碧绿的眸子盯着面前的庞然大物，疑惑地道，"不知道为什么，我似乎和它建立了一种奇怪的联系，我能感应到它的意念。"

"呃？"萧炎一愣，目光从忽然变得温顺起来的火灵蛇身上扫过，最后停在了其额头部位的那绿色花朵之上。萧炎微微皱眉，这东西先前是没有的。

"啧啧，啧啧……了不起，小家伙，我不知道你是倒霉还是好运，遇到的人都稀奇古怪的。上次是一个厄难毒体，这次也不逊色，竟然遇见了一个拥有'碧蛇三花瞳'的小女孩。"在萧炎疑惑之时，药老那惊叹的笑声，忽然在心中响起。

"碧蛇三花瞳？那是什么东西？"萧炎惊愕地反问道。

"嗯，怎么说呢，这是一种天生的有些奇异的瞳孔，似乎只会出现在人类与蛇人的后代之中。拥有这种瞳孔的人，如果能熟练运用，可以使人产生幻觉。你想想，若是与人战斗的时候，忽然让对方一个精神恍惚，或者直接让对方去砍自己的同伴，那感觉如何？"药老坏笑道。

"呃……那肯定会很好玩。"萧炎抹了把冷汗，干笑道。

"而且，这种瞳孔，几乎可以说是一切蛇形魔兽的克星，因为它有一定概率，能与蛇形魔兽形成一种单方面的强制联系。嗯，这种强制联系，你可以把它当作这个世界极少存在的某种神秘契约吧。"药老笑道，"显然，眼前的这条火灵蛇，正好倒霉地被这小女孩的碧蛇三花瞳给签订了契约。"

"……这样也行？"萧炎张了张嘴，旋即低下头望着身旁有些胆怯的青鳞。以后这小丫头可有了一个了不起的保镖啊，斗灵级别的魔兽护卫，啧啧，他还从没见过谁拥有这种级别的战斗宠物。

"少爷，它知道那异火在什么地方。"青鳞指着面前的火灵蛇，冲着萧炎邀功般地笑道。

"它知道?"闻言,萧炎一愣,舔了舔嘴唇,"在哪儿?"

"嗯。"青鳞微闭着眸子沉吟了片刻,缓缓睁开眼来,目光往四处扫了扫,最后讪讪地指着下面那炽热的岩浆湖泊,怯生生地道,"它说……在这下面。"

咚……目光顺着青鳞的手指看向那炽热的火红岩浆,萧炎嘴角一阵抽搐:岩浆底下?没想到那异火竟然隐藏在这岩浆之下,可这里……难道让自己活生生地跳下去找?那不是找死吗?

"呵呵,原来如此。难怪我说为什么总是察觉不到异火的踪迹,原来是被这些地穴岩浆给淹没了啊。"药老那恍然大悟的笑声,忽然在萧炎心中响了起来。

"老师,这里,能下去?"闻言,萧炎扯了扯嘴,指着下方不断冒着气泡的炽热岩浆,干笑道。

"嘿嘿,异火自然难寻,怎么样?敢跳吗?"药老淡淡地笑道。

萧炎咽了一口唾沫,再次瞟了瞟下面的火红岩浆,喉咙微微滚动了一下,脸色一阵阴晴不定。

青鳞站在一旁,望着脸色急速变幻的萧炎,也是一片忐忑:对于火灵蛇传过来的消息,她也不敢打包票。若萧炎真的跳下去出现了意外,那她恐怕也只能跟着一死了之了。

呼……沉默了良久之后,萧炎轻吐了一口气,偏头对着青鳞轻声道:"让它在下面带路!"

"啊……"听到萧炎这话,青鳞娇小的身体顿时颤了一颤,只得微闭双眼,对火灵蛇发出了命令。

接到青鳞的命令,火灵蛇巨大的眼瞳中明显闪过一抹不愿。不过在强制性的联系下,它也只得对着萧炎发出一声嘶吼,然后一头钻进了岩浆之中,抬起巨大的头颅望着上面呆立不动的萧炎,眼瞳中充满了讥讽与挑衅。

呼……盯着岩浆中的火灵蛇,萧炎长长地呼了几口气,胸膛一阵起伏,片刻之后,猛然闭上双眼,在青鳞与萧鼎的注视下,一头朝着炽热的岩浆跃下。

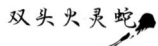

看到萧炎朝岩浆跃下,萧鼎与青鳞的心脏骤然高悬了起来,眼睛死死地盯着急速掉落的身形。

剧烈而炽热的风声,从耳边飞速刮过。萧炎的心脏狠狠地跳动着,一声声沉闷的心跳,仿佛在耳边响起一般。温度越来越炽热,在某一刻,外界喧闹的声响终于被完全地隔离了。

扑通……

随着这入水般的清脆声响,地穴之内的三人,心紧绷成了稍稍用力一扯就会绷坏的弹簧。

第七章
青莲地心火

就在萧炎即将跃入火红的岩浆湖泊中的前一瞬,森白的火焰猛然自其体内涌出,将其身体完全包裹起来。

扑通……萧炎的身体投射入岩浆内,溅起四射的火红岩浆。

听到这声响,上方的萧鼎与青鳞急忙将目光移向岩浆波动之处,却未曾看见半个人影。

"人呢?"萧鼎忍不住转头对着一旁的青鳞大喝道。

"啊?"青鳞往后退了一小步,脸色惨白地望着那没有丝毫动静的岩浆湖泊。那刚刚跳下去的人,似乎是在接触到岩浆之时,便瞬间化成了灰烬一般,连一声惨叫都未曾发出。

咝……岩浆之中,忽然传出火灵蛇的嘶鸣声。

听到这声嘶鸣,青鳞小脸浮现一丝喜意,目光急忙在岩浆中扫了扫。一个被笼罩在森白色火焰之中的人影,忽然从岩浆之中破浆而出,对着上方的萧鼎两人笑着扬了扬手。

"谢天谢地，还好没出事。"望着那似乎不被周围炽热岩浆影响的萧炎，萧鼎这才彻彻底底地松了一口气，旋即全身有些脱力地坐在地面上，用手掌抹去额头上的冷汗。

身体浮在炽热的岩浆之中，萧炎满脸惊异地望着周身那缓缓流动着的火红岩浆。一个巨大的气泡在身旁缓缓浮现，然后"嘭"的一声，爆裂开来，一些岩浆溅射到了萧炎脸上，不过转瞬间，便被那层森白色火焰给吞噬了。

在那层森白色火焰的保护下，外界的高温似乎被隔开了，一股有些冰凉的气息徘徊在周身，萧炎一点儿也感觉不到炽热。

萧炎捧起一些火红的岩浆，然后让它们从指间缓缓流淌而下，他惊叹地咂了咂嘴。这般近距离地接触岩浆，可真是让人毛骨悚然，若是现在这火焰罩忽然消散，那自己的下场……

一想起蚂蚱在油锅之中凄惨蹦跳的模样，萧炎就狠狠地打了一个冷战，脸色都苍白了一些。

"小家伙，抓紧时间吧，虽然我能够让骨灵冷火暂时保护你，但是要消耗大量的灵魂力量。若是没有我的灵魂能量维持它们，就算你不被岩浆吞噬，也会被它在瞬间烧成灰烬。所以别浪费宝贵的时间了，在我的灵魂能量未消耗完之前，你必须离开这岩浆湖泊，不然，你就真的成为油锅蚂蚱了。"在萧炎不断惊叹之时，药老的笑声在他的心中响了起来。

"嗯。"萧炎的嘴角抽搐了几下，赶忙凝重地点了点头，他转过身，望着不远处那条巨大的双头火灵蛇，大笑道，"大块头，带路吧。"

听到萧炎的喊声，火灵蛇却丝毫不加理会，将眼睛望向通道口，待青鳞点头下命令之后，才极为不情愿地转身潜入岩浆之中。

瞧着那将岩浆湖泊荡出一圈圈涟漪的火灵蛇，萧炎轻吐了一口气，然后一头钻进岩浆之中，紧紧地跟在火灵蛇身后。

岩浆之中，一片火红，不过有着骨灵冷火的护持，萧炎倒也能勉强看清周围

的环境。他目光扫视了一圈，然后快速地游动着，紧跟着前面那不断朝着岩浆湖泊深处钻去的火灵蛇。

火红的岩浆世界之中暗流涌动，偶尔有一缕极其凶猛的岩浆暗流从某些未知的地方暴涌而出。这些暗流之中蕴含着极为庞大的能量，若被击中，即使是一名大斗师，也会落得重伤的下场。

不过好在火灵蛇对这里极为熟悉，在暗流到来之前，它总能找到最合适的潜行路线。而紧跟在它身后的萧炎，也借机顺利地躲开了这些岩浆暗流。

在这个火红的世界里，除了火灵蛇之外似乎并没有其他生物，也难怪，毕竟这里的生存条件实在是太过严酷。双头火灵蛇是靠吞噬岩浆为生的，而其他魔兽，即使是紫晶翼狮王那种霸王级别的魔兽，也不可能在这种地方来去自如。

不断地在那似乎永无止境的岩浆湖泊之底潜行，萧炎即使有骨灵冷火的护持，也能够模糊地感觉到，外界的温度几乎是在成倍地增高着。

察觉到这一情况，萧炎又不由自主地咽了几口唾沫，嘴唇微微哆嗦着，看上去竟然有点儿发青。没有经历过这种情境的人，真的很难想象在岩浆之中游泳是一种什么心情，那几乎和在死神的镰刀之上跳舞没什么两样。

在这越来越深的地穴之底，出任何一丁点差错，就算是药老，也不可能在瞬间挽救萧炎的性命。

萧炎在心中为自己的小命担忧，前方的火灵蛇依然没有丝毫停止的势头，它也不回头看萧炎是否能跟上，只一个劲儿地朝着地穴深处游去。

四周一片火红，萧炎也感知不到时间的流动，他只知道，这机械般的持续下潜，已经让他的身体有些麻木了。

"小家伙，一个半小时之内，必须回去！"就在萧炎脑袋有些昏沉地紧跟着火灵蛇下潜之时，药老那凝重的声音忽然在心中响起。

"呃？什么？"闻言，萧炎先是愣了愣，旋即赶忙问道，"怎么了？"

"下潜得越来越深了，你看看现在外面的岩浆……"药老沉声道。

听到药老的话，萧炎赶忙抬起头，这才有些惊骇地发现，周围那些火红色的岩浆不知何时竟然泛起了青。

"这是怎么回事？"萧炎游动的速度逐渐变缓，骇然地问道。

"这是温度急速增高所造成的变化。现在周围这些岩浆的温度，已经快要超过我所能够承受的极限了。"药老的声音中，有着一抹前所未有的慎重与认真。

闻言，萧炎嘴角一扯，额头上的汗水犹如淌水一般滴下。他讷讷地道："不会吧？骨灵冷火不是在异火榜上排行第十一吗？难道下面的那个异火，比老师的骨灵冷火还凶猛？"

"倒也不能这么说，我现在毕竟是灵魂状态，骨灵冷火的力量发挥不出多少，而且还是借助你的身体在释放，这般下来，它的威力自然减弱了不少。再加上周围岩浆的压力与越来越高的温度，一个半小时，已经是极限了。"药老快速解释道。

"好了，抓紧时间吧。"催促完之后，药老便再度沉默了，想必是不敢再分心，免得骨灵冷火的护持出现什么意外。

萧炎苦笑着点了点头，再次望了望周围那些泛青的岩浆，忍不住对着前方大喊道："喂，究竟还有多远？"

萧炎知道，这种斗灵级别的异兽，已经有不容小觑的灵智，所以并不担心它听不懂自己的话。

萧炎的声音被斗气携带着，穿透岩浆的阻碍，传进了前方火灵蛇的耳中。火灵蛇转过一只巨大的脑袋，随意地嘶鸣了几声，然后下潜的速度骤然暴涨了起来。

"慢点会死吗！"瞧着火灵蛇的举动，萧炎忍不住骂了一声，在迟疑了片刻之后，他狠狠地咬了咬牙，脚掌使劲地向后一踢，身体被森白火焰包裹着，化为一道白影，猛然暴射而下。

身体穿行在几乎完全成为青色的岩浆之中，萧炎脸上的汗水不断地淌进眼睛

里,虽然有些酸痛,但是萧炎连眼睛都不敢眨一下,生怕会被前面那速度忽然加快的火灵蛇给甩开。

"喂,究竟还要下潜多久?"随着下潜的深入,虽然有骨灵冷火的护持,但是萧炎依然能够清晰地感觉到,侵进身体之内的温度,正在逐渐地升高。

"十分钟!老子丑话说在前头,十分钟之内,若是再见不到异火,老子就不找了!"萧炎的身体不断地哆嗦着,紧握着颤抖的拳头,此刻声音竟然都变得有些发颤。

片刻之后。"八分钟!"嘴角微微抽搐,萧炎低沉地嘶吼道。

前面的火灵蛇,依然不管不顾地死命下潜。

"四分钟!"萧炎满嘴干涩,嘶声道。

"两分钟!"萧炎发现自己的心脏,从没有像现在这般剧烈地跳动过。

"算了,回去,不找了!"萧炎眼睛赤红,下潜的身形骤然顿住,没有丝毫废话,当机立断地转身,然后脸色铁青地对着上方游去。

然而就在萧炎刚刚转身的一刹那,火灵蛇巨大的尾巴却是一甩,竟然缠上了萧炎的腰,其尾巴之上浓郁的深红火焰虽然在与森白火焰接触时不断地化为虚无,但是其上所蕴含的庞大力量,依然将萧炎猛地扯了回去。

"被这畜生耍了?"在被火灵蛇甩回去的一刹那,萧炎脑海之中,猛地闪过一道惊骇的念头。

这念头刚刚泛起,萧炎便被甩到了火灵蛇前面,在他手忙脚乱地胡乱挥舞之时,目光却骤然停在不远处的一处青色光芒大盛的东西上。

青色光芒笼罩在这片岩浆之中,萧炎定神看去,竟然隐隐地看见,在那青色光芒之中,一朵青色的莲花,正温婉而立。

"青莲地心火!"在萧炎盯着这朵青色莲花之时,药老惊异中带着大喜的声音,突兀地在心中响起。

"青莲地心火?"

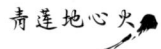

听到药老的话,萧炎脑海中顿时浮现出以前药老曾经详细与他说过的异火榜上的一些信息。

青莲地心火,异火榜上排行第十九位,生于大地深处,历经大地之火的无数次锤炼、融合、压缩、雕制,十年成灵,百年成形,千年成莲。大成之时,其色偏青,莲心生一簇青火,其名为青莲火,也称青莲地心火。此火威力莫测,在临近火山地带处,甚至能够引发火山喷发,形成巨大的毁灭力量。

脑海中快速地闪过这一段信息,萧炎的脸瞬间被狂喜覆盖。他身体微微一震,将火灵蛇的尾巴挣脱开来,眼睛死死地盯着不远处的那片浓郁青光。

咝……身旁,火灵蛇的巨嘴中发出尖锐的声音。萧炎回头一看,却发现这条蛇正惊恐地望着那团青色光芒,巨大的身体瑟瑟发抖。

萧炎没有理会火灵蛇,舔了舔嘴唇,心中激动地道:"老师,我们找到了?"

"呵呵,好像是吧,没想到竟然真的找到了异火啊。虽然青莲地心火在异火榜上只排名第十九,但是对于现在的你来说,却是最佳的等级。毕竟我给你准备的那几种东西,也只能增加你吸收排行榜上第十六位以后的异火的成功率,所以这青莲地心火,刚好合适!"药老的笑声中带着些许欣慰,几年的努力,终于有了第一份收获。

萧炎长长吸了几口凉气,迫不及待地道:"过去看看?"

"嗯,过去看看吧,我会加大防护力度的!"

萧炎点了点头,瞟了一眼那畏惧得不敢再往前踏一步的双头火灵蛇,撇了撇嘴,脚掌在岩浆之中一蹬,身体犹如湖泊中的小鱼一般,急速朝着那青色光芒所笼罩的范围游去。

身体距离青色光芒越来越近,萧炎能够清晰地感觉到,周身的温度陡然攀高。

萧炎抿了抿有些干燥的嘴唇,一咬牙,脚掌再次一踏,终于一头冲进了青色光芒的范围之中。

　　身体进入青色光芒之中，意料中的炽热并没有如期而至，反而周身的温度诡异地降低了许多。

　　这有些怪异的一幕，令萧炎满脸愕然。片刻之后，他回过神来，目光赶忙从周围扫过，最后停留在了中央位置的那朵青色莲花之上。

　　青色莲花分八瓣，八片青色的花瓣，犹如那完美的青玉般浑然天成。一眼看上去，晶莹剔透，让人有种爱不释手的感觉。

　　莲花中有一个两三尺的小小莲台。莲台之上的一些孔洞中，散发着点点荧光，想必是由最精纯的火属性能量凝聚而成的莲子吧。

　　在青色莲花的下方处，极为细长的根茎有十多米长。根茎之上密密麻麻地遍布着细小的触须。在这些触须摇摆之时，萧炎能够清晰地感觉到，它们正在以一种近乎贪婪的状态，疯狂地吸收着周围岩浆之中狂暴的火属性能量。

　　这朵青色莲花就这般悬浮在无尽的岩浆之中，犹如那大海中的浮萍一般，四处漂泊。此次若不是有火灵蛇带路，以萧炎的本事，就算费尽心机，也不可能在如此庞大的地域中，寻找出这么一朵相对而言极为渺小的青色莲花。

　　"小心一点儿，别被那些触须沾着，不然你体内的斗气，会在眨眼间被吸得精光。"药老的提醒，让萧炎打消了想要走近点去观看的念头。

　　"走吧，小心点儿，我看这青莲的形状，明显已经历了上千年的岁月，应当凝聚出青莲地心火了。"药老笑道。

　　"嗯。"到了这一刻，萧炎的身体激动得有些发颤，他双手合十，莫名其妙地祈祷了一番，然后咽了一口唾沫，缓缓地朝着青色莲花游去。

　　距离青色莲花越近，萧炎越能感受到它的精美绝伦。这种近乎完美的东西，恐怕也只有时间与大自然的磨炼，才能创造出来吧。

　　萧炎小心翼翼地避开那些摆动着的根茎触须，慢慢地来到青莲上方，激动的目光在其中一扫，身体却骤然变得僵硬。

　　在那莲花之中的小莲台中心位置，有着一个拳头大小的孔洞，然而此时，那孔洞之中，却是空空如也！

望着那空荡荡的莲心，萧炎的脑袋顿时蒙了，喃喃道："怎么可能？怎么可能会没有？从这朵青莲的形状来看，应该早就有青莲地心火了啊。"

"怎么会没有？"萧炎嘴角微微抽搐，沉默了片刻后，忽然对着莲台大声吼道，清秀的脸，此刻变得有些狰狞。

"安静！给我冷静下来！"就在萧炎气得有些失去理智时，药老的沉喝声，在萧炎的脑袋内犹如钟鸣一般响了起来。

"没有再继续找就是了，斗气大陆这么大，又不是只有这里才有异火！"萧炎的肩膀处，森白的火焰凝聚成药老的头像，他呵斥道。

"可……可我费了这么大的劲……难道就得到个空手而回的结局吗？"萧炎狠狠地甩了甩脑袋，极为不甘地道。

"这世界上每天有成千上万的人在坚持不懈地寻找着异火，有的人在付出巨大的代价之后，却连异火是什么样都不知道。你能走到这里，已经很让人羡慕了。"药老轻声安慰道，转过头来，望着那空荡荡的莲心，心中也轻叹了一口气。说不让人丧气，那绝对是假的，本来以为唾手可得的异火，竟然莫名其妙地长着翅膀飞了，若是个定力不好的人，恐怕现在已经直接暴走了。

"咦，这是什么？"

目光在莲台之上仔细扫动着，药老忽然发出一道惊疑之声，他那以森白火焰凝聚出来的手掌，一挥，顿时一道七彩光芒从莲台中暴射而出，最后落在药老手中。

"什么东西？"萧炎颓丧地偏过头，望着药老手掌上的东西，微微一愣，愕然地问道，"鳞片？"

药老手中的东西约有半个巴掌大小，一眼望去，颇为绚丽多彩。

"这是……七彩蛇鳞？"药老微眯着眼睛，嘴角泛起一抹冷笑。

"七彩蛇鳞？"

"我说为什么莲花中没有青莲地心火,原来是有人捷足先登了啊。"药老将七彩蛇鳞丢向萧炎,冷笑道。

萧炎连忙接过鳞片,入手处一片冰凉,而且有一股阴寒的气息不断侵入体内。若不是有药老的骨灵冷火护持,他恐怕连摸都不敢摸这东西。

"鳞片的主人把青莲地心火拿走了?"紧握着七彩鳞片,萧炎皱眉道。

"七彩蛇鳞,在这塔戈尔大沙漠中只有一人拥有,那便是蛇人族的美杜莎女王。看来,青鳞半年前所感应到的那股神秘气息,应该就是美杜莎女王了。"药老沉吟道。

"唉,是她又能如何?已经过去半年时间了,青莲地心火肯定都被她给吸收了。"想起某种可能,萧炎顿时颓丧地说道。

"你真是昏头了!美杜莎女王体内流淌着蛇人血脉,天生属性便是偏向阴寒的,吸收异火,她活腻了?"闻言,药老顿时赏给了萧炎一个白眼,呵斥道。

"既然她属性与异火犯冲,那她吃饱了没事干,跑来抢异火干吗?而且依青鳞所说,她在取走异火的时候,肯定也受了伤吧?"萧炎苦笑道。

"或许吧……"药老摊了摊手,沉吟道,"看来我们还得去一趟塔戈尔大沙漠深处啊。我不知道她究竟想要干什么,不过我知道她绝对不可能吸收异火,所以说不定我们还有机会得到异火。"

"去找美杜莎女王抢异火?那家伙可是斗皇级别的强者啊,当初就连名震加玛帝国的冰皇,都被她搞成那副惨兮兮的模样,我们去找抽啊。"萧炎揉了揉额头,苦笑道。

"有个目标,总比我们胡乱寻找要好,而且就算到时候需要动手,上的人是我,又不是你。虽然美杜莎女王的凶名与艳名名闻斗气大陆,但是我可不惧她。"药老撇嘴道。

萧炎苦笑了一声,只得叹息着点了点头,旋即耷拉着脑袋,欲转身回去。

"喂,你干什么?"瞧得萧炎的举动,药老不由得有些愕然地道。

"回去啊……难道还留在这里吃岩浆啊?"萧炎没好气地回道。

"你……你这个蠢货啊。"闻言,药老顿时气得狠狠地拍了一下他的脑袋,手指指向那青色莲花,怒道,"这东西可是要千年时间方能成形的异宝,你这个败家子难道就丢这里了?"

"啊?"萧炎惊愕地眨了眨眼睛,转过身望向那青色莲花,满头雾水地道,"这东西有什么用啊?"

翻了翻白眼,药老明显被萧炎这话噎得不轻,胡子抽了抽,他愤愤地道:"这青色莲台,是大地之火凝聚了千年时间方才形成的。只要将之拆下,日后修炼坐于其上,修炼速度不敢说提升十倍,三四倍肯定是有的。而且遇敌的时候只要用斗气将之启动,把隐藏在其中的地火释放出来,就算是遇见了斗灵级别的强者,不说打败人家,逃走是绝对没问题的。

"还有莲台之中的莲子,是号称火灵之精的地火莲子,百年才结一粒啊。哪天你出去吼一声你有地火莲子,我敢保证,就算是斗皇强者,也会拼了命地来与你交换,当然不排除一些更直接的,比如杀人夺宝。

"这些东西,哪一样拿出去都会搅得加玛帝国翻天覆地,你这个败家子竟然还不要?"说到此处,药老有些恨铁不成钢。

听着药老口水四溅的讲解,萧炎的眼瞳越来越亮,前者话语刚落,他便双眼火红地朝着莲台扑了上去。

"这些权当是利息吧。"

望着向青莲扑去的萧炎,药老无奈地摇了摇头,看来这家伙今天的确是被打击得不轻,难道他以为这青莲能够直接砍断吗?

叹了一口气,药老手掌一招,一股吸力便将萧炎定在了青莲上方,再往回一扯,将之丢在了身边。

"笨蛋。"偏过头来,看到萧炎茫然的眼神,药老苦笑了一声,从纳戒中取出一把钢剑,然后随意地丢向青莲。

在钢剑即将到达青莲上方之时,一股淡青色的火焰猛然自青莲中喷发而出,只是眨眼时间,那把钢剑便被焚烧成了一团不断翻腾的铁水。

望着这一幕,萧炎额头上顿时浮现些许冷汗,他咽了一口唾沫,冲着药老讪笑不已。

"这青莲乃是天地奇物,凡铁沾之即化,想要将之切割开来,必须用精纯的玉质品。"药老淡淡地道,旋即从萧炎的纳戒之中取出十几个品质颇高的胭脂玉瓶,掌心森白火焰涌现而出,将这些小小的玉瓶融化成了一团淡青的液体。液体不断翻滚,最后凝固成了一把修长的玉尺。

药老小心翼翼地将玉尺中的杂质剔除,使之看上去晶莹剔透,犹如那青莲的叶子一般美丽。

"用这玉尺切割莲花与根茎相连的部位。"由于骨灵冷火的特效,玉尺只是片刻时间,便完全冷却了下来。药老将玉尺轻晃了晃,然后递给萧炎。

萧炎接过玉尺,入手处一片温凉,极为舒适,当下忍不住咂了咂嘴。他紧握着玉尺,小心翼翼地游向青莲,在莲座之下与根茎相连的部位,轻轻一划。顿时,完美得犹如艺术品一般的青莲,便从莲座上脱落而下。

瞧着青莲落下,一旁的药老伸出手掌赶忙一招,将之吸了过去,然后让它悬浮在身前,缓缓地转动着,药老的目光在其中扫过,满脸惊叹。

取下青莲之后,萧炎望着那正疯狂地吞噬周围岩浆中火属性能量的根茎,舔了舔嘴唇,笑道:"老师,这截根茎能够如此疯狂地吸收能量,想必也是一种奇宝吧?要不我们连它也带走?"

"不。"出乎萧炎意料,正观赏着青莲的药老却微微摇了摇头道。

"呃?怎么了?"闻言,萧炎一愣,愕然地问道。

"对于这些千百年才能形成的灵物,最好是留下一丝生机,算是为自己得个好兆头吧。你这次虽然取走了青莲,但是只要再给它千年时间,它便又能长出新的青莲。如果我们连这截根茎也取走的话,那此处的青莲地心火,或许会永远地绝种。"药老盯着那截不断摇摆的根茎，感叹道。在炼药界中，摘取灵物或者灵药时，毁其根茎，是最让人愤怒的一件事情，毕竟灵物生成的条件，实在是太苛刻了。

听着药老的感叹，萧炎愣了片刻，也微微点了点头。他将手中的青尺收进纳戒之中，目光再次瞟向这截长长的根茎，然后转身来到药老面前，惊喜地盯着青莲，满脸垂涎的表情。

"一，二，三……这里面总共有十一粒地火莲子，呵呵，运气还是挺不错的啊。"数了数青莲之中的细小荧光，药老忍不住笑道。

"其实我很疑惑，为什么那美杜莎女王来拿异火的时候，会将这些宝贝留在这里，难道她看不上眼？"望着青莲，萧炎忽然道。

"别看先前你用玉尺取下青莲似乎很轻松，可若是想用别的物体以蛮力将之斩断，是绝对不可能的事情。这种诀窍，那美杜莎女王又不是炼药师，如何会知道？再说，在她取走异火的时候，肯定也伤得不轻，加上周围岩浆的炽热温度与压迫力，她可没有多余的时间干耗。"药老笑吟吟地道，再度从纳戒中取出十一个小玉瓶，用玉尺小心翼翼地将莲心中的十一粒地火莲子挑了出来，装进玉瓶之中。

"把这些东西都装好，别轻易示人，特别是这青莲，除了在修炼的时候，其他时候尽量少用，免得惹来一些不必要的麻烦。"药老将玉瓶全部装进纳戒之中，将之递还给萧炎，提醒道。

"嗯。"萧炎把纳戒套在手指上，发现自从青莲离开根茎之后，周围的青色光芒似乎正在逐渐缩小。

"我们也走吧。"望着周围的动静，药老身体微颤，化为森白的火焰覆盖在萧炎的身体表面，轻声道。

"嗯。"萧炎微微点了点头，轻吐了一口气，最后一次望了一眼那青莲根茎，舔了舔嘴唇，脚掌一踏，身体便迅速朝着青芒之外游去。

出了青芒的范围，萧炎对着远处的火灵蛇扬了扬手，然后跟在它屁股后面，再度朝着来时的路线急行而去。

"怎么还不出来？"在通道口处，萧鼎望着那沉寂了许久的岩浆湖泊，刚刚平静下来的心情，又逐渐地泛起一抹焦虑，他眉头紧皱着，焦躁地来回踱步。

"团长，不用担心，我接到火灵蛇的传信，少爷正在往回赶，并没有出事。"一旁，青鳞微微睁开眸子，碧绿的眼瞳中幽光一闪一闪的，她抬起小脸，望着来回走动的萧鼎，轻声道。

"这样啊……"闻言，萧鼎略微松了一口气，走到通道口处，瞟了瞟下方那炽热得不断冒着气泡的岩浆，忍不住苦笑了一声。很难想象，先前萧炎竟然生生地跳了下去。

"唉，恐怖的家伙……"

扑通……感叹声还未落，破浆的声音再度在地穴之中响起。萧鼎赶忙将目光投入岩浆之中，只见萧炎那被白色火焰包裹的身影，缓缓地出现在了视线之中。

呼……

冲出黏稠的岩浆，萧炎长长地松了一口气，抬起头望着上方的萧鼎，对着他扬了扬手，脚掌猛地一踏岩浆，身体暴冲而起。在临近半空时，他背间一颤，紫云翼扑腾而出，微微一振，身形便飘然跃上了通道。

脚掌踏着结实的地面，萧炎身体之上的白色火焰逐渐消退，后背微微一颤，紫云翼"嗖"的一声，化为漆黑的文身，再度贴在背上。

"没事吧？"瞧着萧炎，萧鼎急忙走上前来，询问道。

"呵呵，没事。"萧炎笑着摇了摇头，回转过身，望着这庞大地穴中的岩浆世界，忍不住轻叹了一口气。

"东西到手了吧？"看到萧炎的表情，萧鼎笑着问道。

"没有。"嘴角微微抽搐，萧炎苦笑道，"被人捷足先登了。"

"呃?"闻言,萧鼎一愣,沉吟了瞬间,轻声道,"是上次那神秘气息的主人吧?"

"嗯,或许应该称为美杜莎女王要合适一些。"萧炎从纳戒中翻出那块七彩蛇鳞,冲着萧鼎扬了扬,苦笑道。

"唉,七彩蛇鳞……果然是她啊……"望着那七彩的鳞片,萧鼎脸上浮现一丝苦笑,叹息道。

萧炎点了点头,抿了抿嘴唇,轻声道:"异火的踪迹,我已经弄清楚了,接下来,我会直接赶去塔戈尔大沙漠深处。如果有机会的话,我打算从美杜莎女王手中将异火夺回来。"

"什么?你要从美杜莎女王手中抢异火?"闻言,萧鼎先是一愣,紧接着脸色大变,当场失声喊道。

在塔戈尔大沙漠周围,美杜莎女王的凶名,绝不比她的艳名逊色多少。甚至在沙漠附近的城市,很多人对美杜莎女王的恐惧,已经到了闻风丧胆的地步。所以即使萧鼎清楚萧炎的实力不弱,可当他听到萧炎想去挑衅美杜莎女王时,依然觉得有些荒唐。

毕竟与石漠城的罗布不同,美杜莎女王可是名震加玛帝国的超级强者啊。想当年帝国想要出兵围剿蛇人部落,请了三名斗王强者,可最后依然被美杜莎女王杀得重伤而回。可见,这美杜莎女王的凶名可不是吹出来的。

"呵呵,大哥放心吧,我只是想去试试,就算最后失败了,我也有信心逃命。"萧炎冲着萧鼎笑了笑,安慰道。

"你……唉……"望着萧炎坚持的模样,萧鼎紧皱着眉头,无奈地摇了摇头。

"呵呵,走吧!走吧!今天回去休息一晚上,明天我便要动身去塔戈尔沙漠深处了。"挥了挥手,萧炎转身便朝着通道内走去,萧鼎唉声叹气地紧跟其后。

望着转身就走的两人,青鳞赶忙对着岩浆湖泊吹了一声口哨。顿时,双头火灵蛇额头上的青光猛然大涨,瞬间之后,庞大的身体急速缩小,然后化为一缕青

光，射进了青鳞袖子之中。

青鳞小手拍了拍袖口，小脸上浮现点点笑意，轻声道："不准捣乱哦，不然少爷生气了，我就把你给丢了。"

咝……灵蛇细微的嘶鸣声中带着些许不满，想必是它对自己主人的歧视有些不满。

青鳞掩着小嘴轻声笑了笑，背负着小手，蹦蹦跳跳地追上前面的萧炎两人，三人逐渐消失在黑暗的通道之中。

随着三人脚步声的逐渐远去，这片庞大的岩浆地穴再度恢复了平静。

第八章
遭遇蛇人族

嘎吱……

房门被轻轻地推了开来。萧炎狠狠地甩了甩脑袋，将脑中的一丝醉意丢了出去，反手关好房门，摇摇晃晃地来到床榻之旁，一屁股坐了下去。

呼……萧炎轻吐了一口酒气，手掌揉了揉有些发疼的脑袋，不由得苦笑了一声。因为自己明天就要离开了，所以被大哥与二哥逮着狠狠地灌了一通。若不是明天要赶路，恐怕又得不醉不休了。

脱去鞋子，萧炎盘坐在床榻之上，双手结出修炼的印结，呼吸逐渐变得平稳有力。半响，一缕酒气被萧炎从指间弹射了出去。

将体内的酒气排出之后，萧炎这才感觉到脑子清醒了许多。他盘坐在床上沉吟了片刻，手指忽然轻弹在纳戒之上。顿时，屋内青光大涨，过了一瞬间，又急速黯淡，而在这眨眼时间，萧炎身前的半空处，一朵青色莲花座便突兀显现，悬浮在半空，静立不动。

望着这完美得犹如艺术品一般的青莲座，萧炎眼中闪过几缕兴奋，手掌一

招,让青莲座的位置下降了一点儿,然后身躯一跃,竟然稳稳地盘坐在了莲台之中。

萧炎身体的重量压得莲台急速下降了许多,不过当莲台降到与桌子高度持平的时候,缓缓地停了下来。

萧炎的屁股接触到莲台,一股温热的能量缓缓地透过皮肤,在他身体表面徘徊着。那种舒畅的感觉,使他长长地吸了一口气。

萧炎的双手再次摆出修炼的印结,眼睛也逐渐地闭上。片刻之后,他进入了修炼状态。一圈淡淡的青色光芒忽然自莲台之中升腾而起,最后把他严严实实地包裹在其中。

心神逐渐沉入体内,依然习惯性地来到小腹处的气旋位置,在那紫色的气旋之中扫了扫。萧炎有些惊讶地发现,气旋之中竟然已经有十四滴紫色液体了。

"这段时间略微减缓了修炼进度,没想到还能凝聚出一滴液体能量。"萧炎小小地惊叹了一番,心神一动,一缕紫色斗气自气旋之中分化而出,然后沿着焚诀的经脉路线,开始缓缓地运转。

在功法开始运转之时,天地间的一缕缕火属性能量,忽然朝着处于莲台之上的萧炎暴涌而来。这些涌来的火属性能量在接触到莲台那圈青色光芒之后,体积忽然急速缩小,待它们顺利穿过青莲的光芒之后,体积竟然已经只有先前的五分之一左右了。

体积虽然明显缩小了许多,但是只要细心观察便能够发现,缩小之后的火属性能量,明显要更为精纯。而且在那一缕缕淡黄色的火属性能量之中,似乎还掺杂着一点点肉眼难以发现的青色能量。

显然,这些青色能量是刚才天地间的火属性能量穿过青莲的光芒之时,被塞进去的。

经过青莲光芒的提炼之后,一缕缕淡黄中掺杂着青色的火属性能量,开始顺着萧炎的呼吸,源源不断地钻进其身体之内。

当第一缕能量进入萧炎经脉中时，正在指挥着斗气运转的萧炎明显愣了一愣。在心神的注视之下，淡黄斗气之中的那缕青色能量，被察觉到了。

萧炎的心神疑惑地瞧着那缕安静温和的精纯青色能量，分化出一缕紫火斗气，试探性地将之包裹，然后开始尝试炼化。

随着炼化的进行，一抹狂喜逐渐地浮现在心头。萧炎惊喜地发现，这缕青色能量的精纯程度，几乎到了一种恐怖的地步。萧炎甚至能够免去再次提炼的步骤，直接将其灌注进气旋之中。

"这些青色能量，应该是青莲本身所携带的吧？难怪会如此精纯，经历了大地之火近千年时间的锤炼，不精纯才有鬼了。"萧炎猜到青色能量的来源后，顿时喜得心花怒放。难怪连药老都对这青莲赞不绝口，这种可以源源不断地提供能够免去烦琐的提炼步骤的精纯能量，能省去至少十分之七的修炼时间啊。

"好东西啊。"萧炎再次窃喜着喃喃了一声，迅速稳定心神，然后开始将那些涌进体内的青色能量与淡黄色能量分离开来。

为了保险起见，萧炎将青色能量在经脉之内运转了一圈，并未发现其他异状，这才将之灌注进气旋之内。而那些淡黄色能量，则因为精纯度的问题，在提炼了好几次后，才灌入气旋。在这般有条不紊的修炼之中，萧炎气旋之中的能量，正在急速地充盈着。

忘我的修炼，从深更半夜一直持续到天色将明之时。当最后一缕能量被灌注进入气旋中时，萧炎长长地松了一口气，刚欲退出修炼状态，小腹处的紫色气旋却猛然一颤。

被这突如其来的颤抖惊了一下，萧炎急忙将心神移到气旋之外。心神扫过，萧炎顿时有些惊喜地发现，那气旋之内，一小滴紫色的液体能量竟然正在缓缓地成形。

"终于要凝聚第十五滴了吗？"望着那逐渐成形的紫色液体能量，萧炎喜上眉梢，急忙维持着心神的稳定，静待着第十五滴液体能量成形。

平静的气旋在此刻泛起一阵阵涟漪般的波动，而在涟漪的中心位置，便是那滴正滴溜溜地旋转着的细小的紫色液体。

液体极有节奏地旋转着，随着它的旋转，气旋之内充沛的紫火斗气，也在不断地朝其涌去。

叮……在某一刻，一道似乎并不存在的轻微声响，悄悄地从气旋之内传出。

随着这声音的响起，剧烈波动的气旋也缓缓地平静下来。一小滴紫色液体能量缓缓地滚落，与其他十四滴液体能量一起，犹如小鱼一般，调皮地在气旋之内游动着。

在第十五滴液体能量成形的一刹那，萧炎的身体也为之一颤。在这一刻，他的心神能够清晰地感觉到，气旋原本已经达到极限的容纳密度，现在却再次扩张了许多。萧炎那有些沉重的身体，较之先前也轻灵了一些，肌肉之中所蕴含的力量，在这一刻悄然暴涨了许多。

感受到身体的诸多变化，萧炎心中清楚，现在的他已经正式成为一名二星斗师了。缓缓地睁开眼睛，漆黑的眸子中，紫芒闪过，旋即消逝，萧炎轻吐了一口气，手中的印结逐渐消退，腰杆一挺，身体便从莲台飘落。

站在莲台旁，萧炎望着这纤尘不染的青色莲台，忍不住地轻笑了笑，小心翼翼地将之收进纳戒中，然后偏头望着那蒙蒙亮的天色，不由得愕然地道："竟然已经天亮了吗？"

萧炎伸了一个懒腰，浑身的骨头响了一阵。他行至床榻旁，将玄重尺背负在后背之上，轻声道："是该走了啊！"

背上玄重尺，萧炎来到桌旁，沉吟了一会儿，从纳戒中取出一大堆极品疗伤药，将桌子摆满后，又取出一堆稀奇古怪的丹药，最后又拿出一个小玉瓶，玉瓶之中装了二十三粒回气丹。

在石漠城的这段时间，萧炎知道这里虽然有疗伤药出售，但是数量极少，而且品质也不算很好。自己现在时间有些仓促，炼制不出太多的疗伤药，不过现在的这些，也够漠铁佣兵团使用一段时间了。而且，如果顺利的话，他或许很快就能归来，到时候再好好地给漠铁佣兵团准备一波重礼。

将所有东西摆好，萧炎这才拍了拍手，笑了笑，背负着玄重尺，缓缓行至门口，打开房门，轻手轻脚地走了出去。

此时天色还略微有些昏暗，遥远的天际，露出朝阳的半个小角。

关好房门，萧炎刚走出没两步，便被怯生生的女孩给叫住了。

"少爷，您要走了吗？"

轻叹了一口气，萧炎偏过头望着小路尽头的娇小身影，缓缓地踱着步子走了过去，手掌轻轻地揉着青鳞的小脑袋，微笑道："小家伙，我还有很重要的事情要去办，所以不能在这里陪你了。"

青鳞睁着和萧炎的青莲座一样干净纯粹的水灵眸子，望着满脸和煦笑容的萧炎，低声道："您还会回来吗？"

"呵呵，当然会回来，青鳞好好努力哦。"萧炎蹲下身子，望着那从青鳞袖口中游出来的双头火灵蛇，笑了笑，轻声道，"记住我的话，为你自己活着，不必太在乎别人的眼光，如果不喜欢，那就选择无视吧。"

"嗯。"青鳞用力地点了点小脑袋，碧绿的眸子中有着些许雾气。

"呵呵，我走了，替我向两位哥哥说声抱歉。"站起身来，萧炎转身朝着院外走去，少年背负着与自己身高同长的巨大黑尺，那背影看上去极为洒脱。

站在小路上，青鳞望着那缓缓消失在远处的洒脱背影，小手轻轻抚摸着手臂上的双头火灵蛇，轻声道："一定要回来哦……"

在佣兵团的一处高楼里，萧厉撑着下巴望着那走出大院的少年的背影，嘴角一撇，笑道："这家伙，这么多年了，还是这性子。"

"呵呵，"一旁倚靠着柱子的萧鼎微微笑了笑，凝视着那背负巨尺的少年，喃喃道，"小家伙真是越来越强了啊，看来我们也得努力啊，不然日后只能拖他的后腿了。"

　　高楼之上，两人相视对望，皆放声大笑。

　　晴朗的天空之上，巨大的炎日高高地悬挂在空中，犹如一个不断释放着热量的大火球一般。炽热的阳光洒在金黄色的沙漠之中，将那些细小的沙粒熏烤得犹如烧红的小铁粒一般。

　　沙漠之中，一缕缕热气从黄沙之中渗透而出，将世界蒸得有些扭曲与虚幻。

　　一望无尽的沙漠之中，一道黑色的人影缓缓出现，看那风尘仆仆的脸，显然在沙漠之中待了不短的时间。

　　人影迈着有些沉重的步伐，缓缓地走上一处高耸的沙丘眺目四望，然后从纳戒中取出一张羊皮地图，仔细地看着。

　　"看这上面的路线，我们似乎已经逐渐地接近塔戈尔大沙漠深处了吧。"手指沿着地图上的某条路线缓缓地移动着，萧炎舔了舔干燥的嘴唇，声音有些低沉地自言自语道。

　　"唉，这该死的塔戈尔沙漠，也太大了！从石漠城到这里，竟然用了半个月的时间，要不是地图上精准地标出了沙漠补给站点，那才好玩了呢！"萧炎叹了一口气，颇有些无奈地笑道。

　　离开石漠城之后，萧炎便按照这地图上的路线，朝着塔戈尔大沙漠深处行进着。因为沙漠之中的天气让人捉摸不透，所以萧炎只能尽量选择一些安全的时间段，展开紫云翼飞掠，其他的大部分时间，他都是徒步行走。

　　在塔戈尔大沙漠，除了一些隐藏在沙层中的魔兽需要注意之外，沙漠之中的蛇人也让人颇为忌惮。在沙漠中，很少有人愿意与他们为敌，毕竟那些操纵毒蛇暗中偷袭的伎俩，实在让人防不胜防。

　　不过对于常人来说是大麻烦的蛇人，对有着精准地图以及药老强大灵魂感知力相助的萧炎却不值一提。每一次危险来临之前，萧炎都能够提前躲开蛇人部落以及一些巡查队伍。

当然，若是因为偶然且又不可避免的事故与蛇人相遇，那么萧炎也并不打算手下留情，而是直接动用雷霆手段，在对方还未发出警报声时，将之击杀。他非常清楚，若是在塔戈尔大沙漠被大批蛇人围堵截杀，将会是何种凄惨的下场。

然而即使有着紫云翼以及地图的帮助，萧炎从塔戈尔大沙漠外围行到这里，也依然用去了足足半个月的时间，所以也难怪刚才萧炎会发出那种无奈的苦笑与感慨了。

萧炎的手指顺着路线的移动，最后缓缓地停留在一个代表着危险的红点之上。这种红色的小点在整幅地图之中共有八个，分布在沙漠几个不同的方向上。

在塔戈尔大沙漠的蛇人族之中，除了一些中小型部落之外，还有八个庞大的部落，位于地图上这八个红点标注的方位。他们是蛇人族中最强大的部落，在沙漠中地位极高，除了美杜莎女王之外，他们互相之间也各不买账。

它们仿佛是八个庞然大物，雄霸在塔戈尔大沙漠的几个方向，而在这沙漠深处，地图上所绘的一条主线道路，则正好被萧炎手指指着的那个红点给拦住了。

"真是倒霉。"萧炎皱着眉头望着那个猩红的点，无奈地叹了一口气。在这些大型部落之中，一般都有斗灵，甚至斗王级别的蛇人强者守卫着，所以他想要神不知鬼不觉地溜过去，明显不可能。

"看来得绕路了啊。"萧炎苦笑着摇了摇头，即使有药老这张底牌，他也不可能在塔戈尔大沙漠中肆无忌惮地横冲直撞。蛇人族能与加玛帝国抗衡这么多年而不被毁灭，自然有它的强处。所以单枪匹马地在蛇人的地盘乱搞，无疑是极为愚蠢的。

"不过，在进入沙漠深处之前，似乎应该补充补充水源。上次的补给，已经用了一天多的时间。"翻了翻纳戒之中储存的水源，萧炎叹了一口气，目光扫过地图，最后停留在距离自己最近的一处绿洲标志之上。

"呃，这里与那蛇人部落，离得似乎有些近啊。"望着这处绿洲标志，萧炎再瞟了瞟那几乎挨着它的猩红点，忍不住皱了皱眉。

"可惜周围百里之内，只有这一处绿洲。"萧炎喃喃道，片刻后，他无奈地摇了摇头，将地图收进纳戒之中，"虽然地图上看着很近，但是实际距离至少也有几十里吧。取了水就迅速撤离，应该不会被蛇人发现。"

在心中自我安慰了一番后，萧炎迈开步子，大步朝着那远处的绿洲行去。

望山跑死马，望地图也能跑死人。虽然地图上仅有丁点距离，但是萧炎走了将近三个小时，直到天色逐渐暗下来之后，那葱郁的绿洲，方才悄悄地露出一角。

望着那坐落在一片平原中的小绿洲，萧炎松了一口气，紧了紧后背的玄重尺，目光谨慎地在周围扫了扫，未曾发现蛇人的踪迹，这才借着略微昏暗的天色，迅速地朝着绿洲潜去。

逐渐地接近绿洲，周围闷热的空气也变得凉爽了起来，萧炎四处望了望，最后跃进葱郁的丛林之中。

轻嗅了一口身旁小草的芳香，萧炎舒畅地吐了一口气。在沙漠之中，即使是一点点绿色，也十分宝贵。他用手掌摸了摸下巴，缓缓地在树丛之中穿行，双目四处扫视，不断地寻找着水源。

萧炎一点点进入绿洲的深处。就在他因为久寻不到水源而有些烦躁之时，前方终于传来了细微的哗哗声。

听着这水声，萧炎顿时松了一口气，心中的燥热在这清脆的水声中逐渐退去。然而就在他准备冲出丛林之时，在树林的缝隙间扫视的目光却骤然一顿，旋即身体赶忙匍匐而下，呼吸也压制到了最轻。

在树丛外的一条小路尽头，几名身姿窈窕的蛇女正满脸冷厉地站着。尖锐的目光不断在丛林中扫过，手中紧握着武器，似乎随时准备着击杀胡乱闯入的任何人。

或许是环境的缘故，这些蛇女皮肤颇为黝黑，姣好的相貌配上那奇异的菱形瞳孔，看上去隐隐有股异样的风姿，而且蛇人最让人津津乐道的，便是她们那水蛇般的腰肢。

当然，现在的萧炎自然没有兴趣去欣赏几个美丽的蛇女的腰肢。他瞟见这几个女蛇人之后脸色便难看了起来。因为依靠着出色的灵魂感知力，他发现，这几个女蛇人之中竟然有四个大斗师级别的强者，其余几名都是清一色的斗师。

"真是冤家路窄。这个时候，她们还在这里干什么？"望着那阵容强悍的蛇女，萧炎满嘴苦涩。目光转了转，他将自己的气息压至最低点，然后缓缓地移动着身体，悄悄地朝着水声传来的地方小心翼翼地行去。

借着已经昏暗的天色，萧炎侥幸地避开了这一干蛇女的扫视，跟随着水声，逐渐地接近了水源地。

手指悄悄地拨开树叶，出现在萧炎视线中的，是一个清澈的湖泊。干净的湖水让已经断水一天的萧炎，不由自主地咽了一口已经极少出现的唾沫。

扑通……

就在萧炎满心欢喜地打算现身取水之时，一道轻微的破水声响将他的目光扯了过去。顿时，他身体骤然僵硬，微张着嘴巴，愣愣地望着那破开湖面的人影。

清澈的湖泊之中，一个身材极佳的女子向湖底冲去。她背对着萧炎甩了甩长长的发丝，长发贴着雪白的香肩，一滴滴湖水落在那吹弹可破的肌肤之上，然后顺着香肩，向下滑过小蛮腰，最后滴进湖中，溅起一圈涟漪。

虽然隔得有些远，但是萧炎能够清楚地看见那纤细的腰肢有多么柔韧，难以想象，这柔韧的身体若是动起来，会有怎样漂亮的弧度。

女子的纤手随意地揽了揽长长的发丝，然后缓缓转过身来。在萧炎认识的女人之中，论起妩媚动人，恐怕唯有乌坦城的雅妃方能与之相比。

咕……望着这风情无限的女人，萧炎的喉咙微微滚动了一下，手掌却缓缓地移到大腿上，狠狠地掐了一把。剧烈的疼痛使他恢复了些许清醒，他的目光扫过女子身旁的湖水，清澈的湖水之下，一条青色的蛇尾微微摆动着，释放着一种天然的美丽。

"蛇人。"轻轻呢喃了一声,萧炎微眯着眼睛,瞬间之后,脸上出现一片惊愕之色。因为他发现,以他的灵魂感知力,竟然不能探测出面前的这个女人究竟是何种级别。

"麻烦了,这女人至少是斗灵甚至斗王级别的强者。"萧炎咽了一口唾沫,模糊地猜出了女人的实力,刚欲选择撤退,却发现湖中的妖媚女人忽然将那亮晶晶的眸子投向了自己隐藏的方位,当下心中惊骇地道,"有药老帮我掩藏气息,她怎么可能发现我?"

湖中的美丽蛇女,那犹如春水一般的眸子,紧紧地盯着萧炎的藏身之处,片刻后,纤手掩着红唇笑道:"人类小家伙,占了姐姐的便宜,就想这么一走了之吗?"

话音刚落,蛇女的纤手猛地一拍湖面,一支水箭升起。她红唇微启,一口绿色的毒液喷入其中,然后这支带着剧毒的水箭,朝着萧炎的躲藏之地射去。

虽然蛇女口中的话语温柔得犹如情人间的低语,但她下起手来,却是毫不留情,若萧炎被毒箭射中,恐怕不死也得脱层皮。

不过好在萧炎察觉到蛇女实力恐怖之后,便一直将心神放在她的身上,瞧着她下狠手,当下脚掌猛地一踏地面,猛然冲了出去。

水箭击空,其落下之处的树丛,竟然在眨眼时间,枯萎成干木。

萧炎瞟了瞟先前藏身之地的枯萎树木,忍不住吸了一口凉气:这女人的毒也太烈了吧?

"嘻嘻,没想到竟然还是个眉清目秀的小家伙呢。"瞧着从树丛中冲出来的萧炎,湖中的蛇女双眼一亮,笑吟吟地道。

"呵呵,大姐您慢慢洗,我只是路过。"萧炎冲着蛇女干笑了一声,面向湖泊,身体却急速倒退。

望着那闪电般后退的萧炎,蛇女红唇微掀,纤细的玉葱指缓缓抬起,然后手指犹如跳舞一般舞动了起来。

随着蛇女纤指的舞动，茂密的丛林之中，一道阴冷的劲气猛然暴射向萧炎。

察觉到身后暴射而来的阴冷劲气，萧炎略微一惊，身体微颤，紫色的火焰斗气纱衣急速附体，屈指一弹，一缕紫色火焰朝着后方射去，最后与那道阴冷劲气对撞在一起。随着一声轻微的声响，紫火逐渐消散，而那道阴寒劲气，则变成了一条五彩斑斓的小蛇，不过此时这条小蛇已经变成一条烤蛇。

萧炎看到五彩小蛇，眼角忍不住跳了跳。这东西虽然看起来细小，但是毒性极烈，若是被它击中，即使是一名斗师，不及时驱毒的话，也会危及性命。

"小家伙倒有点儿本事，不过在这丛林之中，隐藏的毒蛇何止上千，你难道还想一条条地全部杀了吗？"蛇女淡淡地瞟了一眼被击杀的小蛇，红唇微启，一道奇异的声波从其嘴中传出。

随着声波的传出，树林之中，沙沙的声音猛然响了起来。只是片刻之间，萧炎周身的树木之上居然布满了密密麻麻的各种毒蛇。这些毒蛇睁着阴冷的三角瞳盯着下方的萧炎，只待蛇女一声令下，它们便会将致命的毒液铺天盖地地喷发而出。

望着周围密布的毒蛇，萧炎忍不住头皮发麻，同时心中也有些恍然。难怪先前这女人能够察觉到自己的踪迹，自己竟然忘记了她们有操纵毒蛇的本事，那不是等于在这密林之中安插了无数眼线吗？恐怕自己刚进绿洲的时候，就被它们给盯上了。

"月媚大人，需要杀了他吗？"树林之中，人影闪掠，刚才守在前边道路上的几个蛇女忽然出现在周围的树干之上，冷冷地盯着萧炎，轻声问道。

"呵呵，先别急。我可是好久没看见敢深入到这里的人类了呢。"那被称为月媚的蛇女，妩媚地笑道。她蛇尾一摆，优雅地缓缓游上岸边，然后赤裸着娇躯，立在河边。

两道人影闪掠出现在月媚身后，用一件黑色的袍子遮盖了她的身体。

任由属下替她将黑袍穿好，月媚用纤指掠了掠额前沾水的青丝，对着萧炎笑

吟吟地道:"小家伙,能告诉姐姐你为什么会出现在这里吗?要知道,人类可是极少会来到沙漠深处的,更别说出现在部落附近的绿洲之中呢。难道你是加玛帝国的探子?你们又打算开战了?"

话到最后,萧炎已经能够清晰地感觉到,月媚那妩媚笑容之中有一抹森冷。

"咳……我只是路过这里,想要弄点水而已。至于那探子,你看我像吗?"萧炎摊了摊手,颇有些无辜地道,在说话的同时,目光也不着痕迹地微微扫动着,想要寻找能突围的点。

"嘻嘻,的确有点儿不像。"月媚诱人的眼波在萧炎身上转了转,嫣然笑道,笑容极美。

"嘿嘿,既然不像,那大姐您就继续洗吧,在下先告辞了。"说完这话,萧炎脚掌猛地一踏地面,随着一阵能量的炸响声,身体往一旁的丛林暴射而去。

"回去!"身形刚动,树干之上的一名蛇女,便闪电般地出现在他面前,手中的蛇矛对着萧炎的脑袋暴刺而出。

"大斗师!"感受到对方身体上浓郁斗气的波动,萧炎的嘴角忍不住抽了抽,手掌握住玄重尺尺柄,然后狠狠地抡砸而出。

玄重尺鸣啸而过,劲气的压迫竟然将附近的小树丛给压趴了。

叮!树林中响起清脆的声音,萧炎的身体顿时暴退,直到脚掌在地面上踏出十几个脚印后,方才逐渐地将兵器相接处传过来的恐怖劲气化解。

与萧炎的急退相比,那名蛇女大斗师则要显得从容许多,娇躯略微一晃,便诡异地将玄重尺的力量化解,她抬起眼睛,冷冷地盯着萧炎。

"呼……不愧是大斗师啊,这差距……"甩了甩有些发麻的手掌,萧炎舔了舔嘴唇,心中苦笑道。

"呵呵,小家伙,既然来了,又何必再走?去姐姐的部落玩玩吧,保管你会喜欢得忘记自己的人类身份。"瞧着萧炎竟然硬接了自己得力属下的一记攻击,月媚眼中掠过一抹诧异,旋即妩媚地笑道。

"算了，相比于做蛇人，我还是喜欢当人类，毕竟那截尾巴，可不太好走路。"萧炎缓缓地吐了一口气，玄重尺在掌心中旋转了一圈，然后被收进了纳戒之中。萧炎偏过头，望着那披着华贵大黑袍的妖娆女人，嘿嘿笑道。

听到萧炎那带些嘲讽意味的话语，月媚俏脸微冷，妩媚的笑意逐渐收敛，淡淡地道："既然如此，那你就留在这里当绿洲的养料吧。"

"杀了他！"月媚轻挥了挥手，话语中充斥着森冷的杀意。

听到月媚下令，周围的蛇女顿时不再压制她们对人类的杀意，当下身形急速闪掠，手中的毒矛在月光之下泛着幽深的光泽，狠狠地对着下方的萧炎袭杀而去。

呼……感受到从四面八方涌来的杀意，萧炎轻呼了一口气，背间微微一颤，巨大的紫云翼猛然弹射而出，脚掌狠狠地踏在地面之上，随着一道能量炸响，身体顿时直冲云霄。

在身体到达半空之后，萧炎双翼一振，对着下方目瞪口呆的众位蛇女摆了摆手，大笑道："拜拜，诸位还是继续洗澡吧，我真的只是路过。"

"斗气化翼？"瞧着萧炎背后的双翼，月媚的俏脸之上忍不住浮现一抹震惊，不过片刻之后，却蹙着黛眉摇了摇头，"不对，不是斗气化翼。小家伙当真是越来越有趣了，姐姐怎么能这般轻易地放过你？"

月媚掩着红唇浅浅一笑，充满笑意的眉宇之间，却暗含着些许冰冷的杀意。她抬头望着那急速飞出绿洲的萧炎，对周围的蛇女挥了挥手，淡淡地道："你们先回部落吧，我来看看这小家伙是否能从我手里逃脱。"

"是，大人！"闻言，几名刚欲追击的蛇女立刻顿下身子，对着月媚恭敬地行了一礼，然后闪身跃进丛林之中，迅速消失不见。

当所有的蛇女都离去之后，月媚才缓缓抬起俏脸，望着那几乎成为一个小黑点的背影，微微一笑，笑容妖娆。

身体微颤，一对巨大的双翼缓缓地在月媚背后成形，瞬间之后，便凝固成一

对淡青色的能量之翼。

双翼微动，月媚身体急速升空，然后向萧炎逃窜的方向，追星赶月般地追掠而去。

"嘻嘻，小家伙，若是让人知道一个小小的斗师竟然能从我月媚手中逃掉，日后还不被他们笑死？"阴凉的绿洲之中，月媚那娇笑的声音逐渐消散，再度恢复了以往的平静。

第九章
恐怖的阵容

硕大的银月高悬,淡淡的月华洒遍沙漠,为之披上一层银纱。

咻……安静的沙漠之中,一道破风声响骤然由远而近,片刻之后,一道黑影忽然在北方天际浮现,然后猛地划过半空。由于高速而产生的剧烈风压,竟然生生地在沙漠之中带出了一条长达上百米的巨大沙坑。

黑影逐渐地消失在天际,然而飞舞的黄沙还未完全落下,又一道黑影再度暴掠而来,以更加凶猛的飞掠速度,直接将先前那道黑影遗留下的沙坑扩宽了一倍之多。

"这女人也太锲而不舍了吧?我一个小小的斗师,值得她费这么大的气力吗?"萧炎双翼急速振动,听到身后传来破风声响,他微微偏头,望向追赶而来的月媚。虽然相隔甚远,但是他依然能够看见那张妖娆的俏脸上,带着一抹猫戏老鼠般的戏谑,当下不由得满嘴苦涩。

"老师?"低头瞟了一眼手指上的黑色戒指,萧炎急忙在心中呼喊道。

呼喊声持续了片刻,没有得到丝毫的回应,知道这代表着什么意思的萧炎,

顿时感到无语。

"老大，那可是斗王级别的强者啊，锻炼也不是这么个锻炼法吧？"萧炎苦笑着喃喃了几声，只得无奈地摇了摇头，飞快地掏出一枚回气丹丢进嘴里，然后双翼一振，速度再次提升。

月媚不远不近地跟在萧炎身后，望着他被追得狼狈逃窜的身影，不由得妩媚一笑，轻声道："小家伙，还是跟姐姐去部落玩玩吧，你们人类不是最喜欢拿我们蛇女当奴隶吗？那我也把你收为我的奴隶，好不好？"

她的声音被一缕斗气携带着，准确地传进前方萧炎的耳中。

"大姐，您要找情人，就去找些身体强壮的吧。我这瘦胳膊瘦腿的，多不适合您啊！"虽然月媚的声音柔软娇美，但是萧炎还是从中听出了冰冷的杀意，当下也不客气，偏过头来，大声道。

"牙尖嘴利的小子！"听得萧炎的大喊，月媚俏脸微寒，一咬牙，纤手猛然探出，五股幽青色的能量暴射而出，它们互相缠绕着，最后凝聚成了五条巨大的能量青蛇。

能量青蛇闪电般地突破空气的阻碍，眨眼间便来到萧炎背后，张着长满獠牙的巨嘴，狠狠地对着萧炎背后咬去。

偏头望向出现在背后的五条巨大青蛇，萧炎心头一惊，急忙扭动身体，惊险万分地躲开了五条能量青蛇的噬咬。

"滚下去！"月媚纤手一挥，五条巨大的能量青蛇便狠狠地砸在萧炎背上的紫云翼之上。

"哼……"骤然遭受重击，萧炎闷哼了一声，脸色有些苍白，背后的紫云翼一下化为文身贴在了后背之上，萧炎的身形随之急速下降。

"哇啊啊……"剧烈的风声从耳边刮过，萧炎双手胡乱舞动着，片刻之后，一声闷响，他的身体轰然砸进一处沙丘之中。

悬浮在半空中，月媚用纤指慵懒地梳理着腰间的青丝，眸子扫向那处沙丘，缓缓踏空而下，笑吟吟地道："小家伙，你骂得越狠，我就越想把你收为奴隶。"

"呸，呸……"萧炎从沙丘中探出脑袋，将嘴中的黄沙吐了出去，抬头望向那已经来到身前十几米处的月媚，目光从其美丽动人的腰肢上扫过，他双眼微眯，身子略微沉寂之后，一道沉闷的能量爆炸声忽然自沙丘之中传出。而随着声音的响起，萧炎的身体犹如一发出膛的炮弹一般，飞快地冲向不远处的月媚。

身在半空，萧炎手掌一翻，巨大的玄重尺出现，夹杂着凶猛的劲气，狠狠地对着月媚的脑袋砸下。

"嘻嘻，小家伙下手真是狠，不过这对姐姐是没用的。"月媚嫣然一笑，缓缓抬起雪白的手掌，微微一挥，铺天盖地的幽青能量自掌心中暴涌而出，最后化为千万条细小的能量长蛇，将萧炎的玄重尺之上所蕴含的劲气轻易地化解下来。

望着那被能量长蛇包裹着的玄重尺，萧炎眉头微皱，毫不犹豫地当场松开尺柄，身体一错一扭，瞬间出现在了月媚身前。

脚掌一踏，萧炎的身体猛然欺近月媚，拳头紧握，其上力量暴涨："八极崩！"

蕴含着恐怖劲气的拳头，狠狠地朝着月媚的胸前砸去，显然萧炎丝毫没有留手的打算。

"不错的力量。"对于萧炎的这记凶猛攻击，月媚黛眉轻挑，风轻云淡地评价了一句，待得拳头即将要接触到她身体的一刹那，月媚的身体忽然犹如蛇摆一般诡异地扭动了起来。

蕴含着强大劲气的拳头，贴着月媚的胸口砸了出去，萧炎的这记近身攻击竟然被她轻松地躲开了。

"呵呵，小家伙，不管你招式如何精妙，在实力的差距面前，依然没有丝毫的用处。"月媚身体微倾，娇艳的俏脸与萧炎的脸仅仅隔着半寸距离。望着那面无表情的少年，月媚嫣然一笑，身体再度前倾，红唇微动，居然轻轻地在萧炎额头之上印下了一个淡红的唇印。

扑通……一记重击落空,萧炎脸色一阵苍白,闷哼了一声,又栽进了沙丘之中。

"这就是等级之间的差距啊,任何东西都无法弥补的。"身体刚刚接触沙面,萧炎双手撑地,矫健地凌空一翻,最后落在距离月媚几米之外的沙丘上,他抬头望着那笑吟吟的月媚,不由得在心中苦笑道。

落地后,萧炎摸了摸额头之上的唇印,忽然感到有些晕眩,当下脸色一变,急忙从纳戒中取出一枚药老亲自炼制的解毒丹,吞服了下去,眩晕的感觉这才好了许多。

"这女人连嘴都有毒?"萧炎急忙用衣袖将唇印擦掉,在心中怒骂道。

"咦,小家伙竟然还有这等上好的解毒丹?"萧炎竟然能够抗住自己的毒液,月媚不由得有些诧异。

"唉,时间不多了,还是快点解决吧。小家伙,你若是不想做姐姐的奴隶,那可就只能成为黄沙中的一具白骨了哦。"抬头望向越加明亮的银月,月媚有些失去了耐心,微笑的面容上带着几分冰冷。

"老师,我实在是打不过她,你不出手的话,那我就只有死了。"瞧着气势逐渐凌厉起来的月媚,萧炎无奈地叹了一声,竟然一屁股坐在沙丘上。

"小家伙,先别急,马上就有人来救你了,这段时间别呼唤我。来的那群人中,有一人灵魂感知力有点儿强,若是我与你联系的话,恐怕他会感应出我的存在。"药老的声音快速而急促,说完之后,便再度陷入沉默。

"呃……"出乎意料的回答,让萧炎满脸愕然,大脑飞速地转了片刻后,脸上的表情被他快速地收敛起来。他的目光不着痕迹地在沙漠中扫过,除了沙子之外,空空如也,哪儿有救兵?

"到底在搞什么玩意儿啊?"月媚正面带笑容地缓缓走来,毫无反抗力的萧炎只有苦笑。

"好了,小家伙,跟姐姐走吧。"月媚飘至萧炎面前,纤手微张,手中幽青能量正闪烁着。就在此时，她忽然抬起头，冷厉地望向沙漠东边的天空。

寂静持续了片刻，两道影子忽然在东边的天空浮现。在那两道影子后面，一个偏大的黑点也若隐若现。

"哈哈，我就说这边有蛇人的气息，果然不假，而且看起来还是个来头不小的家伙啊。"人影迅速由小变大，一道粗犷的大笑声，携带着斗气响彻这片沙漠天地。

轰！天空之中，急速闪掠的两道人影猛然顿住，尖锐的破风劲气冲击着空气，半空中恍若响起了一声惊雷。

萧炎惊愕地抬起头，望着出现在头顶上方的两道人影，眼瞳骤然紧缩，半晌后，喉咙滚动着咽了一口唾沫。

"两名斗王强者？"

在这两人出现之时，月媚的神情也变得极为凝重，目光从萧炎身上转移开，然后冷冷地瞥着半空中的两人。

在两人出现之后不久，一道嘹亮的嘶吼声响彻天地。远处的黑点逐渐变大，片刻之后，一头通体碧绿的巨大魔兽，出现在这片沙漠的上空。

"呵呵，果然有人呢……"巨大的魔兽停留在半空中，一阵笑声传了过来，旋即六道影子自魔兽背上跳跃而下，最后轻飘飘地落在距离萧炎不远的一处沙丘之上。

目光急忙扫过落下来的六道影子，萧炎本就已经紧缩的瞳孔，现在几乎变成针眼大小。因为他发现，这六人之中，有五人是斗灵级别的强者，那领头的中年人竟然也是一名斗王强者。最让萧炎感到震惊的，还是这位中年人身旁的黑袍人。其他人，萧炎倒能够模糊地猜测出实力，可这黑袍人却给他一种雾里看花的玄妙感觉，而当初云芝给他的也是这样一种感觉。

"斗皇？"萧炎脸上一片震撼，此刻他的心中也犹如翻江倒海一般。五名斗灵强者，三名斗王强者，一名或许是斗皇的超级强者。

这堪称恐怖的阵容，出现在这沙漠之中，究竟有何意图？

望着那从魔兽之上跃下的六人，月媚那震惊的脸色中，更是隐隐地带了一抹惊骇。她目光忌惮地从那位黑袍人身上扫过，当下再也顾不上萧炎，身形瞬间暴退了几十米，冷冷地注视着众人，冷笑道："今天晚上这沙漠里吹的是什么风？平日难得一见的强者，怎么都成群结队地来了？"

"呵呵，没想到这才刚到大沙漠不久，竟然便遇见一名斗王级别的强者，想必阁下便是蛇人族中八大部落的某位首领吧？"几人之中，那位中年人缓缓踏出一步，笑吟吟地望着远处的月媚，微笑道。

坐在沙丘之上，萧炎脸上的震惊逐渐消散，眨了眨眼睛，目光从这八人身上悄悄地扫过。他发现，这八人中，除了那名黑袍人让人看不清底细之外，其他的几人，似乎都隐隐地唯这位中年人马首是瞻。

"这人是谁？居然能够让这么多强者听他召唤？"察觉到这一情况，萧炎心中泛起一抹惊愕。要知道，能够成为斗王级别强者的人，哪个不是名震一方的厉害人物？他们这种人，或许性格不同，但骨子里都有一股相同的强者傲气，极难真正地服从某一个同阶别的人。

萧炎的目光停留在那微笑着的中年人身上。这位中年人有着一股难以言明的气质。棱角分明的脸，让人不得不承认，他在年轻时候，定然是个难得一见的俊男。当然，现在的他，虽然年纪大了点，但那由岁月磨炼出来的成熟，却让他更添了几分从容。

"这人不简单啊。"心中轻轻呢喃了一声，这是这位英俊的中年人给萧炎的第一印象。当然，能够成为斗王强者的人，谁会简单呢？

萧炎的目光从中年人身上移走，再次停在他身旁的那位身体被紧紧包裹在黑袍之中的人，不知道为何，他隐隐有种感觉，似乎自从这位神秘黑袍人出现之后，黑袍下就有一道目光若隐若现地停留在自己身上。

"你们是谁？为何深夜来我族深处？难道不知道此处禁止你们人类进入吗？"

月媚俏脸之上的妩媚笑容此时已经完全淡去，取而代之的是一股森冷的肃然。显然，在这忽然出现的恐怖阵容面前，她已经再没闲情说笑。

"呵呵，我们到塔戈尔沙漠的确是有些要事，不知道阁下能否带我们进入沙漠深处，见见贵族女王？"中年人笑道。

"想见女王陛下？"闻言，月媚的美眸顿时弯成了一个漂亮且危险的弧度，冷笑道，"我们蛇人族与你们人类交恶多年，彼此手上都沾满了对方的鲜血，能有何事好谈？几位若是识相的话，就速速离开，不然，一旦我蛇人族八大首领齐聚，这加玛帝国的强者阶层，恐怕就得大幅度缩水了。"

"老河，我早就说，不要妄想和蛇人谈判，他们可不吃这套。"半空之上，一位彪悍的大汉低头对中年人大声道。

大汉的声音犹如怒雷一般，在半空中轰隆作响，好一阵之后，才逐渐减弱，直至消失。

"我认识这女人，蛇人族八大部落中魅蛇部落的首领。嘿嘿，当年加玛帝国与蛇人族开战，雷纳那老家伙和她战斗过，不过最后似乎吃了点亏。"大汉瞟了瞟那身姿妖娆的月媚，笑道。

"雷纳？你说的是当年大战时那修炼雷电属性功法的老头儿吧？不知道他身上的毒，现在可是解了？"月媚唇角泛着一抹冷笑，嘲讽道。

"托你的福，虽然毒解了，但也相当于残了一只手臂。"大汉淡淡地道，看向月媚的眼瞳中，掠过一抹寒芒。

"老河，直接动手擒下她吧，别再浪费时间了，若是去迟了，你想要的东西，恐怕就没了。而且如果让她跑了，说不定我们此行的困难度，又要上升许多。"大汉低头对着那名中年人道。

闻言，那位被称为老河的中年人，略微沉吟了一下，点了点头，有些无奈地道："既然阁下不肯配合，那就别怪我们以多欺少了。"他抬起头来，对着半空中的大汉以及另外一名身子有些单薄的老者说："老狮、风黎，麻烦了。"

"没问题,早就想领教一下蛇人族强者的厉害了。"听到中年人的话,那位大汉顿时拍了拍胸口,毫不犹豫地说道。

另外一名身体单薄的老者则微微踌躇了一下,显然他有些自恃身份而不想两人齐上,不过踌躇只持续了片刻,他便将这想法从脑中甩了出去。他非常清楚,在后面的任务中,一名斗王强者会给己方增加多少难度。

两人身体微微一颤,然后化为两道黑线,径直出现在月媚不远处。

"严狮。"站在沙丘之上,大汉微微抬头,沉声报出了自己的姓名,这是强者之间的一丁点礼节。

"风黎。"身子单薄的老者平淡地道。

听到这两个名字,萧炎以及月媚的心都狠狠地跳动了一下。

"呼……这两人竟然便是名震加玛帝国,位列十大强者的狮王严狮、风行者风黎?"萧炎目瞪口呆地望着远处一高壮一单薄的身影,忍不住倒吸了一口凉气。平日这些高高在上的强者难得一见,然而今夜,他却是一口气同时看见两位。

"我道是谁有这胆子闯我族深处,原来是加玛帝国十大强者之中的两位啊。"月媚讥讽地轻轻冷笑着,俏脸却越发凝重了起来。虽然她并未与这两人面对面战斗过,却也听过他们的名声。盛名之下无庸才,这两人能入加玛帝国十大强者之列,自然有他们的过人之处。

以月媚的实力,若是与其中一人战斗,她不会有丝毫忌惮,可若是以一敌二的话,那便有些困难了。再有,除了这两人,那位一直沉默的黑袍人,才是最让月媚忌惮的:斗皇,那可是只有女王陛下才能匹敌的超级强者啊。

"这些人为什么会忽然聚集到大沙漠?事出反常必有妖,不管他们是何目的,我都必须将情报送到女王陛下那里。不然的话,以他们的阵容,八大部落,没有一个能与他们单独抗衡。"心中飞速地闪过念头,月媚不再继续废话,纤细的双手快速地结出一个奇异的手印。与此同时,蛇尾轻轻拍打在沙面之上,随着一道轻微的闷响声,平静的沙丘猛然爆响,一道巨大的沙浪瞬间在月媚身前成形,然后铺天盖地对着众人砸去。

"动手!"瞧着月媚抢先动手,严狮也不客气,一声低喝,然后抬起脑袋,双手撑开,犹如实质的淡银色狮吼声波,骤然从其大张的嘴中扩散而出。

声波扩散之处,狠狠砸来的沙浪瞬间凝固,最后无力地坠落而下。

在严狮将沙浪破解之时,一旁的风黎身体微颤,骤然消失,片刻间,那沙浪之后便传出了一阵阵凶猛的能量波动。

严狮在将对方的沙浪攻击破解之后,也以一种近乎蛮横的姿态,狠狠地冲进了不远处的战圈。顿时,一条条有几十米长的巨大沙壑,不断地在飞射的劲气间浮现。

漫天黄沙飞舞,月媚寒着俏脸,掌心之中,两条幽青的能量匹练,凝聚成巨大的青蛇。此次的青蛇,明显不是先前萧炎所见的那种。这两条巨大的青蛇,不仅浑身遍布着坚硬的鳞片,而且巨嘴张合之间,闪现着锋利的森白獠牙。最让人震撼的还是这青蛇似乎具备了生命力,两股淡淡的凶厉气息从其体内散发而出,诡异的腾闪突袭之间,竟然勉强将严狮与风黎抵挡了下来。

"好恐怖的东西,她凝聚出来的古怪能量蛇,恐怕都有斗灵强者的实力吧?"望着那在腾闪之间,将两名斗王的攻击阻拦下来的两条巨大能量青蛇,萧炎的嘴角忍不住一阵抽搐。

"早就听说蛇人族的一些强者能够将魔兽的灵魂抽离而出,然后借之修炼成独特的技能。这种技能,不仅能够保留魔兽生前的大多实力,而且还能在主人的驱使下,变得悍不畏死,对战起来极为麻烦。今日一见,果然不假啊。"望着那黄沙飞舞、能量暴涌的场面,那位中年人有些惊叹地道。

"长老,看来两位大人并不能马上将她收服啊,需要我们也上吗?"一名男子凑到中年人身旁,恭声道。

闻言,中年人微微偏头,盯着那位全身笼罩在黑袍中的神秘人。

似是察觉到他的目光,黑袍人微微摇了摇头,黑色头罩之下的目光带着莫名的意味，再次不着痕迹地望向不远处沙丘之上那正观望着激烈的战斗而满脸震撼的少年身上。

见到黑袍人的举动，中年人微微点头，轻声道："算了，以老狮与风黎的实力，她只不过是在勉力支撑而已，过得片刻，胜负自分。"

"是！"恭声应了一句，这名曾经称霸一座大型城市的斗灵级别的男子，目光敬畏地看着一旁的黑袍人，然后缓缓地退到一旁。

第十章
神秘黑袍人

  萧炎满脸震撼地望着远处的战斗,战斗之中偶尔释放出来的点点余波,也让他心神皆颤。按照他的计算,光是这些战斗余波,若是将他击中,那也能在瞬间将他搞成重伤。
  "这就是斗王级别的战斗吗?"望着从三人战圈之中不断蔓延而出的巨大裂缝,萧炎忍不住咽了一口唾沫。
  轰!一道剧烈的能量爆炸声忽然响起,溅起漫天黄沙。片刻后,黄沙逐渐撒落,三道交错的影子倒射而出。
  三道身影在半空中交错,皆蕴含着毫不掩饰的杀气。
  萧炎看向忽然平静下来的战圈,他发现,三人之中,俏脸微现苍白的月媚明显处于下风,而那严狮与风黎,则因为联手战斗,浑身上下仅是衣衫有些破裂而已,气息也依然平稳有力,显然并未受什么伤。
  "真是无耻的人类,我一人的确不是你们两人的对手,不过在这沙漠之中,我若是想走,你们还拦不下我!"月媚在初步测试了对方的实力之后,便彻底地

放弃了硬拼的念头,她冷笑着讥讽了一声,双手快速地在身前结出几个印结。

"拦住她!"瞧着月媚身体之上忽然暴涌的斗气,严狮眉头紧皱着喝道。

他的话音刚落,一旁的风黎便瞬间化为一缕清风,闪电般地对着月媚暴射而去。

"蛇之技:分化!"冷笑着望向那闪电般射来的一缕清风,月媚的身体猛然一颤,然后在众人愕然的目光中骤然爆炸。

从爆炸之处涌出无数条幽青的能量巨蛇,这些巨蛇一出现,就铺天盖地地向着四面八方飞驰而去。

"好诡异的蛇技。"严狮随手挥出十几道斗气匹练,将上百条能量巨蛇砸成一片虚无,望着那仿佛无穷无尽、还在涌出的能量巨蛇,他脸色凝重地道。

在那能量巨蛇漫天飞舞之时,旁观的几人,除了那名神秘黑袍人之外,都瞬间出手,在极快的时间内,将半壁天空之上的能量蛇击成一片虚无,然而即使如此,依然有不少漏网之鱼钻进了沙层之中。

"唉,在沙漠之中想要击杀一名蛇人强者,的确是有困难啊。这种脱身技能,实在是让人防不胜防。"瞧着周围胡乱逃窜的能量巨蛇,中年人也无奈地苦笑道。

闻言,旁边正在竭力截杀能量巨蛇的几人,也深有同感地点了点头。这种诡异的蛇技,若是没有充分的准备,还真不可能将之拦截下来。

坐在沙丘之上,萧炎满脸愕然地望着那铺天盖地往沙层中钻的能量巨蛇,忍不住咂了咂嘴。这家伙也太强了吧?竟然还有这种保命技巧,难怪她先前看见了对方的恐怖阵容,也没有选择立刻逃窜,原来是有底牌啊。

"唉,不过还好,终于是摆脱这女人了。"不管怎么说,那要人命的女人终于被打退了,萧炎也长长地松了一口气,伸手将一旁的玄重尺抓了过来。可他刚刚站起身子,脸色却猛然一变。

在距离萧炎仅有几米的沙丘之中,一条幽青的能量巨蛇猛然暴射而出,张着狰狞的巨嘴,穿过漫天黄沙,狠狠地对着萧炎喉咙噬咬而去。

"怎么还有蛇?!"突如其来的偷袭让萧炎措手不及,当下他只得满脸惊骇地望着那越来越近的能量巨蛇。

在能量巨蛇忽然冲出沙丘的那一瞬间,周围的中年人等一干强者便察觉到了。不过当他们瞧见被巨蛇攻击的目标之后,手中想要救援的动作却略微迟缓了一下。

这些强者并不认识萧炎,而且加上他们本就性子颇为淡漠,没有一个是老好人。所以他们发现被攻击之人与自己无关时,紧绷的心松懈了许多。虽然有人象征性地对着能量巨蛇射出一道斗气匹练,但那速度明显不可能抢在能量巨蛇攻击到萧炎之前将之击散。

虽然萧炎面临险境,但是周遭的动静,也被他收入眼中。瞧见那些人的细微变化,他的心略微沉了一下,嘴角微微抽搐,然而就在他准备硬扛下这道能量巨蛇的攻击之时,有一个人却出乎所有人的意料骤然而动。

远处那名全身笼罩在黑袍之中的神秘人,在能量巨蛇朝着萧炎暴射而去之时,那原本轻踏在沙面之上的双脚,竟悄悄地印出了一双深陷在沙面中的脚印。特别是当他发现周围这些家伙的举动之后,发出了一声仅有自己能够听到的轻微闷哼。

当那条能量巨蛇距离萧炎仅有半米时,那名神秘的黑袍人终于耐不住了,脚尖轻轻一点,身体几乎化为一道细小的光线,瞬移一般出现在萧炎面前。黑袍人袍袖轻挥,一股凶猛的无形劲气暴射而出,将那狰狞的能量巨蛇,瞬间击散。

击散这条能量巨蛇之后,黑袍人似乎有些怒气难平,再次低哼了一声,脚掌猛地一跺沙面。顿时,一股凶悍的劲气侵进沙层之中,然后猛然沿着某个方向暴涌而出。片刻之后,百米多之外,一道蕴含着痛楚的闷哼声响起。随后一阵黄沙狂舞,闷哼声的主人带着伤,急忙逃离了此地。

突然出现在身前的黑袍人,让萧炎免去了被重伤的危机,当下他紧绷的心顿时松懈下来。他用手掌抹了一把额头,发现额头上面已经布满了冷汗。

萧炎心有余悸地喘了几口气,望着面前的神秘黑袍人,带着些许恭敬,道:"多谢前辈出手相救!"

黑袍微微抖动了一下,里面的人依然没有说话,似乎只是点了点头。

"呃……"空旷的沙漠之上,那位中年人以及其他几人都有些愕然地望着那忽然出手的神秘黑袍人。他们对这位可是极为熟悉,若要比谁的性子淡漠,恐怕她才是这里之最,别说是一个陌生人死在面前,就算是更大的灾难,她也只会淡淡地望着。除了与她有关系的人之外,她一般极少会出手救人。所以众人看她竟然会莫名其妙地出手救一个不认识的少年,都有些诧异。

"呵呵,这位小兄弟,你没事吧?你还真是好胆量啊,竟然敢孤身进入沙漠深处。今夜若不是我们感应到这边有剧烈的能量波动,恐怕你真的会被那女人给抓回去。"中年人脸上的诧异一闪即逝,笑着走过来,对萧炎笑道。

"没事,多谢诸位前辈了!"萧炎看了看这名中年人,微笑着道。

"别再继续留在这里了,这里马上就不会太平了,趁早离开沙漠。"神秘黑袍人背对着萧炎,轻轻地整理着袍子,略有些嘶哑而低沉的声音,从中传了出来。

"呃?"听着这嘶哑得犹如磨牙齿的声音,萧炎与中年人都愣了一愣。

"你……你的声……"中年人愕然地眨了眨眼,一句疑惑的话顺口而出。

"没事,走吧,别浪费时间了!"黑袍人忽然猛地向后挥了挥手,一股黄沙飞涌,顿时便将中年人嘴中的话给塞了回去,黑袍人嘶哑的声音中隐隐有着些许不耐烦。

对于这忽然变得莫名其妙的黑袍人,中年人也是满头雾水,心中忐忑地想,自己啥时候又不小心招惹到这位姑奶奶了。

想了片刻,中年人依然没发现自己哪里错了,当下只得无奈地摇了摇头,对着天空吹了一声口哨。空中那头巨大的碧绿魔兽,便挥动着巨大的翅膀,缓缓地降落了下来。

黑袍人转过身来,刚欲腾身而起,却忽然瞟见萧炎手中的玄重尺,她略微迟疑了一下,手掌微卷,竟然隔空将萧炎的玄重尺夺了过来。

"你……"察觉到对方的举动,萧炎一愣,眼睛一瞪,还以为对方是想抢夺自己的玄重尺。

"你的尺子,被那女人的蛇毒附上了。若是你运用斗气的话,它会趁机侵入你的体内。"玄重尺悬浮在黑袍人面前,一股青色的斗气从黑袍人体内涌出,然后覆盖在玄重尺上,将其上隐藏着的蛇毒剥离了。

闻言,萧炎愕然,旋即满脸尴尬。

蛇毒被驱逐,玄重尺掉落而下,深深地插在萧炎面前的沙丘之中。做完这一切后,黑袍人不再停留,瞬间闪掠到魔兽的背上,然后盘腿而坐,沉默不语。

看到黑袍人率先上去,周围的几名强者用奇异的目光扫了萧炎一眼,心中皆疑惑地嘀咕道:"真是奇了怪了,她什么时候变得这么热心肠了?不仅救人,还帮人驱毒?真是不可思议的一夜!"

"幸运的家伙!"思来想去没有结果,众人只得无奈地嘟囔了一声,然后在萧炎那同样满是疑惑的目光中,飞掠到魔兽的背上,随后在一阵狂风中,迅速消失在沙漠尽头。

茫茫沙漠,夜风拂过,黄沙扑面而来。半晌后,萧炎动了动嘴唇,苦笑着喃喃道:"真是莫名其妙的一夜!"

望着空旷的沙漠,萧炎逐渐回过神来,低头瞟了一眼手指上的戒指,无奈道:"老师,现在可以出来了吧?"

听到萧炎的话,漆黑的古朴戒指微微颤了颤,药老徐徐地飘了出来。他的目光向先前一干人消失的方向扫了扫,然后转向萧炎,若有深意地笑道:"看来这沙漠要出什么大事了啊。"

萧炎微微点了点头,来了这么一群厉害的人,这沙漠不乱才怪,恐怕等那月媚回去之后,沙漠中的蛇人部落就会戒严了。

"他们来塔戈尔沙漠干什么?难道加玛帝国又想和蛇人族开战了?"萧炎眉头

紧皱着,有些疑惑地道。

"听他们先前的交谈,似乎是想找美杜莎女王吧。"药老淡淡地道。

"虽然说他们的阵容很强大,但是美杜莎女王也不是省油的灯啊。更何况,蛇人族八大部落中,强者如云,一旦他们聚集起来,我可不认为先前那群人能安然无恙地走出沙漠。"萧炎摊了摊手,笑容中有点儿幸灾乐祸的意思。在那群人中,除了对那位神秘的黑袍人有些好感之外,其他人,也都犹如陌路吧,萧炎自然不会为他们担忧。

"那位黑袍人,可是位斗皇强者哦。"药老笑吟吟地道。

"斗皇又如何?海波东以前不也是斗皇强者吗?还不是被美杜莎女王搞得那么狼狈?"萧炎嘿嘿笑了笑,旋即沉吟道,"不过话又说回来,他们找美杜莎女王干什么?人类在蛇人族中,可是极其不受待见的啊。"

药老手掌轻轻地抚着胡须,微笑道:"先前那位中年人,便是我所说的灵魂感知力颇强的人,想必他也是一名炼药师。"

"炼药师?"闻言,萧炎先是一愣,紧接着惊愕地失声道,"斗王级别的炼药师?这怎么可能?"

瞧着萧炎那不可思议的神情,药老微微摇头,淡笑道:"我不会感应错误的,他的确是一名炼药师。"

望着药老那淡淡的笑容,萧炎也逐渐平静了下来,紧皱着眉头,低声道:"如果他真的是一名炼药师,那么以他斗王的实力,岂不是至少为六品炼药师?可这加玛帝国之中,六品炼药师只有一人!"说到最后,萧炎的眼睛逐渐微眯了起来,长长地吐了一口气,似乎要将心中的震惊完全吐出来一般,好半晌方才继续道:"先前那位中年人,难道就是丹王古河?"

"如果那人真是古河的话,那么他能够聚集起这般多的强者,也就不足为怪了。"药老笑道,他非常清楚一名六品炼药师拥有何种号召力。

"嘿,真是没想到啊。"萧炎轻笑着摇了摇头,脸上的表情有些奇怪,他想起了当年纳兰嫣然拿出来的那聚气散，似乎就是出自丹王古河之手啊。"

"一名炼药师，忽然召集这么多强者来大沙漠寻找美杜莎女王，我想他或许也在打异火的主意吧，真不知道他是如何得到消息的。"药老微微抬头，望着沙漠尽头，淡笑道。

闻言，萧炎脸色微微一变，拳头猛地紧握了起来。他为那青莲地心火付出了极大的努力，任何想要阻拦他得到青莲地心火的人，他都会将之视为敌人，即便对方是在加玛帝国拥有强大号召力的丹王古河。

"老师，动身吧。"萧炎猛然抓起插进沙层中的玄重尺，轻吐了一口气，沉声道，"不管他们的目的是不是青莲地心火，我们都必须尽快赶到沙漠深处。如果那古河真有这打算，那我们就先任由他们鹬蚌相争吧。"

"呵呵，也好，让我们来做一次渔人。"略微沉吟，药老笑着点了点头，然后身体一颤，化为流光掠进戒指之中。

萧炎将玄重尺收进纳戒中，抿着嘴，背间微颤，紫云翼扑扇而出，微微振了振，身体逐渐地悬上半空。他抬头望了望天空中的银月，轻声道："现在那魅蛇部落，定然会因为古河他们的出现而陷入骚乱，我们正好能趁这个机会悄悄地潜行而过。我想，那月媚应该不会留在部落之中，她或许会前往沙漠深处，给美杜莎女王报信。"

"嗯，走吧。在过部落之时，我会替你掩藏气息，加上天色昏暗，想必能够顺利通过。"戒指之中传出药老的声音。

萧炎微微点头，将一枚回气丹含进嘴中，双翼猛地一振，身体顿时化为一抹黑影。在淡淡的月光照耀下，他再度向着那坐落在主干线之上的大型部落飞掠而去。在空中飞掠了将近半个小时，一座庞大的部落要塞，缓缓地出现在了遥远的地平线之上。

部落之中，灯火通明，不过忽明忽暗的火光，却显露出了些许不平静的意味。

飞得更近了，萧炎甚至能够听到部落里传来的一些骚乱之声，当下心中微喜，暗自道："看来他们果然是从这里直接冲过去的。"

心中闪过一道念头，萧炎终于来到了部落的上空。他的目光在这一眼望不见尽头的超大型部落之中粗略地扫了扫，心中感到有些震撼。

在那高达几十米的巨大城墙之上，密密麻麻地布着无数箭塔。淡紫色的箭尖露出箭塔，在月光的照耀下，泛着一道道森冷的光泽。

望着这犹如天罗地网般的森严防御，萧炎忍不住抹了一把冷汗。以这种防御强度，即使是一名大斗师甚至斗灵，若是一个不慎，恐怕也会在片刻间被射成马蜂窝吧。

虽然这里的防御极为森严，但让萧炎庆幸的是，现在这森严的防卫圈中，硬生生地被破坏出了一条巨大的通道。通道附近的所有箭塔都被强大的力量砸成了碎块，显然，这是古河那群人的杰作。

或许是由于这股突如其来的毁灭性破坏，现在这个庞大的部落已经陷入了慌乱，而借助着这股慌乱，萧炎也侥幸地穿过了那森严的防守，从高空中飞掠而进，然后拼了命地朝着部落的另外一边暴射而去。

飞掠过程中，萧炎再度感受到下面这处部落要塞的庞大。若是论起面积，即便是萧炎见过的最大的城市黑岩城，也难以和它相比。

"八大部落，不愧是蛇人族中最强大的势力啊。"在夜空中高速飞掠的萧炎忍不住感叹道。

"要飞出部落了，小心点，这里被破坏的箭塔比较少，守卫力量也没有损失多少。"在萧炎发出感叹之时，药老的声音忽然在心中响起。

闻言，萧炎也是一怔，目光扫过不远处高耸的城墙。他发现，这里的城墙并未被毁，城墙上仅仅有几道巨大的裂缝而已。并且，在那城墙之上，几百名全副武装的蛇人正手持锋利的长矛巡逻着。

嗷……

就在萧炎打算一鼓作气，冲过这最后一层防御时，天空之上，一道似狼似狐的怪异吼声忽然响起。

听到吼声，萧炎脸色剧变，抬起头来，却发现在头顶上空竟然盘旋着一只漆黑的古怪大鸟。显然，它应该是蛇人布置在天空中的一道警戒。

"警报！警报！上空有人，飞矛手准备，上毒，准备投射！"听着这在黑夜中响起的警报声，城墙之上顿时传出一道大喝声。

听到这道命令，略有些慌乱的蛇人守卫部队陡然安静下来，他们快速地将携带在腰间的毒液涂上飞矛，然后满脸凶光地望着正狂猛飞掠而来的萧炎。

"被发现了。"被几百道目光狠狠地注视着，萧炎头皮有些发麻，当下顾不得那不断盘旋在脑袋之上的漆黑大鸟，紫云翼急速振动，身形猛然化为一道漆黑的流光，对着城墙之上暴射而去。

"对准狼枭的位置，给我把他射下来！"城墙上，一名身姿婀娜的冷艳蛇女，望向天空中的萧炎，美眸中充斥着怒火，冷冷地轻喝道。

蛇女的命令声刚落，城墙之上，几百名全副武装的蛇人，齐声大喝，右脚齐齐朝后退了一步，身子半旋，然后骤然前倾。顿时，蛇人手中沾染着毒液的长矛破空而出，尖利的破风声响彻了寂静的夜空。

"这些该死的人类，当我魅蛇部落好欺负不成？今夜竟敢连番强行破城而入！"蛇女森冷地望着天空中处于长矛攻击范围的萧炎，咬牙怒声道。先前打前锋的古河一行人，仗着部落内没有强者守卫，竟然强行破开了部落大门，现在萧炎又只身前来，如何不让这位地位明显不低的蛇女暴怒。

蛇女盯着天空，似乎看见了一张临死前充满恐惧的脸，红唇挑起一抹嗜血的弧度。她能够清楚地感应到，高空上的那个人，实力不过是斗师级别，虽然她并不明白为什么一个斗师能够飞行，但是这并不妨碍她心中的杀意。一名斗师，在这铺天盖地的毒矛的攻击之下，唯有一个下场，那便是当场被射杀。

然而，在城墙上几百人的注视之下，天空中飞行的那人在毒矛即将射中其身

体之时,周身忽然涌出了森白的火焰,火焰对着铺天盖地的毒矛暴冲而去。一瞬间,火焰中的人影在蛇人目瞪口呆的注视之下,一路横冲直撞地闯出了那死亡毒矛的包围。那人没有丝毫停留,闪电般地飞掠出城墙,然后迅速地消失在黑夜之中。

"该死的!"

愣愣地望着那道瞬间消失的背影,城墙之上的冷艳蛇女将拳头猛地轰在身前的墙垛之上。顿时,一道道裂缝蔓延而出,将附近的蛇人士兵骇得战战兢兢不敢说话。

"清理部落,修复城墙,立刻将情报发给附近的蛇人部落,同时通知其他七大部落的首领,请他们尽快派出强者,将这群卑鄙的人类围死在沙漠之中!"冷艳蛇女望着漆黑的夜空,冰冷的声音中充满了杀意。

第十一章
美杜莎女王

茫茫沙漠，几十名全副武装的蛇人手持毒矛，仔细地巡视着一小片地区。任何非蛇人族的生物，都将会遭到他们的杀戮。

这支蛇人小队互相穿插着巡逻，小队行过之处，留下一条条蛇尾摆动的痕迹。

"这些该死的人类，竟然敢如此嚣张地闯进沙漠深处。若是逮住了他们，定要让他们尝尝万蛇噬体的痛苦！"顶着炽热的烈日，一名看似头领的蛇人抹了一把汗水，骂骂咧咧地道。

"队长，究竟发生什么事了啊？怎么族内忽然间戒严了啊？"一名蛇人不耐烦地甩了甩尾巴，目光在空旷的沙漠中扫过，有些疑惑地问道。他一大清早就被拖了出来，然后就满沙漠地搜寻着。

听得这名蛇人的问题，附近的十几名蛇人也将疑惑的目光投向那领头的蛇人。显然，地位并不是很高的他们，不太清楚事情的始末。

"哼，什么事？昨天夜里忽然有一群人类强者强行突破了魅蛇部落的防御，

深入到沙漠深处了。从魅蛇部落传出来的情报说,那群人中,似乎有一名斗皇、三名斗王以及几名斗灵强者。"领头蛇人脸色有些阴鸷地冷哼道。

闻言,周围的蛇人脸色顿时剧变,一名斗皇,三名斗王……天啊,人类帝国难道又想开战了?这种恐怖的阵容,在蛇人族中,可没有任何一个大型部落能够单独抵抗啊。

"现在蛇人族的所有大小部落,都已经进入了戒严时期,并且据我得到的消息,八大部落的首领已经接到女王陛下的命令,开始赶往沙漠中心的神殿了。快的话晚上就能够到达,慢的话或许要一天之后吧。"说起女王陛下时,领头蛇人的脸上有着一股狂热信徒般的虔诚。

"只要有三名首领大人赶到神殿,女王陛下就会下命令进行地毯式搜索了。哼,他们有斗皇又能怎样?一群不自量力的人,等我蛇人族强者集合完毕,定要将他们撵成丧家之犬!"领头的蛇人冷笑了一声,抬起头望着这片无人沙漠,无奈地摇了摇头,挥了挥手,吆喝道,"走,换个地方,这里看起来没人类的踪迹。"

随着领头蛇人的吆喝声,这支小队也逐渐地朝着远方搜索而去,留下一大片空荡荡的沙漠。

在小队消失在地平线之后,一处沙丘忽然微微蠕动了起来。片刻之后,一道人影带着漫天黄沙,从沙丘之中跃了出来,双脚稳稳地落在沙面之上,抬眼望着蛇人小队消失的地方,那人有些无奈地低声说道:"真是越来越麻烦了啊。现在这片沙漠每隔一段时间,便会有蛇人的巡逻队出现。"

"不过先前听他们所说,蛇人族的强者也正在快速赶来啊。虽然古河他们的阵容不容小觑,可一旦蛇人族强者真的全部汇拢而来,我想他们也唯有撤退吧。"人影微微抬起头,黑袍下露出一张清秀面孔,正是昨夜强行闯过魅蛇部落的萧炎。

"如果不出意料的话,我想,最迟今天下午,古河那群人就会动手。他们应当很清楚蛇人族的实力，越是拖延，对他们越危险。"戒指之中传出药老苍老的声音。

"嗯。"萧炎微微点了点头，从纳戒中拿出那张精细的地图，目光紧盯着沙漠中央位置一个狰狞的蛇头标志，轻声道，"这里便是美杜莎女王的神殿了，在它的周围，还密布着许多中小型部落。神殿防卫极为森严，并且其中还驻扎着美杜莎女王的亲卫部队——美杜莎蛇卫。这支精锐部队，在加玛帝国与蛇人族大战期间，曾创下了赫赫战功啊。即使是帝国一些手握精兵军团的大将，也对他们极为忌惮。"

"呼……看来想要夺回青莲地心火，还真是一件棘手的任务啊。"萧炎轻叹了一口气，苦恼地揉了揉额头。在这种险地，即使有药老护持，他也不可能横行无阻，毕竟现在的药老仅仅是灵魂状态，以往的实力不可能完全发挥出来，而那美杜莎女王又是凶名远播的超级强者，此时若是萧炎被她盯上的话，恐怕结果不会太好。

再者，蛇人族的整体实力也比加玛帝国要强大许多。若不是因为它需要随时应付来自四面八方的攻击，恐怕在以往的对战中，加玛帝国早就吃了大亏。

"唉，"萧炎摇了摇头，低声问道，"老师，现在怎么办？"

"加速赶路吧，尽早赶到美杜莎神殿附近。如果到时候古河他们与美杜莎女王战斗起来，我们就潜行进入神殿寻找异火吧。虽然如今我因为灵魂状态而导致实力大减，但若是想要掩藏气息的话，美杜莎女王也难以察觉出来。"药老沉吟道。

闻言，萧炎轻轻点了点头，将背上的玄重尺取下，收进纳戒之中，轻吐了一口气，紫色的斗气纱衣逐渐覆盖住身体，脚掌猛地一踏地面，身形几乎是贴着地面，化为一道紫色影子，朝着地图上所绘的路线急速掠去。

因为天气晴朗，萧炎不敢展开紫云翼进行高空飞行，万一被下方巡逻的蛇人队伍发现，将会过早地暴露自己。这对想要当"渔人"的萧炎来说，可不是什么

好事。

在地面上奔掠,虽然速度要慢一些,但是有药老强大的灵魂感知力相助,散布在沙漠深处的那些蛇人巡逻队,都被萧炎避开了。

萧炎近乎拼命地狂掠了几个小时,途中惊险地躲避开好几十拨巡逻队伍,天空中的烈日逐渐朝着西方落下,一座巨大的城市,终于隐隐出现在了地平线上。

越来越接近城市了,萧炎发现,与千篇一律的黄沙不同,在这座堪称雄伟的城市周围,竟然有许多巨大的石头。在这些乱石之后,便是那座居住着美杜莎女王的神殿。

躲在一处巨石后面,萧炎嘴中急速地喘着粗气。连续几个小时拼命地奔跑,若不是有着回气丹的支持,恐怕他早就因为斗气告竭而软了下去。其实,现在萧炎的双腿已经近乎麻木状态,一股股刺痛的感觉让他的嘴角微微抽搐着。

伸手抹去脸上夹杂着黄沙的汗水,萧炎仰起头,望着逐渐暗下来的天色,长长地喘了一口气,苦笑道:"为了那青莲地心火,我可真的是拼命了啊。"

躺在巨石之后休息了十多分钟,萧炎全身酸麻地从纳戒中取出一枚回气丹塞进嘴中,半响后,感受到体内逐渐流淌起来的斗气,他才松了一口气。他小心翼翼地翻了一下身子,透过巨石的缝隙,望着远处那矗立在沙漠中的巨大城市。

或许是戒严的缘故,现在这座庞大的城市已经城门紧闭。在那城墙之上,全副武装的蛇人护卫来回地巡逻着。城墙上空,十几只漆黑的大鸟也来回地盘旋着,尖锐的目光在城外不断地扫视着,任何一点儿风吹草动,都会让这些畜生发出警报之声。

萧炎的目光小心翼翼地扫过城墙之上,脸色有些难看。虽然相隔甚远,但他还是能够发现,这座城市蛇人护卫的总体实力绝对比昨天夜里的魅蛇部落更强,而且在那些蛇人护卫之中,还偶尔掺杂着一些服饰怪异的蛇人。这些蛇人面色冷漠,犹如柱子一般立在城墙之上,萧炎在粗略地扫视后发现,在这些蛇人周围几丈之内，没有其他蛇人敢踏足。很明显，他们颇为畏忌这些服饰怪异的蛇人。

"想必这些家伙便是美杜莎的亲卫部队吧？果然很强悍啊。"萧炎悄悄地收回目光，将身体紧紧地缩在石头缝隙之间，苦笑着轻声道。

"现在就安静地待在这里吧，我想，古河他们应该很快就会过来了，到时候趁着大乱，我们便偷偷地潜行进去吧。我已经能够隐隐地感觉到青莲地心火的存在了。"药老的声音从漆黑的古朴戒指中传了出来。

"果然是在这里吗？"闻言，萧炎脸上涌上一抹喜意，在这孤身深入敌营的情况下，这真是为数不多的好消息了。

悄悄压下心中的喜悦，萧炎从纳戒中取出一件金黄色的毯子，披在身体上。顿时，身体便化成了与周围沙子同色的金黄。若不走近看，还真的难以发现此处躲藏着一个人。

在萧炎掩藏好身形后不久，药老的声音忽然在心中响起："小心，有一股强大的气息正在向这里靠近。"

听到药老的提醒，萧炎心中一紧，呼吸悄悄地收敛起来，而药老的灵魂力量也将萧炎包裹进去。

萧炎的目光透过毯子的缝隙，望向遥远的天际，片刻之后，一个墨黑色的小点突兀地出现在天边，眨眼时间，便携带着尖锐的破风声，射向巨大的城市。

黑点出现后不久，城墙之上的护卫便发现了。顿时，随着一道警报声，无数蛇人都高高举起了手中的毒矛，随时准备将来者射落。

墨黑色的人影骤然停顿在城市百米之外的半空中，略微有些阴冷的喝声响起："墨蛇部落首领——墨巴斯，觐见女王陛下！"

听到这犹如滚雷一般响彻在大沙漠中的喝声，萧炎的眼皮略微跳了跳：这蛇人族八大部落中的一位首领，终于到了啊。

宽敞豪华的大殿之中，一道倩影有些疲倦地轻轻靠着椅背，慵懒的目光偶尔扫扫高台上空的紫色水晶王座，她忽然无奈地摇了摇头。

纤手揉着光洁的额头，女人俏脸上忽然泛起一抹喜悦，抬头望向大殿之外，一道墨黑色的影子闪电般地射了进来。

"终于赶过来了啊。"瞧着进入大殿的墨黑色影子，女人忍不住松了一口气。

"月媚，究竟发生何事了？竟然连发三道戒严令？那些人类很强？"进入大殿的人影，明显是一位男性蛇人，男子有些壮硕，一件单薄的衣衫随意地披在身体之上。双臂之上绘满了奇异的黑色文身。文身延伸到手掌处，显露出了两个狰狞的黑色蛇头。蛇头微微抬起，犹如随时会破体而出一般，隐隐透着一股凶厉的气息。

瞧了一眼这位在族中与自己地位相当的男性蛇人，月媚轻叹了一口气，略微挺直腰肢，丰满的身材顿时凸显出迷人的轮廓，慵懒地道："很强。昨天夜里和他们撞见了，我落荒而逃了，嗯，想必现在他们已经到神殿周围了吧。"

"哦？知道他们确切的实力吗？"闻言，男性蛇人眼瞳微缩，行至殿中，在那宽敞的桌子前坐了下来，声音中透着一抹难以掩饰的阴冷。

"一名斗皇，三名斗王，五名斗灵。"月媚抿着性感的红唇，轻声道，"墨巴斯，看来这次似乎有些麻烦了啊。"

"这些家伙怎么忽然聚集在这里了呢？"脸色微显凝重，被称为墨巴斯的男性蛇人，沉声问道，"通知女王陛下了吗？她怎么说？"

"通知了，不过女王陛下似乎很平静，只是让我发送情报，将你们叫过来。"月媚点了点头，无奈地道。

"那些人忽然来沙漠，应该有他们的目的吧？"墨巴斯沉吟了一会儿，有些疑惑地道。

"昨天夜里我与他们交锋了一次，听他们的口风，似乎想找女王陛下。"月媚纤指把玩着一缕青丝，饶有兴致地道。

"找女王陛下？"闻言，墨巴斯有些愕然，"那些人类强者平日不是最惧怕女王陛下吗？怎么现在找上门来了？"

"我也不知道他们究竟想干什么。以前连躲都躲不及，如今却争破头地挤进来，这些家伙脑袋被门夹了吧？"月媚低声嘲讽道。

墨巴斯眉头紧皱着，忽然站起身来，道："我想见见女王陛下，我觉得我们应该把事情给弄清楚。"

"别去了，女王陛下现在不见人，先前连我都没见到，所有的话都是美杜莎蛇卫的队长花蛇儿传达的。"月媚撇了撇嘴，将柔若无骨的娇躯缩在椅子中，犹如一条慵懒的美女蛇。

"女王陛下未现身？这怎么可能？这可不像她以往做事的风格啊。"墨巴斯眉头紧皱，有些怀疑地道，"我去试试。"

瞧墨巴斯不信，月媚无所谓地轻嗯了一声，刚欲闭上眸子，俏脸猛地一变，身体忽然从椅子上坐了起来，狭长的眸子冰冷地望着大殿之外的天空，寒声道："来了！"

在月媚感应到那几股忽然出现在城外的气息之时，一旁的墨巴斯也有所感应。他当下脸色微沉，与月媚对视了一眼，然后两人瞬间闪现出大殿之外，身体急速升空，片刻之后，来到了已经进入戒严状态的城墙之上。

此时，在城墙之外几百米的高空上，一头巨大的魔兽悬浮在半空之中，几道人影悬浮在魔兽身前不远处，而那几股恐怖的气势，正是从这几人身上中散发出的。

几道人影不急不缓地朝着城市踏空而来，片刻后，刚好停步在了城墙上那些飞矛手的攻击范围之外。

望着那停步在攻击圈之外的一群人，城墙之上两道光影缓缓腾空，墨巴斯阴冷的喝声蕴含着些许冷意，在半空中徘徊着："人类，为何未经同意，便擅闯我族地域？若是不想挑起加玛帝国与蛇人族的战争，我奉劝你们从哪儿来的，还是回哪儿去吧！"

"呵呵，想必这位便是墨蛇部落的墨巴斯首领吧？"远处半空上的人群中，那

名气质不凡的中年人缓缓走出,笑吟吟地道。

"你是谁?"微微扇动着背后的能量翼,墨巴斯阴冷的目光在中年人身上扫了扫,冷笑道。

"呵呵,在下古河!"没有在意墨巴斯的目光,中年人微微一笑,轻声道。

"古河?呵……果然是他啊。"听到高空中清朗的声音,将自己掩藏在石头缝隙中的萧炎,顿时长长地吐了一口气。他的眼睛向上瞟了瞟,望着那面对千军万马,依然谈笑自如的中年人,他微微摇了摇头,不得不承认,这家伙有着一股无与伦比的强者风范。

"加玛帝国的丹王古河?嘿,这名字可是如雷贯耳啊。""古河"两字,同样让月媚与墨巴斯感到惊讶。虽然蛇人很少会畏惧人类强者,但是古河这种炼药大师,他们却不得不给予足够的重视。因为他们非常清楚,古河这种级别的炼药大师,拥有何等强大的号召力量。

"呵呵,两位首领,冒昧来贵族,只是有事与美杜莎女王相谈,不知能否请女王陛下现身一叙?"古河客气地笑道。

"见女王陛下?抱歉,这个要求,我们不能替你转达。"墨巴斯摇了摇头,毫不犹豫地出言拒绝。

他抬了抬眼皮,淡淡地道:"古河,你还是带着人尽早离开吧,我八大部落的人已经朝着神殿赶来,你应该知道他们其中一些人对你们人类是何等的厌恶。到时候恐怕你们想走,也没机会了。"

"嘿嘿,老河,你这性子,始终都是这样,和他们废什么话啊,直接把城市给砸了,看那女人出不出来。"一旁的严狮听着墨巴斯此话,上前一步,大笑着嘲讽道。

"哼,我说是谁,原来是你这头只长肌肉、不长脑子的蠢狮子。"阴冷的目光瞟过严狮,墨巴斯冷笑道,看他的神情,似乎和严狮认识。

"嘿嘿,你这条全身乌黑的烂蛇,也好不到哪儿去吧?当年若不是你溜得快,墨蛇部落的首领就得换人了！"严狮咧嘴大笑道，"不知道这么多年，你长进了多少？"

"你可以来试试。"墨巴斯的眼睛里掠过些许阴森寒芒，他森然道。

"好了，老狮，别和他们斗嘴了。"

望着这仇人见面分外眼红的两人，古河无奈地摇了摇头，挥手阻止了两人的对骂。他的目光在城市中扫了扫，轻吐了一口气，旋即大喝的声音被斗气携带着，传遍了整座城市。

"美杜莎女王陛下，在下加玛帝国古河，来到此处并非想与贵族开战，只是有事与您相谈，还请能够现身一见！"

瞧见古河的举动，城墙上空的月媚与墨巴斯眉头都微微皱了皱，不过却也未出声阻拦。在这种情况下，女王陛下出面的确是更好一些，以他们的实力，对方若是真想动武的话，也不好应对。

滚滚喝声在城市之中翻腾着，好一阵儿之后，方才逐渐停歇下来。

喝声平息下来，城墙内外，一片寂静，半响后，依然没有丝毫反应。见到这情况，古河的眉头微微皱了起来，就在他打算再次吆喝一声时，城墙之上的高空处，空间忽然诡异地扭曲了起来。

望着这一幕，古河几人微微一惊，除了那名沉默的黑袍人外，其余人都小退了一步，面色凝重地望向那扭曲的空间。

天空之上，夕阳的余晖洒落而下，照射在扭曲的空间处，片刻后，一副曼妙的身躯，缓缓地出现在了众人的目光之中。

突然出现的美丽女人，身着一件雍容的紫色锦袍，锦袍之下的娇躯，丰满玲珑，犹如那成熟的蜜桃一般，渗透出淡淡的妩媚。三千青丝随意地从香肩披散而下，垂在那纤细的柳腰之间，而在那锦袍之下，露出一截紫色的蛇尾，蛇尾微微摆动，散发出一股野性的妖娆诱惑，让人莫名其妙地感到浑身滚烫。

萧炎的目光扫过那近乎完美的娇躯，最后停留在那张美丽的脸上，心尖顿时

狠狠地颤了一颤。亲眼见到这个女人，萧炎终于有些明白，为什么沙漠附近的很多人都会说，美杜莎女王的艳名足以与她的凶名相媲美。

对于这种女人，唯有用"妖艳"两个字来形容，然而在那抹妖艳之下，却偏偏又带着一抹女皇般的高贵与雍容。这种迷人的气质，让萧炎想起了魔兽山脉中那敢于与紫晶翼狮王战斗的美丽女人。她们的身上都有着这种身居高位的雍容气质。

与这个女人相比，曾经让萧炎略感惊艳的月媚，则显得要黯淡了几分。

"女王陛下！"

在这妖艳女人出现之后，下方城墙之上，黑压压的一群蛇人顿时跪伏下来，满是恭敬的声音冲破了云霄。

望着出现在天空之上的美杜莎女王，脸色阴冷的墨巴斯眼瞳中掠过一抹迷醉以及深藏的爱慕。

"她便是那凶名震慑了沙漠附近几个大小帝国的美杜莎女王吗？"望着天空上那妖艳动人的紫袍美人，萧炎轻吐了一口气，低声喃喃道。

看到美杜莎女王，古河以及那说话犹如打雷一般的严狮，皆不由自主地向一旁沉默不语的黑袍人靠近了些。在这里，唯有她，才能与凶名足以震慑加玛帝国的美杜莎女王相抗衡。

"你找我？"天空之上，美杜莎女王微微低下头，望着古河，红唇挑起一抹纤细的弧度，精致的容颜顿时妖气盎然，一颦一笑间，古河身旁的几名斗灵强者瞬间失神。

在美杜莎女王的微笑凝视下，古河轻吸了一口气，将心中的一些异样情绪压下，抬起头来，笑道："美杜莎女王陛下，很荣幸能与您相见，我是加玛帝国的古河。"

"丹王古河吧？听说过，六品炼药师就是不凡，竟然还能够请动斗皇强者。"美杜莎女王的眸子扫过一旁的神秘黑袍人，微笑道。

"说吧，来找我有何事？虽然你们强行进入我族内的举动极为无礼，但是我蛇人族并非蛮不讲理的种族。"望着那似乎悄悄松了一口气的古河，美杜莎女王的眸子中掠过一抹狡黠，轻声道，"而且炼药师丹王古河名震加玛帝国，到时候只要随便抵押点什么，就能将这点小小损失抵偿了。我说得对吧，古河大师？"

"呃……"古河脸上的笑容有些尴尬，不过好在他也是见多识广之辈，当下颇有些当冤大头的气度，豪气地挥了挥手，笑道，"强行进入贵族，的确是我们失礼了，这些损失，古河自当赔偿。"

"咯咯，古河大师还真是大气。"玉手掩着红唇轻轻笑了笑，美杜莎女王眨了眨修长的睫毛，轻笑道，"古河大师，还是说说你邀请这么多朋友，又费这么大的周折来我蛇人族中，究竟是所为何事吧。"

谈话逐渐转入正题，古河脸上也浮现了一抹凝重，他沉默地斟酌着言辞。别看面前的美杜莎女王笑吟吟的模样，似乎人畜无害，可他却清楚，当年蛇人族与加玛帝国开战时，这位妖艳的美丽女人，可是当场将三名斗灵级别的强者轰成了肉酱，手段之狠辣，足以让经常在刀口上舔血的人感到胆寒。而且，古河还知道，美杜莎女王的实力，在斗皇级别之中也是名列前茅的，虽然加玛帝国拥有三名斗皇强者，但恐怕还没人能够单独将之打败。

身旁站着自己特地请来的神秘黑袍人，但古河请她来，并非要与美杜莎女王战斗，只是留一个后手：如果美杜莎女王对他们存有杀意，唯有她才能抵挡，而不至于使身旁的这些人遭到美杜莎女王的截杀。

古河缓缓地吐了一口气，抬起头，望着天空中的美杜莎女王，沉声道："在下此行，主要是为女王陛下手中的异火而来！"

古河的声音在天际缓缓回荡，让本就平静的沙漠，更是安静了许多。

"呼……这家伙，果然也是为青莲地心火而来啊。"在下方的乱石堆中，萧炎轻轻地吐了一口气，低声苦笑道。

"异火？女王陛下什么时候搞到异火这种东西了？"听到古河的话，城墙上空

的墨巴斯与月媚,皆是满脸愕然。显然,他们并不知道美杜莎女王半年前从石漠城外取得青莲地心火之事。

"女王陛下去弄异火做什么?"月媚茫然地眨了眨眼睛,片刻之后,似乎是想到了什么,脸色骤然大变,猛地转过头与墨巴斯对视了一眼,惊骇地低声道,"难道……"

"应该是了,不然女王陛下也不会费那么大的心思去寻找异火,除了那件事之外,应该没有其他目的了。"轻吸了一口气,墨巴斯低声道。

"可……天啊,那件事的失败率可是极高的啊!若是女王陛下出了意外,那我们蛇人族……"月媚双手在身前胡乱地摆了摆,苦笑道。

"唉,女王陛下停留在斗皇级别已经很多年了,或许她有些不耐烦了吧。她平日看起来并不太在意这些,不过我却清楚,她很想变得更强,因为一旦她到了斗宗级别,蛇人族的势力就会急速扩张,以后也不必再被困在这茫茫沙漠之中了。虽然已经努力适应了多年,但是我们蛇人并不适合这里,我们的血脉,毕竟是冷的。"墨巴斯轻叹道。

月媚也轻叹了一口气,抬起头来,将目光投射到那半空中俏脸逐渐由微笑变成淡然的美杜莎女王身上。

"异火?你们如何知道我得到了异火?"

美杜莎女王的纤指轻掠过额前垂落的青丝,略微有些偏紫色的美眸之中,闪烁着点点寒意。

"半年之前,我正好在沙漠中寻找一种药材,感应到了异火的气息,一路追踪而来。虽然并未发现女王陛下的身影,但是在途中捡到了几块带血的七彩蛇鳞。七彩蛇鳞是女王陛下全力战斗之时,才会出现在体表的奇异鳞片。而且,在那蛇鳞之上,我们也探测出了异火的气息,想必当初女王陛下在取走异火的时候,也被它伤了吧?"古河轻声道。

美杜莎女王轻轻舔着红润的嘴唇,一对奇异的瞳孔紧紧地盯着古河,淡淡的寒意萦绕其中。

似乎是察觉到美杜莎女王眼中那不善的味道，古河小心翼翼地退到黑袍人身后，苦笑道："女王陛下，我并没有其他的意思，异火对一名炼药师有多重要，想必女王陛下也清楚。为了寻找异火，我几乎跑遍了加玛帝国奇异的地方。蛇人血脉阴寒，异火对于你，并没有太大的作用，所以在下希望，女王陛下能够让我用别的物品，跟你交换异火！"

"交换？"闻言，美杜莎女王的眼角挑起一抹浅浅的讥讽，淡笑道，"你身为一名炼药师，自然比我更清楚异火的力量。你说，这种东西，需要拿出什么来，才能配得上它的价值？"

微微皱起眉头，古河沉吟了好一会儿，脸上罕见地出现肉痛的表情。他抬头沉声道："在下愿意用两枚六品斗灵丹、一枚七品化形丹来换取异火！不知女王陛下意下如何？"

古河的话刚刚出口，周围的严狮等人便瞪大了眼睛，满脸愕然地望着古河。甚至连一旁的黑袍人也微微偏过头，从那黑袍中射出一道错愕的目光，想必她也没想到，古河竟然会因为异火，出手如此阔绰。

六品斗灵丹是一种能够让斗王强者眼红的丹药。因为服下它能使斗王级别的强者，实力提升一个星级。

也就是说，若是一名二星斗王服下了六品斗灵丹，那么他便能够在短短的几天之内，成为一名三星斗王。

要知道，到了斗王这一级别，每一星的差距都是很巨大的。很多斗王强者在辛苦修炼几年之后，依然止步于某一星。这种事情屡见不鲜，由此可见斗灵丹有多么珍贵。

当然，斗灵丹虽然让人眼馋，却有着极高的抗性。如果一个人服下了一枚斗灵丹，那么再服下第二枚斗灵丹便基本上没有效果了。也就是说，一名斗王一生只能服用一枚斗灵丹。

然而即使是这样,斗灵丹也是强者阶层中最让人眼馋的灵药,无数人为了得到一枚斗灵丹,甘愿付出巨大的代价。

而与六品斗灵丹相比,七品化形丹则更是让人眼红了。

这种丹药足以让无数斗皇级别的魔兽陷入疯狂。因为只要有了一枚七品化形丹,它们就能够彻底脱离兽身,从此拥有魔兽的长久寿命以及人类的修炼天赋。这两种特效叠加所制造出来的生物,或许就是一名能够成为斗宗乃至斗圣的传说级强者。

古河拿出来的这两种东西,能让很多人为之疯狂,也难怪严狮几人会感到不可思议。

"老天……这家伙,手笔也太大了吧?"乱石堆中,萧炎目瞪口呆地望着高空上的古河,半晌后,方才逐渐地回过神来,心中嘀咕道,"不愧是加玛帝国炼药师第一人,竟然连化形丹这种堪称凤毛麟角的珍稀灵丹都有,看来他还真是对异火志在必得啊。"

"手笔的确挺大,不过以他现在的炼药术,虽然有极低的概率能成功炼制斗灵丹,但那化形丹,凭他,绝对不可能炼制出来。"药老先是感叹了一声,旋即有些不屑地道。当年他曾经亲自炼制过化形丹,自然知道炼制这种丹药的困难以及烦琐程度到了何种逆天的地步,当初若不是有异火的相助,恐怕他也难以炼制成功。

萧炎微微点了点头,抬头望着城墙上方的月媚两人,显然这两人也被古河报出的价码吓了一跳,满脸惊愕的表情,看上去颇为好笑。

萧炎的目光逐渐转到高空中的美杜莎女王身上,拳头微微紧了紧,轻声道:"不知道她会不会答应?"

抱着与萧炎相同念头的所有人,包括古河,都将紧张的目光投射在沉默的美杜莎女王身上,等待着她开口。

被无数道目光注视着,高空之上,美杜莎女王轻叹了一口气,抿着性感的红唇，美眸带着些许惋惜地望向古河，有些无奈地道："我不得不承认，你的条件很诱人，不过……"

"抱歉，我依然不会与你交换！"

第十二章
谈判失败

听到美杜莎女王拒绝的话语，很多人都为之愕然：虽说异火力量极其庞大，可对于蛇人族来说，这东西似乎并没有太大的吸引力吧？毕竟他们血脉阴寒，异火这种狂暴而极具毁灭性的东西，对他们而言，犹如水与火一般，两者绝不相容啊。

所以当听到美杜莎女王带着些许惋惜的拒绝话语之时，古河及其身旁的严狮、风黎等强者，都是满脸错愕。

"这女人脑袋坏了！留着一个对自己没多少用的异火干吗？还不如交换点对自己有用的东西，这不是双赢吗？"严狮无奈地摇了摇头，低声不解地嘟囔道。

一旁，风行者风黎也微微摇了摇头，满脸费解。

与他们的错愕相比，城墙上空的月媚以及墨巴斯则要平静许多。听到美杜莎女王拒绝，他们便彻底明白她究竟想干什么了。

"唉，果然呢，看来女王陛下是真的想做那事了，不然的话，她应该不会这么干脆地拒绝这种交换条件。"轻叹了一口气，月媚轻声道。

墨巴斯轻点了点头，阴鸷的面容上有着一抹担忧与苦涩。

"啧啧，不愧是美杜莎女王啊，这般丰厚的交换条件，竟然拒绝得这么干脆利落。"将身体隐藏在巨石之下，萧炎抬起头，望着那妖艳的美人，忍不住咂了咂嘴。

"的确有些奇怪，按常理来说，异火对于蛇人似乎没有太大的诱惑力啊。怎么她却拒绝了？难道是害怕古河得到异火之后，实力大涨，危及蛇人族吗？可这理由也不太说得通啊。像丹王古河这种级别的强者，一般极少参加战斗啊，要不然，这美杜莎女王恐怕刚刚现身时，就会大开杀戒了。"药老的声音中同样充满了疑惑，他沉吟了好半晌之后，似是忽然想起了什么，失声道，"难道……"

"怎么了，老师？"眉头微微皱起，萧炎在心中低声询问道。

"待会儿再与你细说。"药老快速地回答了一句，便沉默下来，任由萧炎如何在心中呼喊也没有回应。

再次呼喊了一声，萧炎摇了摇头，低声嘟囔道："神神秘秘的……"

高空之上，古河同样被美杜莎女王的拒绝搞得愣了好一会儿，不过他的气度非常人可比，脸上的错愕很快被收敛起来。他微皱着眉头望向远处的美杜莎女王，轻吐了一口气，道："女王陛下，您的拒绝实在是出乎我的意料。我不喜欢遮遮掩掩，这个交换条件是我能拿出的最珍贵的东西，本来我以为它们能够打动女王陛下的，可惜我似乎失算了。"

"古河大师，你的条件的确很让我心动，不过由于一些缘故，异火对现在的我来说，很重要。"美杜莎女王妖艳的俏脸之上，惋惜之情同样未曾掩饰，显然，她对古河拿出的东西并非无动于衷。

古河叹了一口气，脸上的表情颇有些颓丧。他非常清楚，如果美杜莎女王不想交换异火，凭他们这些人的实力，绝对不可能强行胁迫她。

"能告诉我，您为什么如此想留下异火吗？"古河苦笑道。

"抱歉，不能。"微微摇了摇头，美杜莎女王慵懒地挥了挥手，淡淡地道，

"算了，古河大师，你们从哪儿来的，还是回哪儿去吧。至于那神秘赔偿也不必了，早点儿离开这里就行。我蛇人族八大部落的首领已经在赶来的路上了，他们其中一些人对你们人类颇为厌恶，所以你们还是趁早离开吧，免得到时候又出现一些不必要的麻烦。"

听到美杜莎女王的话，古河苦笑着叹了一口气，偏过头来望向几位同伴，满脸的无奈。

"老河，就这么走了？"严狮瞥了一眼远处的美杜莎女王，皱眉道。

"不走还能怎么办？美杜莎女王的实力如何，你们又不是不知道，强抢的话，你们认为可能吗？"古河叹息道。说心里话，他自然不想就这么空手而回，可对方实力实在太强悍，而且这又是在对方的地盘上，若是强来的话，恐怕结局不会太好。

听到古河的话，严狮与风黎也是微微一滞，以他们的实力，自然不可能与美杜莎女王叫板，当下两人的目光都转向一旁的黑袍人，低声道："云宗主的意思是？"

听到严狮两人的话，古河也将目光投向黑袍人，等待着她开口。

黑袍人沉默不语，没有立刻回答严狮的问题。她不开口，众人也只好安静地等待着，对面的美杜莎女王等人也将目光投向黑袍人身上。

在众人的注视之下，半晌之后，黑袍人微微一动，缓缓地向前踏了一步，微微露出雪白清瘦的下巴，清冷的声音轻灵地传出："我曾经在一本古籍上看到过一条有关蛇人族女王的记载，上面说，当美杜莎女王达到斗皇巅峰之时，若是机缘足够，就能有一场奇异的进化。进化之后的美杜莎女王，不仅能够自由地转化成人身，而且实力也会水到渠成晋升成为斗宗强者。只不过，这种进化的成功率似乎颇低，而且最重要的是，这种进化必需有一种东西，便是异火。

"我想，女王陛下不想拿异火交换，应该是想借助异火进化吧？"黑袍人微微偏着头，平淡地道。

"果然。"听到高空中响起的声音，药老忽然冒出来，有些惊叹地道，"没想到啊，美杜莎女王竟然打的是这个主意。呃？喂，小子，你有没有在听啊？"

"呃，"被药老的声音扯回了神来，萧炎有些疑惑地低声道，"这个声音怎么和那天夜里的不同啊？而且似乎还有种既熟悉又陌生的感觉。老师有这感觉吗？"

"我没事去管那些女人的声音干吗啊？"药老无奈地道。他对丹药的关注，远远超过了女人，再美妙的声音也难以让他有迷恋的感觉。

讪讪地干咳了一声，萧炎只得放弃思索这个问题，低声道："那美杜莎女王真的能够借助异火，进化成为斗宗强者？"

"的确可以，不过这种进化的危险性极大，一个不小心，她就会被异火彻底焚烧成虚无；可若抗过去的话，则真的会产生极为奇异的进化，至于具体是哪种变化，我也不太清楚，这种事情，一般只有当事人才知道。"药老笑道。

萧炎苦笑了一声，这事情怎么越搞越复杂了啊！他当下无奈地摇了摇头，抬头望向平静的天空低声道："还是快点打起来吧，这样我就有机会进去偷异火了。"

"美杜莎女王的气息有些奇怪，嗯，似乎有种虚幻的感觉。"灵魂感知力悄悄地扫掠着上空，药老忽然有些奇怪地道。

"什么意思？"萧炎莫名其妙地眨了眨眼睛，半晌后，愕然道，"你说这美杜莎女王是假的？"

"相隔太远，而且怕被发现，所以我也只是粗略地感应了一下，觉得似乎有点儿不太对劲。"药老无奈地道。

"事情真的是越来越复杂了啊。"萧炎再次嘀咕了一声，逐渐沉默下来，再度将目光投射到高空之上。

听到黑袍人的话，美杜莎女王的脸色明显有了变化，她那充满魅惑的瞳孔紧紧地盯着黑袍人，其中寒气萦绕，轻声道："没想到你竟然知道这些事情，真是让我有些意外啊。"

"我不仅知道你需要异火来完成进化,我还知道现在的你,只不过是一具拥有美杜莎女王些许意念的能量体而已。我想,真正的美杜莎女王应该正在某个地方准备着进化吧?"黑袍人淡淡地道。

黑袍人的话一出口,所有人都微微一震,月媚两人更是脸色大变,他们互相对视了一眼,皆从对方眼中看到一抹担忧。

"云宗主,你说这个美杜莎女王,只是一具能量体?"严狮指着远处的美杜莎女王,满脸错愕地道。他并没有感知到有什么不妥啊。

"嗯。"黑袍人微微点了点头,脚步轻抬,然后悄悄踏下,身形顿时消失。

在黑袍人消失的一刹那,远处的美杜莎女王俏脸微微一变,刚欲动身,一道漆黑的影子便瞬间出现在其身后。一只洁白如玉的手掌轻探而出,似急似缓地落在了美杜莎女王的后背之上。

"大胆!"瞧着那瞬间闪掠动手的黑袍人,月媚与墨巴斯脸色猛然大变,背后能量双翼一振,便对着黑袍人急速扑来。

"嘿嘿,你们可不要乱插手。"两道影子闪掠而至,在半途中被严狮与风黎阻拦了下来。

天空之上,原本还算和谐的气氛,骤然变得剑拔弩张起来。

没有理会四周的动静,黑袍人身体微微前倾,望着那身子僵硬的美杜莎女王,轻声道:"我说得对吗,女王陛下?"

"阁下不愧是斗皇强者啊,竟然这么快便识破了我的能量分身。"狭长的眸子微眯,美杜莎女王轻笑道。她那从容的模样,全然没有一点儿被发觉后的惊慌。

"想必现在女王陛下的真身不能被惊扰吧?不然也不会让我们这般放肆。嗯,挺不错的机会哦。"黑袍人微微一笑,掌心猛然一颤,汹涌的劲气破体而出,重重地轰击在美杜莎女王的背后。顿时,随着一道轻微的闷响,半空中妖艳动人的美杜莎女王,便化为一团淡紫的烟雾,缓缓升空消散。

"终于还是打起来了啊。"望着天空中那动起手来丝毫不拖泥带水的黑袍人,萧炎轻赞了一声，满脸灿烂的笑容。

在黑袍人将美杜莎女王的能量体击散的一刹那，月媚与墨巴斯脸上同时涌上暴怒的神情，后者霍然转过头，对着下方城墙之上无数的守卫低吼道："杀了这些人类！"

听到墨巴斯下令，城墙之上顿时响起愤怒的应喝之声，无数蛇人紧握着手中的毒矛，在急退了两步后，猛然前冲，手中毒矛脱手而出。顿时，天空之上，黑压压的一片毒矛阵雨，对着不远处的黑袍人以及古河等人暴射而去，尖锐的破风声让人的耳朵隐隐作痛。

淡淡地望着天空中那声势浩大的毒矛阵雨，黑袍人身形没有丝毫的移动，袍袖轻轻一挥。顿时，一道巨大的青色龙卷风，突兀地在悬浮在其面前。龙卷风高速旋转着，地面上的黄沙不断地朝其中涌灌而来。

黑袍人犹如驱赶蚊子一般，随意地挥了挥手。顿时，青色龙卷风暴猛然席卷而出，那铺天盖地的毒矛阵雨，也被风暴的狂猛吸力给破坏得七零八落，偶尔有穿透风暴的毒矛，也再难对后面的古河等人造成什么威胁。

黑袍之下的一双眸子，盯着城墙之上一波接一波不断抛射而来的毒矛阵雨，任由风暴将之阻拦。她微微转过身子，望向古河等人，淡淡地道："闯进去吧，想必现在美杜莎女王正处于关键时刻，这时的她极为脆弱，你若是想得到异火，这是唯一的机会。"

闻言，古河微微皱了皱眉头，沉吟了瞬间之后，便脸色凝重地点了点头。他并非那种婆婆妈妈的人，该果断的时候，绝不会因为道义问题让稍纵即逝的机会溜走。

"老狮、风黎，上吧，你们帮忙阻拦下墨巴斯两人，我进入城中寻找异火！"手掌猛然一挥，古河沉声道。

"嘿嘿，既然你这么说，那便大干一场吧，反正你是大款爷，受的伤越重，报酬越丰厚！"严狮咧嘴一笑，大笑道。

闻言，古河有些哭笑不得地摇了摇头，身体微微一颤，巨大的斗气双翼在背后缓缓浮现，脚掌点过虚空，身体率先向城市之内飙射而去。

"给我站住！"瞧着古河的举动，城墙上方的月媚与墨巴斯顿时闪掠而来，满脸阴寒地将之拦下。

"嘿嘿，你们的对手是我们！"凶猛的劲气破空而来，狠狠地对着月媚两人砸去。严狮与风黎快速闪至月媚两人面前，笑眯眯地将之拦截了下来。

"美杜莎蛇卫，拦住他！"瞧着古河又欲直接冲进城内，月媚俏脸微寒，转过头来，对着城墙之上冷喝道。

"是！"整齐的声音冰冷地应和着，旋即十几道身影借助城墙的高度，闪电般地将古河拦截下来。

"杀了他！"服饰有些怪异的十几名蛇人，目光阴冷得犹如毒蛇一般，死死地盯着古河。随着一声冷喝，十几人几乎同时闪掠身形，砸出一道道凶猛的劲气，这些劲气在半空互相融合，随着劲气的融合，其中所蕴含的能量，也成倍地暴涨。

古河只是粗略一扫，便将他们的实力分辨清楚。两名斗灵以及十来名大斗师，这种级别，即使他们拥有能够抵御攻击力的古怪连击之术，但对于古河来说，也依然不够看。

手掌一开一合，淡蓝色的火焰瞬间缭绕着古河的身体，背后双翼微微一振，他双手闪电般地结出一个印结，低声喝道："蓝焰滔天！"

随着喝声的落下，一大团淡蓝色的火焰瞬间出现在古河身前，他一挥手之间，火焰铺天盖地地对着十几名蛇人暴射而去。而刚刚十几名蛇人的连击劲气，则在这淡蓝色的火焰之下，化成了一片虚无。

古河双翼微微一振，闪电般地穿过十几名蛇人的防御，双手探伸之间，劲气暗射。顿时，十几名蛇人吐血而退。

以最快的速度击退这些拦路之人，古河刚欲冲进城市，一股凶悍得令其脸色微变的劲气,便猛地自下方暴射而来。他当下振动双翼,身形急退,这才险险地避开这支飞射而来的蛇矛。

"美杜莎蛇卫队长,花蛇儿!"曼妙的娇躯闪掠至上空,女子冷喝道。

"斗王,呼,蛇人族的强者果然不少啊。"望着出现在面前的女子,古河感应了一下对方的实力,顿时无奈地感叹了一声。

对面的女子,没有与古河聊天的意思,她一手扯过尖锐的蛇矛,蛇尾在虚空一摆,便挟带着凶悍的劲气向古河冲杀而来。

然而就在古河准备动身迎战之时,黑袍人忽然闪现而出,淡淡地道:"把她交给我,你去找异火。我们没多少时间了,一旦美杜莎女王进化成功,我想我们就只能有多远跑多远了。"

"嗯。"瞧着出现在面前的黑袍人,古河急忙点了点头,叮嘱了一声之后,便在花蛇儿愤怒的目光中,闪电般地掠进了城市。

在城墙这边乱成一片的时候,没有人注意到一道影子悄悄地从城墙外溜了进来。他在途中解决了几个偶然遇见的蛇人之后,便撒开双腿,冲进了这座庞大的城市之中。

背间微微一颤,紫云翼扑腾而出,萧炎在低空快速地飞掠着,在心中急声问道:"老师,怎么样?感应到异火的位置了吗?"

"美杜莎女王很狡猾,不知道她用了什么办法,将异火的气息分成了四份。四份气息的所在地,刚好是这座城市的四个角落,若是一个个搜寻过去的话,恐怕会花费极多时间。"药老笑道。

"唉,狡猾的女人!那现在怎么办?"闻言,萧炎眉头紧皱,苦笑着问道。

"呵呵,放心吧,虽然她手段颇为高明,但是我和异火打了这么多年交道,其中的一些细小差距,还是能够分辨出来的。"药老的笑声中,有着淡淡的得意。

"哪边?"萧炎重重地松了一口气,急忙问道。

"东!"药老快速地回道。

"嘿嘿,那古河走错方向了。"闻言,萧炎顿时咧嘴一笑,满脸的幸灾乐祸,先前他分明瞧见古河向北方飞去了。

脚掌在一处房顶之上快速点过,萧炎敏捷地避过几只飞射而来的蛇矛,低头瞟了一眼乱成一团的城市,然后扑扇着紫云翼,朝着城市的东部飞掠而去。

在小心翼翼地飞掠了十多分钟之后,一座庞大的神殿,缓缓地出现在了视线之内。

"就是这里面,小心点,异火的气息越来越浓郁了!"在神殿出现之时,药老的提醒声再度在萧炎心中响起。

"嗯。"萧炎微微点了点头,飞行速度逐渐减缓,然后快速地闪进旁边建筑的阴影处,微眯着眼睛观察神殿外的森严防御。

"别浪费时间了,快点,若是美杜莎女王进化成功,现在的我可拿她没办法,到时候就只有逃命了!"药老沉声道。

"嗯。"萧炎快速地点了点头,有药老帮忙掩藏气息,他悄悄地翻过神殿,一溜烟窜进一条走廊之中,然后拼命地朝着药老指点的地方奔跑而去。

借助药老强大的灵魂感知力,在每次即将遇见巡逻队时,萧炎都能险险地将其避开。这般惊险万分地窜了将近十分钟,萧炎眼前豁然开朗,一个小小的清澈湖泊出现在了视线中。

湖泊中央有一座小小的岛屿,周围水波粼粼,没有任何通向其中的桥路。

站在湖泊边缘,萧炎瞟了瞟清澈见底的湖水,舔了舔嘴唇,背后双翼微微扇动。可他刚刚飞进湖面上空一米左右,一股诡异的能量便将他的身体猛地拍向湖水。

在身体即将碰到湖水之时,萧炎的心脏猛然紧缩,一抹不安飞速闪过。他条件反射般地从纳戒中丢出一块玉尺,然后脚尖轻点在上面,借助这股力量,身体贴着湖面暴射回了湖边。

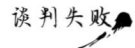

险险地立在湖泊边上，萧炎回头望向那转瞬间就被侵蚀成一片虚无的玉尺，忍不住咽了一口唾沫。

"小心点，湖面上空有能量禁制，任何飞行的东西，都会被强行吸进湖泊之中。而且这湖水明显有剧毒，沾上了一点儿，恐怕斗王强者也会觉得很麻烦。"药老的声音在心中响起。

萧炎焦躁地握着拳头，半晌后，深吐了一口气，苦笑道："现在怎么办？"

"没办法，只能用最笨的办法了，跟上次进入岩浆湖泊一样，我用异火把你包起来，你加快速度赶紧到小岛上。不然的话，恐怕你会被腐蚀得尸骨无存。"药老略微沉吟，旋即无奈地道。

"那赶紧吧，时间宝贵啊！"萧炎激动得搓着手，催促道。

药老轻"嗯"了一声，身体之上，森白的火焰逐渐缭绕而出，片刻之后，便将萧炎身体完全包裹起来。

"拼了。"站在湖泊边缘，萧炎望着清澈的湖水，狠狠地咬了咬牙，然后闭上眼，扑通一声，跳了下去。

身体犹如鱼儿一般冲进清澈的湖水之中，萧炎瞟了瞟体表之外的森白火焰，忍不住咽了一口唾沫。骨灵冷火的温度奇高，此时，周围的湖水已经犹如沸水一般滚动了起来。在不断鼓冒着的白色水泡中，一缕缕肉眼难以察觉的深紫液体缓缓浮现，不过这些深紫液体在即将接触到森白火焰时，便被骨灵冷火给冻结成了一道道极为细小的冰丝，然后缓缓地坠落进湖中。

望着那不断在周身涌现的紫色小冰丝，萧炎头皮有些发麻，没想到这看起来极为平静的湖泊，竟然暗中隐藏着这么多足以致命的毒液。

"抓紧时间吧，这些毒液毒性极烈，虽然有异火的保护可以阻止它们入体，但是对于我的灵魂力量来说，消耗太大了！"就在萧炎惊叹之时，药老的声音忽然在心中响起。

"嗯。"萧炎急忙点了点头，双脚一弹，脑袋浮出水面，望着湖中心的小岛，

他轻吐了一口气,然后双臂急速划动,身体带出一道水痕,逐渐靠近湖泊中心。

一路平稳地划过,已经接近湖泊中心的小岛,就在萧炎准备松一口气时,前面平静的湖面猛然暴起漫天水花。突如其来的状况让萧炎心头猛地一紧,他抬起头,死死地盯着水花暴射之处,瞬间瞳孔骤缩。

水花飞洒而落,一条通体布满碧绿鳞片,脑袋呈三角之状的巨蛇猛然从湖底暴冲而出,然后张大狰狞的巨嘴,狠狠地对着萧炎噬咬而来,菱形的瞳孔中散发着一股野性的凶残。

"这小小的湖泊也实在太奇怪了吧?"面对巨蛇的狂暴攻击,萧炎怒骂了一声,手掌重拍在水面之上,顿时,水花四溅。借助这股力量,萧炎的身体完全脱离出水面,而后微微下倾,最后几乎与湖面平行,脚尖闪电般地轻轻点在一簇拍打而来的水浪之上。顿时,萧炎的身体"嘭"的一声,犹如出膛的炮弹一般,贴着水面,暴射了出去。

嘭,嘭,嘭!

身形狂猛地向小岛掠去,身后响起几道剧烈的浪涛炸裂声,那是巨蛇的攻击落空后造成的声势。

对于身后蕴含着腥风的劲气,萧炎并未太过在意。借助这股冲击之势,萧炎接连躲过好几次巨蛇的袭击,在距离小岛仅有十来米时,萧炎向后瞟了瞟,发现那头巨蛇正张着狰狞的巨嘴,一路破水追杀而来。

萧炎冷笑了一声,手指轻弹纳戒,一块木板落到了水面之上。在其被湖水中的毒液腐蚀之前,萧炎脚尖点在其上,身体微沉,然后再度暴射而出,瞬间之后,终于进入小岛上空。萧炎身体凌空一翻,双脚微蹲,双掌轻按着地面,稳稳地着地。

萧炎回头望了一眼,发现在小岛周围十米之内,那条狰狞的巨蛇便畏忌地不敢向前。它摇摆着蛇尾在岛外徘徊着,伸吐着猩红的蛇芯,狠狠地瞪着萧炎好一会儿后,才无奈地再度沉入湖中。

望着那缓缓平静下来的湖泊，萧炎松了一口气，转过身来，看向这座小岛。小岛面积不算很大，生长着郁郁葱葱的竹林以及一些花草，看上去生机勃勃，颇为漂亮。

"异火的气息啊。"萧炎深吸了一口气，这般近距离的接触，似乎连他都能感受到小岛之中隐藏着的异火。他漆黑的眼瞳中跳动着炽热的火焰，紧紧地握了握拳头，在心中暗暗发誓，这一次，无论如何都得将异火弄到手，为了它，自己已经付出了太多。

身体周围的森白火焰逐渐熄灭，药老的声音再度响起："小心点，美杜莎女王也在里面，不过现在她应该没心思关注你，我会把你的气息完美地掩藏，待会儿见机行事吧。"

"嗯。"微微点了点头，萧炎的呼吸逐渐平稳，站在湖泊边缘，好一阵之后，方才迈着轻巧的步伐，缓缓地钻进竹林之中。

行走在竹林之中的小路上，除了萧炎落在草叶之上那极其微小的脚步声外，便再无其他任何声响。

虽然此时药老没有开口引路，但是萧炎依然能够凭借着空气中隐隐传来的那抹奇异的异火气息，找到正确的道路。

萧炎不急不缓地转过几条小道，眼前的视线逐渐开阔，在转过最后一条小路的那一瞬间，他的身体骤然弯了下去。他快速地将身形掩藏在一簇草丛中，视线穿过树叶的缝隙，望向那小岛中央的一处空旷地带。

这里是一处圆形空旷地带，周围的竹子以及花丛都被清理得干干净净。细小而光滑的石子散落其中，那空旷的地带凹陷成了一个小小的池子。小池之中盛满了晶莹剔透的水液，水液表面上，白雾缭绕，即使相隔甚远，萧炎也依然能够感受到池水所散发的极寒温度。

"冰灵寒泉。"萧炎的眼睛死死地盯着那晶莹水液，半晌后，他长长地吸了一口凉气。当初他费尽心机才从古特手中换得小小一瓶冰灵寒泉，这里竟然有整整

一池,啧啧,这手笔,真是大得有些恐怖。

心中的震撼缓缓平息,萧炎移动目光,看向小池子中央一个由奇异水晶雕刻的莲花座上。此时,在那莲花座上,一团青色的火焰正在缓缓翻腾着。

望着这团青色火焰,萧炎的眼瞳骤然间缩成了针尖大小,一股莫名的狂热毫不遮掩地出现在了少年清秀的脸上。

这团青色火焰极具灵性,在微微翻腾之间,时而凝聚成莲花状,时而凝聚成一条火焰小蛇,在莲花座中浮空盘旋着,温顺的模样极为可爱。

萧炎眼睛眨也不眨地盯着那不断变换形态的青色火焰,嘴角不断地抽搐着。因为过于激动,贴在地面上的手掌已狠狠地抠进了泥土里。

"终于找到你了。"萧炎紧抿着嘴唇道。虽然他从未见过青莲地心火是何种模样,但是曾经在青莲之上修炼过的他,能隐隐地从那团青色火焰之中,感受到一股与青莲同出一脉的熟悉的感觉。

历经几年的辛苦与努力后,萧炎终于第一次如此近距离地看见异火。当然,药老的那异火除外,被药老灵魂控制的骨灵冷火,根本不能让萧炎感受到异火的可怕与狂暴。

那座水晶莲台也明显不是普通之物,每一次在青色火焰即将游出莲座之时,一个淡淡的白色光罩便突兀地浮现,然后将异火弹回。

目光仔细地扫过池中,萧炎发现,每当异火与光罩接触之后,那池中的冰灵寒泉就会微不可察地减少一丁点。显然,水晶莲座应该是借助了冰灵寒泉的力量,才能够将青色火焰困在其中。

目光扫过小池子,萧炎的视线朝着左边移了过去,一张美丽得无以言表的脸映入眼中,萧炎不自觉地将本就微弱的气息,再度压了压。面对这位斗皇级别的超级强者,萧炎的心头如同被压上了一块大石头。

此时的美杜莎女王,与先前出现在城外的那道能量体没有丝毫不同,一套奢华的紫色锦袍将其曼妙的身躯包裹在其中。

紫色锦袍之下，一截紫色的蛇尾慵懒地扫动着，释放着野性与异样风情。

现在的美杜莎女王，美眸正紧紧地盯着小池中的青色火焰，在火光的反射之下，淡紫的眸子中跳闪着火焰的弧度。

这般静静地盯着青色火焰许久，美杜莎女王忽然轻轻地叹了一口气，抬头望着天色，旋即微摆着蛇尾，美丽的身躯缓缓立了起来。

"是时候了呢。"呢喃了一声，美杜莎女王妖艳的脸颊上闪过一抹罕见的踌躇。瞬间后，踌躇化为坚定，紫色锦袍之下露出两截雪白的皓腕，纤手在身前缓缓地结出几个印结。

随着美杜莎女王手中印结的变化，水晶莲座忽然一阵剧颤，其上的光幕逐渐消失。光幕消失之后，失去了束缚的青色火焰猛然暴冲而出，见风暴涨，只是眨眼时间，便化为一团熊熊烈火。

在这团青色烈火之下，小池之中的冰灵寒泉正在以肉眼可见的速度快速蒸发着。

没有理会周围被熏烤得急速枯萎的竹子，美杜莎女王的贝齿轻咬着红唇，玉手缓缓解开锦袍的扣子，旋即一具堪称上天杰作的完美身躯，便毫无遮掩地在竹林之中展现。

第十三章
七彩吞天蟒

绿意葱郁的竹林之中,白玉般美好的身躯释放着让人心动的风情。

美丽的容颜不经意间透着一抹宛如妖精般的艳丽,修长白皙的脖颈露出一截优雅的弧度。

纤细的柳腰似是不足盈盈一握,然而略显清瘦之余,却透着一股柔韧的感觉;平坦的小腹没有一丝赘肉,一眼望去,完美无瑕。

在那纤腰之下,便是蛇人特有的紫色蛇尾,蛇尾微微摆动,异样风情展露无遗。

草丛之中,萧炎目瞪口呆地望着那具完美的身躯,不经意间,心绪便荡漾不已,乃至脸色涨红。好半晌之后,他才咬着牙,运转着斗气,将那异样的心思给压了下去。

"这女人,太可怕了吧?"再度抬起头来,萧炎却只敢将视线放在半空中腾烧着的异火上,再也不敢去瞟那具充满诱惑的身躯,生怕无法控制自己的心绪。

"美杜莎女王天生便拥有一种魅力,这种魅力对于男人来说,是最难招架的。

当然，以她现在的实力，那股魅力已经达到了收放自如的地步。小心点吧，小家伙，色字头上一把刀哪。"药老语重心长地道。

"呃。"听得药老这忽然冒出来的话语，萧炎只得干笑了两声，旋即讪讪地点了点头。

"老师，我们什么时候动手啊？"周围炽热的温度让萧炎抹了一把汗，他在心中问道。

"再等等吧，她现在虽然把全部注意力放在异火上，但若是发现了你的踪迹，肯定会先把你这小虾米给解决掉的，虽然我能带着你逃跑，但异火……"

"那便继续等等吧。"闻言，萧炎咧了咧嘴，再度沉默了下来，目不斜视地盯着不远处的空旷地带。

任由紫色锦袍滑落在地，美杜莎女王缓缓地上前了一步，美眸迷离地盯着半空中的那团青色火焰，咬着红唇轻声喃喃道："若是循规蹈矩地修炼，不知道什么时候才能触摸到斗宗的门槛。所以，想要快速晋级斗宗，也唯有这条路可走了。"

纤细的玉手轻轻贴着香肩，美杜莎女王对着半空中的异火微微弯腰，旋即缓缓抬头望向城墙之外能量剧烈波动之处，美眸中掠过些许寒芒，纤指拨开额前的青丝，淡淡地道："若是进化成功，今日此处的所有人类，都得永留沙漠！"

说完，美杜莎女王将束着青丝的紫色带子随意地扯下。顿时，乌黑柔顺的发丝便散落而下，垂在柳腰间。

美杜莎女王轻轻地甩了甩头，发丝随之而动，随意的动作更是让她平添了几分妩媚风情。

双手微微合拢，美杜莎女王美眸微闭，玉手不断变换着奇异的手印，随着其手印的变化，竹林之间的天地能量波动忽然变得剧烈了起来。

躲在树丛之中，发现这一变化的萧炎，顿时心头一惊，身体微微弓起，准备随时应对各种突发状况。

"她究竟想干什么?"竹林之中,波动越来越剧烈。到最后,竟然隐隐地在小岛上空形成一个巨大的能量旋涡。望着这变化,萧炎在心中惊愕地道。

"这个……我也不太清楚,美杜莎女王的进化,颇为神秘,我以前也只听说过,却从未见过,不过似乎这个进化渠道,没有太大的准确性。嗯,也就是说,就算她成功了,会进化成什么,那也没人知道,这个东西,似乎是随机的。"药老苦笑道,"可有一点能够确定,反正还是会与蛇有关就是。"

听着药老这有些不知所云的话语,萧炎无语地摇了摇头,放弃了想要细问的打算,紧紧地盯着身体已经被浓郁的光芒所笼罩的美杜莎女王。

光芒不断涨缩着,片刻之后,一道类似狮吼,又仿佛虎啸的吼声,从光芒之中浩浩荡荡地传出,而在这吼声传出后不久,刺眼的光芒骤然大涨。

在这股刺眼强光之下,萧炎条件反射般地闭上了眼睛。片刻之后,他再度睁开双眼,却震撼地发现,在小岛上空,一条十来丈长的紫色巨蛇正悬浮而立。

紫色巨蛇的身躯修长而有力,隐隐地有着一种优雅的美感,那淡紫色的瞳孔,也并非如先前萧炎在湖泊中所遇到的巨蛇那般凶残,而是透着些许宁静与淡然。

紫色巨蛇在半空中缓缓地扭转着身体,巨大的头颅微微转向那一片混乱的城墙的方向。这时,淡紫瞳孔中掠过些许寒芒。

城墙边上,黑袍人悬浮在半空之上,淡淡地瞟了一眼对面那颇为狼狈的花蛇儿。过了一瞬,似是有所感应一般,黑袍人猛然回转过头,紧紧地盯着城市另一角的漫天紫光,黑袍下的眸子微眯,轻声喃喃道:"进化要开始了吗?"

"该死的人类,等女王陛下进化成功,你们一个都逃不掉!"花蛇儿抹去嘴角的血迹,阴冷地道。

"如果进化失败,不用我们动手,她自然就会消失在这片天地间。"花蛇儿的威胁,没有让黑袍人动怒。她似乎天生便是这般淡然的性子,很少有什么事情能够使她惊慌失措。这样的人，就犹如天空中的白云，虽然慵懒淡然，但却有着俯视万物的睿智与从容。

"而且你也清楚，这种进化是毫无规律可循的，就算最后成功了，会进化成什么模样，谁也不知道。"黑袍人轻声细语地道。

"女王陛下一定会成功的！"脸色一变，花蛇儿一声怒喝，脚掌踏在城墙之上，斗气狂涌，对着黑袍人怒冲而来。

"其实，我也很想看看美杜莎女王进化成功后的样子。"淡淡地望着那怒冲而来的花蛇儿，黑袍人轻笑着摇了摇头，双手挥动，十几道十来丈长的青色风刃，对着前者轻飘飘地切割过去。

"这是美杜莎女王的本体？"萧炎震撼地望着上空的巨大紫蛇，忍不住轻声道。

"蛇人族与人类不同，在他们出生之后不久，成年蛇人就会用秘法将一条蛇形魔兽的灵魂灌注进其身体中。随着年龄及实力的增长，这种作为伴生灵魂的蛇形魔兽，会逐渐与他们相融合，最后不分彼此。在遇见强敌之时，他们便能召唤出这种本体，那时候，实力将会暴涨很多，这也是蛇人最后的底牌。"药老在萧炎心中解释道。

"哦……"微微点了点头，萧炎抬起头，手掌摩挲着下巴，喃喃道，"她……打算怎么办？不会是一口把异火吞了吧？如果被她给吞了……我怎么办？"

"这个……"听着萧炎的问题，药老也是一滞，旋即无奈地道，"我也不太清楚，其实，我不认为她能成功进化。异火的毁灭力量不是开玩笑的，虽说她是一名斗皇强者，但想抵抗住异火，依然很困难。"

萧炎轻吐了一口气，苦笑道："还是先等等吧，现在冲出去，恐怕会被那狂暴的青莲地心火给焚烧成一片虚无的。"

"嗯，小心一点儿，万一出现问题，随时准备逃命吧。异火与美杜莎女王，

都是极其危险的。"药老提醒道。

萧炎苦笑着点了点头,提高警惕,望着半空中的巨大紫蛇,眼睛眨也不眨。

巨大的身体盘旋在半空中,浓郁的紫色光芒从紫蛇体内涌出,最后几乎将整座神殿包裹在了其中。

"她是在布置能量结界,想必是怕被古河那些家伙打扰吧,看来这种进化,的确要有安静的环境。她挺倒霉的,正好在今天遇见这群家伙。"药老笑吟吟地道。

"嗯,不过没有他们帮忙搅浑水,我们也没机会进来。"萧炎笑着点了点头,目光紧盯着半空中,过了一瞬间,脸色忽然一凝,沉声道,"她要开始了!"

萧炎的话音刚落,天空之上,巨大的紫蛇在盘旋了几圈之后,猛地发出一声清脆的低吟,然后义无反顾地对着那团青色火焰钻腾而下。

"这疯女人竟然敢和异火硬碰硬!"瞧着紫蛇的举动,萧炎顿时吸了一口凉气,身形急忙后退。

在萧炎注视之下,巨大的紫蛇瞬间便飞掠而下,没有丝毫的迟疑,拼命地往青色火焰里钻。

在紫蛇钻进异火的一刹那,美杜莎女王发出凄厉的尖叫声,让人头皮发麻。

听得这声尖叫,萧炎顿时狠狠地打了一个冷战,目光透过竹叶的缝隙,望着半空中的那团青色火焰。其中,巨大的紫蛇正在疯狂地翻滚着,萧炎可以清晰地看见,紫蛇身上的蛇鳞,在刚进入异火中后不久,便开始急速扭曲,最后生生地被异火烧得焦黑,无力地从紫蛇身体之上脱落。

蛇鳞脱落时,流出的鲜血被异火那恐怖的温度焚烧成了一片虚无。

吱……吱……

站在小岛之上,萧炎甚至能够听见从异火中传出来的吱吱声,同时因为鲜血的急速流失,紫蛇那巨大的身体也在以肉眼可见的速度不断缩小。

难以想象现在的美杜莎女王,正在承受着何种剧烈的痛楚。异火的焚烧不仅会带来身体上的痛楚，而且连灵魂都难以逃脱，双重痛楚实在可怖。

紧紧地盯着那团火焰的萧炎脸色有些苍白，美杜莎女王那凄厉得让人心颤的尖叫声，实在让他震撼不已，不得不说，这个女人真是有些疯狂。

美杜莎女王弄出的动静实在太大，凄厉的尖叫声几乎响彻了半座城市。当下，无数蛇人强者皆闪掠到房顶之上，满脸骇然地望着那紫光暴盛之处。一些人想要冲过去，却被凶悍的紫光给抵挡在外，只能站在外面，隔着很远的距离，焦躁不安地望着那在青色火焰中激烈翻腾的巨大紫蛇。

天空之上，一道光影急速朝着紫色光芒处狂掠而来，片刻之后，紫光之外，满脸凝重的古河出现了。

"美杜莎女王开始进化了吗？"望着远处的青色火焰，古河轻声道，手掌不自觉地握成拳，苦笑道，"现在，难道只能等着最后的结果了吗？"

"那个……老师，现在怎么办？"萧炎四下看了看被惊动而来的人群，微微皱了皱眉，望着那团几乎将空间烧得有些扭曲的青色火焰，在心中问道。

"唉……等吧，这时的青莲地心火，已经被美杜莎女王刺激得狂暴起来，任何接近它的东西，都会被烧成一片虚无。"药老无奈地道。

闻言，萧炎的目光往青色火焰下方扫了扫，发现那盛满冰灵寒泉的小池子，已经变成了一个黑漆漆的空洞。粗略一看，那空洞恐怕至少有十几米深，而且，异火周围的竹林也都化成了灰烬，微风吹拂而过，大片的竹林化为平地。

"好恐怖的破坏力。"萧炎抹了一把脸上的汗水，感受到周围越来越炽热的空气，身体微微一震，他急忙将紫火纱衣召唤出来，并急退了好几步，这才好受了一些。

青色火焰之内，美杜莎女王凄厉高亢的尖叫声在持续了将近半个小时之后，才逐渐变得微弱起来。而此时，或许是因为力量已经耗尽，紫蛇巨大的身体已经停止了翻滚，原本布满漂亮紫色鳞片的身体，现在也是一片焦黑。十几丈长的身体被烧得只有两三丈，不难想象这具躯体被异火烧毁了多少骨骼与鲜血。

紫色光幕之外，越来越多的蛇人伫立在周围的房顶之上，呆呆地望着那不断翻腾的火焰。刚刚，凄凉的嘶鸣声响彻了整座城市。一种悲凉的气氛笼罩了这座蛇人族最神圣的城市。

青色火焰之中，美杜莎女王的身体一动不动地静躺其中，任由青莲地心火在其身上不断地焚烧着，淡淡的焦臭味道缓缓地传了出来。

"失败了？"

紫色光幕之外，黑袍人忽然闪掠到古河身旁，望着那身处异火中失去了动静的美杜莎女王，莫名地叹了一口气。她略微沉默了一会儿，旋即朝着后者所在的方位，微微弯身。虽然她的性子同样高傲且淡漠，但对于这个为了进化，而让异火焚身的王者，她觉得理应给予应有的尊重。

"唉！"望着青色火焰，一旁的古河也轻叹了一口气。这位曾经让加玛帝国强者阶层大为头疼的美杜莎女王，便这般陨落了吗？真是有些戏剧性啊。

整座城市，随着美杜莎女王尖叫声的停止，也逐渐陷入了死一般的沉默。片刻之后，一双双仇恨的眼睛转向了半空中的古河以及黑袍人身上。

没有理会那一道道仇恨的目光，黑袍人淡淡地盯着远处的那团青色火焰。片刻之后，黑袍下的黛眉微微一皱，抬起头来，望着忽然变得昏暗了许多的天空，陷入沉默，片刻后，她清冷的声音中多了一抹凝重："有点不对。"

"怎么了？"闻言，古河神色也是一紧，急忙问道。

"天地能量忽然暴动起来了。"黑袍人望着天空，轻声道。

见状，古河也赶紧抬头望向天空，旋即脸色微变，只见那原本晴朗的天空，此时忽然变得昏暗许多，一团团不知从何而来的乌云，缓缓地笼罩了整座城市。

突如其来的状况，让所有人都愕然地望向天空中的异状，满脸的迷惑。

轰！乌云之中，忽然传出轰鸣的雷声，银色闪电在其中闪动着，犹如一条条银色的长蛇。

"这是怎么回事?"察觉到乌云中所蕴含的狂暴能量,古河咽了一口唾沫,声音干涩地问道。

黑袍人紧紧地盯着天空中的乌云,沉声道:"我曾经看过一本古籍,里面记载着远古的一些传说。传说级别的魔兽降生或者晋级之时,由于体内巨大能量的不协调,会引发一些天地异象。不过这些传说级别的魔兽,可是极为强大的存在,它们其中的一些佼佼者,甚至能与斗宗斗圣级别的人类强者相媲美。现在的斗气大陆,这种传说级别的魔兽并不多见。依现在的情况看,最有可能的是,美杜莎女王引发的吧。"

"你的意思……她进化成功了?"古河眼瞳微微一缩,略微有些惊骇地道。

"不太确定。"黑袍人摇了摇头,轻声道。

"需要撤走吗?"古河紧皱眉头,迟疑着问道。

"先等等吧,就算她成功进化,可被异火焚烧了这么久,能量也损失不小。这种时候,找个地方安静地养伤,才是最明智的选择。"黑袍人微微摇头,沉吟道。

"这……也好吧,再看看。"闻言,古河踌躇了一下,点了点头。他刚欲抬头,云层中便响起巨大的轰鸣之声,霎时间,天地为之一亮,一道巨大的霹雳,从云层中暴射而下,最后穿进紫色光幕,砸进了那团青色火焰之内。

霹雳来得快,去得更快,众人耳边的爆鸣声还未完全消散,天空中的乌云便开始急速消退。过了一瞬间,炽热的阳光再度洒满城市。

耳际的轰鸣逐渐退去,众人急忙将目光投向紫色光幕之中。然而,霹雳劈下之后,淡淡的青色雾气便从小岛中蔓延出来,同时也将众人的视线遮掩了。

"青色雾气是先前霹雳与异火相碰撞而挥发出来的东西,灵魂力量侵蚀不进,里面的情况已经完全被隔绝了。"灵魂感知力在光幕中扫了扫,古河摇了摇头,皱眉道。

"等着它散去。"黑袍人平静地道。

古河点了点头，然而体内斗气却逐渐涌动起来，随时准备撤退。

在天空中的霹雳劈下来时，萧炎率先躲在了一块巨石之后。尽管如此，霹雳的巨大冲击力依然将巨石震得粉碎，若不是关键时刻药老出手护了一把，恐怕萧炎当场就得被这股力量给震死。

"好恐怖的雷劈。"从地面上爬起身来，萧炎望着已经光秃秃的小岛，忍不住倒吸了一口凉气。

"里面怎样了？"拍去身体上的灰尘，萧炎望着周围浓郁的青色雾气，微微皱了皱眉，然后缓缓地走进其中。

逐渐走进小岛中央，半空之上的青色火焰再度浮现，只不过现在的青色火焰，已经恢复了先前的拳头大小，安静地悬浮在半空中，不断变幻着形态。

目光从异火处下移，在那地面之上，浑身焦黑的巨蛇正无声无息地躺着，像是一条死蛇。

"失败了吗？"望着这条严重缩水，外表被焚烧得有些恐怖的巨蛇，萧炎轻叹了一口气。一代斗皇强者，便这般烟消云散了吗？

"唉，还是收拾异火吧。"萧炎轻轻摇了摇头，绕过了巨蛇的尸体，来到异火之下，刚欲询问药老如何处理，身后忽然响起轻微的咔嚓声。

听到这突如其来的声音，萧炎身体猛然一颤，缓缓地扭转过头，望向声音的发源地，瞳孔猛然缩成了针孔大小。

在萧炎的注视之下，那软倒在地的巨蛇身体上的焦黑表皮，忽然缓缓地脱落了。

脱落的速度逐渐加快，到最后，萧炎似乎能够模糊地看见，在那巨蛇身体之内，隐隐有什么东西即将破体而出。

咕。望着这有些灵异的一幕，萧炎浑身的汗毛微微倒竖起来。他咽了一口唾沫，缓缓转过身来，死死地盯着那表皮不断脱落的巨蛇，小心翼翼地退后了几步，在心中急声问道："老师，这是怎么回事？"

"这蛇体内又开始出现一股气息了……"药老的声音中，也多出了几分凝重。

"她进化成功了？"眼瞳微缩，萧炎声音干涩地问道。

"……好像是吧，小心一点儿。"药老也不太清楚发生了何事，所以回答得有些含糊。

闻言，萧炎心头微沉，过了一瞬间，他偏头望向半空中的青色火焰，当机立断地道："老师，如何收取异火？快点，没时间了，等那东西出来，恐怕我们就……"

"小心！"萧炎的话还未说完，药老的急喝声就猛地在心中响起。

在药老的喝声响起之时，萧炎的心脏猛然一紧，一年多的苦修，赋予了他能时刻保持警戒的能力。当下他脚尖轻点地面，身体急速暴退。

轰！在萧炎急退之时，那躺在地面上的巨蛇猛然爆炸，身体碎末四处飞射，立马变为粉末。

在巨蛇化为粉末的那一瞬间，一道浩瀚而恐怖的气息猛然逸出，以一种令人惊骇的速度，迅速笼罩了这座城市。

"女王陛下成功了？"感受到这股气息中隐隐透出一抹熟悉的感觉，满城上下，无数蛇人面面相觑，旋即满脸狂喜，惊天动地的欢喝之声响彻云霄。

在这股浩瀚气息爆发的瞬间，紫色光幕之外的古河脸色骤然大变，与此同时，身体无法自控地暴退了几十米。

身形急退之时，古河脸色难看地朝着那静立在半空中的黑袍人大喝道："快走，美杜莎女王进化成功了！"

"别慌！"面对那猛然暴起的恐怖气息，黑袍人却依然保持着平静。别人难以察觉气息中的异样，但她清楚地感觉到了，这股气息虽然强大得恐怖，却隐隐有一种后继无力的感觉。

她的感应并未出错。仅仅十来秒时间，这股气息便犹如潮水一般，急速地缩

回到光幕之中。

气息再度消失,城市中的欢喝声也戛然而止,所有蛇人都一脸愕然,满心忐忑与期盼。

在那股恐怖气息忽然暴涨起来之时,萧炎的脸色略微苍白了几分,脚掌踏着地面,眨眼时间,便暴退了十多米。

气息的消失,同样让萧炎心中有些错愕,不过此时他可不敢再掉以轻心。他微眯着眸子,死死地盯着不远处因为蛇体爆炸,而落上些许黑色灰尘的地带,掌心之中满是汗水。

黑色灰尘逐渐落下,刹那间,一道七彩光影猛地自雾气中暴射而出,那光影仿佛能穿透空间的阻碍一般,快得让人难以置信。

漆黑的眼睛之中,七彩光芒微微闪烁,萧炎满脸惊骇,在未搞清楚对方究竟是什么东西之前,他可不敢与之有任何的身体接触。

"速度太快了!"萧炎想要躲避,可七彩光影的速度,实在是快得有些恐怖。即使是萧炎见过的速度最快的云芝,与之比起来,也明显差上一大截。

体内的斗气才刚刚启动,那七彩光影暴冲而来所带起的尖锐破风声,便在萧炎耳边响了起来。

嘭……在千钧一发之际,森白火焰猛然自萧炎体内升腾而出,炽热的高温将周围的空气熏烤得不断扭曲着。

吱!似是察觉到森白火焰的威力,那道对着萧炎急射而来的七彩光影,骤然停在了萧炎身前。极动与极静之间,几乎转换得浑然天成,没有丝毫的扭曲之感。

七彩光影停在萧炎面前几厘米处,它的身体也终于暴露在了后者视线之中。

萧炎的脸上还泛着惊恐,当他望着出现在面前的生物时,惊恐却转换成了愕然,这一幕看上去颇为精彩。

出现在萧炎面前的生物,是一条体长仅仅两厘米左右的细长小蛇。它通体布满了细小的七彩鳞片，淡紫色的蛇瞳，隐隐有股妖异的感觉，一股异样的清新的香味缭绕在其身体之上。它现在只是一条蛇，却透着一股优雅与尊贵。

小蛇长相漂亮得有些过分。这种美丽的生物，恐怕会让很多女人忘记她们对蛇的恐惧与厌恶。不过萧炎却能够模糊地感应到，这小小的身躯之中，蕴含着斗皇强者也不敢小觑的恐怖力量。

小蛇悬浮在萧炎面前，淡紫色的瞳孔中没有丝毫杀气，看上去反而极为纯粹与干净。虽然萧炎知道，这条小蛇或许是那凶名震慑沙漠周围好几个帝国的美杜莎女王变化而成的，心中却始终难以对它有抗拒之意。

七彩小蛇微微甩动着细小的尾巴，瞪着大大的淡紫眸子，凝望着面前的萧炎，试探着向前靠近了一点点。不过它又惧怕萧炎身体之上的森白火焰，赶忙缩回了头，微微蜷缩起身子，淡紫的眸子楚楚可怜地望向萧炎。

萧炎身体僵硬地盯着看似人畜无害的七彩小蛇，半点儿都不敢动弹，他咽了一口唾沫，心中喃喃地道："老师……它……就是美杜莎女王？"

"嗯……"药老闷声点了点头，轻吐了一口气，喃喃道，"其身七彩，其瞳略紫，其体泛香，其力通天。没想到，美杜莎女王所谓的进化，原来便是进化灵魂，脱离原有躯壳，用灵魂力凝聚成真正的新身体。"

"……那她现在进化成的东西，是什么？"萧炎忐忑地问道。

"美杜莎女王以前的伴生灵魂，便是你先前所见到的巨大紫蛇，那是一种六阶魔兽，名为紫幽炎蛇。据说这种紫幽炎蛇体内似乎流淌着一抹远古异兽的血脉，如果机缘足够，这种紫幽炎蛇就能够激活体内的那丝淡薄血脉，从而进化成为它们的远古祖宗。当然，这种概率极小，甚至小到了可以忽略的地步。"药老轻声道，"那堪与斗圣强者相抗衡的远古异兽，被人称为七彩吞天蟒，而它的标志便是：其身七彩，其瞳略紫，其体泛香，其力……通天。"

"刚好与面前的七彩小蛇一样吗？"萧炎眼角微微抽搐，在心中问道。

"嗯，如果不出我意料的话，你面前的这条小蛇，就是那传说中的七彩吞天

蟒，同时也是美杜莎女王的新灵魂。"药老叹息道。

咽了一口唾沫，萧炎难以置信地望着面前这条人畜无害的漂亮小蛇，这东西，便是那能与斗圣级别的传说强者相抗衡的远古异兽？

"呃……不对啊？如果它是美杜莎女王的话，为什么我感受不到它对我的半点杀意？按照常理来说……如果它真是那凶恶女人的话，现在已经当场拍死我了吧？"萧炎看到小蛇眼瞳中犹如新生婴儿一般的好奇，有些茫然地问道。

"这个……我不知道。"药老尴尬地道，"或许……在进化的时候，被刚才那道雷给劈傻了吧？"

"……"听到药老这话，萧炎脑袋上顿时浮现出几条黑线，他舔了舔嘴唇，轻声道，"老师，我觉得它似乎……没什么杀意啊？要不，把骨灵冷火撤下去试试？"

"这……好吧，小心点。"闻言，药老迟疑了一下，方才点了点头。

药老的话音落下，萧炎身体表面的森白火焰迅速熄灭。待火焰完全消失后，萧炎紧握着满是汗水的手掌，盯着面前的七彩小蛇，小心翼翼地试探道："女王陛下？"

对于萧炎的喊声，小蛇没有丝毫回应，眨巴着宛如水晶般晶莹的眸子，蛇尾一摆，缓缓地朝着萧炎悬浮着游了过来。

望着它的举动，萧炎只得心惊肉跳地保持着静立。

七彩小蛇围绕着萧炎旋转了两圈，并没有表现出攻击的意图，这让萧炎重重地松了一口气。

再度甩着尾巴旋转了一圈，七彩小蛇忽然停留在萧炎手掌上空，晶莹剔透的眸子，带着些许垂涎地紧盯着萧炎手指上的那枚纳戒，然后抬起头颅，冲着萧炎发出几声轻轻的嘶鸣，那轻柔的声调宛如在撒娇一般。

第十四章
收服青莲地心火

瞧着七彩小蛇这般举动，萧炎嘴角一咧，心中苦笑道："我敢打赌，它绝对不记得自己是美杜莎女王，以她那高傲的性子，不可能会这样。现在的她，似乎和那初生的小蛇没有什么区别，只是更有灵性而已。"

"难道进化的时候，把以往的记忆给破坏了？"药老对此也是满头雾水。

"呃……"萧炎愣了一愣，双眼微眯，一股莫名的意味在其眼中闪掠而过，笑道，"它似乎对我戒指中的什么东西感兴趣？"

说着，萧炎手指轻弹在纳戒之上，一些东西出现在了掌心之中。七彩小蛇凑过来，视线扫了扫，甩动着蛇尾，不断地摇着头颅。显然，这里并没有它所需要的东西。

将东西收回纳戒中，萧炎也不恼，极有耐心地将纳戒中的东西一样一样地拿出来，片刻后，当他取出一个盛满紫色液体的小玉瓶时，那蜷缩在半空中的小蛇，犹如瞬移一般冲到了萧炎掌心中，将细小的蛇头探进玉瓶，狠狠地舔了几口。

"这是……伴生紫晶源,没想到它需要的是这个东西。"瞧着那很快便少了将近十分之一的伴生紫晶源,萧炎脸上浮现一抹肉痛的神色。不过好在这小家伙也知道紫晶源的厉害,并未过多吸取,舔了几口之后,它便将头抽了出去,晶莹清澈的蛇眸中跳动着兴奋与满足。

"七彩吞天蟒也是火属性的异兽,对紫晶源这种充斥着纯净火属性能量的东西,自然是颇为喜欢。"瞧着兴奋的七彩小蛇,药老笑道。

萧炎微微点了点头,将少了一些的伴生紫晶源收了回去。

似乎是吸收了伴生紫晶源的缘故,七彩小蛇望向萧炎的目光中,少了些许戒备。

萧炎清楚地察觉到小蛇目光的变化,心头微动,小心翼翼地伸出手来,轻轻地抚摸着那娇小的身体。

瞧着萧炎的举动,七彩小蛇只是微微扭了扭身子,便放弃了躲避,然后扭着小脑袋,在萧炎的手掌上懒懒地蹭了蹭。

见这小蛇丝毫没有敌意,萧炎双眸中的异样光芒猛然大涨了起来。

"嘿嘿,小子,你打算把这小东西收在身边?"似乎是清楚萧炎所想,药老的声音在他心中响了起来。

"嘿嘿。"萧炎干笑了两声,舔了舔嘴唇,有些激动地道,"这可是一个潜力无限的远古异兽啊,若是能够收为己用,那可不比掌控一种异火差啊。"

"七彩吞天蟒的确很强悍,不过现在的它明显处于幼生阶段,虽然它体内蕴含着极为庞大的力量,但想要将之完全开发出来,不知道还要经过多长时间的磨炼。

"而且你要知道,不管这七彩吞天蟒现在如何温顺,可它的本体,我敢打赌,绝对是美杜莎女王,或许现在她出于一些缘故,变成了这模样,可日后谁也不知道,她会不会忽然恢复记忆,到时候……"药老沉声道,"你应该清楚美杜莎女王的高傲与狠辣,对于敢趁机当了她主人的家伙,以她的性子,说不定会当场宰了你。"

"呃……"萧炎抚摸着七彩小蛇的手掌微微一僵，紧皱着眉头，沉吟了许久之后，他轻吐了一口气，低声道，"可若是她没有恢复记忆呢？现在的她，就犹如那初生的小兽一般，我是它见到的第一个人。无论如何，我想，它对我都应该没有太大的敌意，不然也不会赖在我身边寻找食物。这是个绝好的机会，一个日后或许堪与斗圣这种传说强者相抗衡的远古异兽，那可真是具有致命的诱惑力啊！"

"你这是在赌博啊……"药老无奈地叹道。

"嘿嗯，为了得到一个未来的超级打手，赌一次又何妨？若日后真的出现那种状况，不是还有老师吗？到时候打不过，我们就逃吧。"萧炎嘿嘿笑道。

"唉，希望你这家伙不会玩火自焚。"药老苦笑道。

萧炎轻笑了笑，小心翼翼地将七彩小蛇捧在手中。对于他的温柔举动，七彩小蛇并未反抗，尾巴一摆，便缠在萧炎手腕之上，然后甩着身体，像是在荡秋千一般。

"小家伙，跟着我走好不好？"萧炎将小蛇放在面前，笑眯眯地低声问道，那神情犹如在询问迷路的小女孩一般。

七彩小蛇睁着紫色眸子，盯着面前的少年，眸中闪过一抹茫然，它立起身子，就这般愣愣地盯着萧炎。

瞧着七彩小蛇这奇异的举动，萧炎心头微跳，脸上的笑容有些尴尬。他似乎隐隐察觉到，在七彩小蛇的身体之内，一个成熟而高傲的灵魂正冷冷地瞥着他这低劣的行为。

轻咳了一声，萧炎眼珠转了转，手指在纳戒上轻轻弹了弹，一瓶伴生紫晶源再度出现在掌心之中。他拿出一支小小的白玉棒，蘸了几滴紫晶源，放在七彩小蛇面前轻轻地摇晃着。

在紫晶源出现之时，七彩小蛇眸中的光亮大盛，那抹茫然迅速消失，它张开

嘴巴，对萧炎吐着蛇芯，犹如在讨要食物一般。

"嘿嘿……"随着七彩小蛇的这般举动，其体内的那个成熟而高傲的灵魂，似乎又再度沉寂了下去。当下，萧炎嘴角扬起一抹笑意。不管那美杜莎女王的灵魂是怎样的，至少现在的七彩吞天蟒，还没有能力抗拒紫晶源的诱惑。

将紫晶源滴进小蛇嘴中，小蛇满意地咂着嘴。片刻后，蛇尾交缠着萧炎的手腕，然后溜进了他的袍袖，逐渐地陷入了沉睡。

哈哈！望着七彩吞天蟒的这般举动，萧炎嘴角一咧，顿时大笑了一声。在紫晶源的帮助下，至少他与前者的关系正在迅速变得亲近起来。按照这种情况，萧炎相信，自己一定能够在它变得成熟且具有人类的灵智之前，将他们的关系打磨得牢固可靠。

萧炎温柔地拍了拍袍袖，脸上的喜悦几乎难以掩饰，他将手中的白玉棒上沾染的那一丁点紫晶源舔进肚中，任由那股炽热的能量在体内奔腾着。他咧嘴一笑，向前走了几步，然后抬头望向半空中的那团青色火焰，微微一笑，几经波折，这青莲地心火，终于再度回到了自己的身边。

虽然心中极其迫切，但是萧炎并未轻举妄动。异火这东西犹如那炸药一般，一个不慎，就会如同先前那般，猛然爆发出毁灭性的力量。他可不是美杜莎女王，换作他的话，不出十秒时间，就会彻底化为一片虚无。

"老师……现在该怎么收取它？"满脸垂涎地望着半空中的异火，萧炎急忙问道。

"收取异火也不容易啊，它会将一切靠近自己的东西焚烧成虚无，包括能量，除了一些特异之物外，只能用源源不断的能量将之强行包裹，然后带走。我想，当初的美杜莎女王应该用的便是这种办法吧。"药老沉吟道，"不过那样的话，能量的消耗实在是太大了，凭现在的你，即使将气旋中的所有斗气都运转出来，也不可能将异火移出这个小岛。"

"呃……那怎么办？"闻言，萧炎脸色顿时一垮，苦兮兮地问道。

"呵呵，我们自然不可能采取美杜莎女王的办法，我们消耗不起。"药老笑呵呵地道，"先前所说，是对别人而言，可你却不同，你有一个能够将青莲地心火带走的器具。"

萧炎愣了一愣，眨巴着眼睛，片刻后，恍然大悟地说道："你说青莲莲花座？"

"呵呵，正是，青莲莲花座与青莲地心火同出一脉，用它来盛载后者，不仅能将异火的温度压制得不外溢而出，而且安全系数可比直接用能量包裹要高得多。"药老笑道。

萧炎微微点了点头，手指快速地弹了弹纳戒。顿时，青色光芒从纳戒中缓缓升腾而出，最后悬浮在萧炎身前。在那青色光芒之内，犹如艺术品般完美的青莲座微微旋转着，释放出淡淡的能量。

萧炎手掌托着青莲座，将其对着半空中的异火轻轻地抛掷而去，在青莲座到达异火下方之后，一圈淡淡的青色光罩从中扩散而出，最后将青莲地心火包裹进去。

青色光罩缓缓缩小，异火没有丝毫抵抗，逐渐落回莲心之中。顿时，那空荡荡的莲心位置，便升腾起妖异的青色火焰。

"成功了！"异火的收取顺利得出乎萧炎的意料。他望着那被收进青莲座的青莲地心火，满脸喜悦，小心翼翼地伸手握着青莲座底部，眼睛死死地盯着中心的那簇青色火焰，漆黑的双眸中忍不住掠过一抹激动。

"接下来，赶紧离开这座城市吧，找个安静的地方，吞噬异火！记住，这段时间，异火不能收进纳戒之中，不然的话，里面的东西都会被焚烧成虚无。"药老沉声提醒道。

"嗯！"萧炎重重地点了点头，身体微微一颤，紫云翼弹射而出，他抓了一把回气丹塞进嘴中，然后满脸凝重地抬头望向那即将消散的紫色光罩。

紫色的光罩，若隐若现，在某一刻，终于"嘭"的一声，化为漫天细小的

光点。

在紫色光罩爆裂之时,萧炎脚掌猛地狠狠踏在地面之上,身体暴冲向天际,托着青莲,拼了命地朝着城市之外狂奔而去。

"怎么回事?"先前暴退了一段距离的古河,在那股恐怖气息消失之后,有些忐忑地回到了黑袍人身旁,小心地问道,"她不是进化成功了吗?怎么?"

"进化应该出了点问题吧,那股气息已经彻底消失了。"黑袍人微微摇了摇头,轻声道。

"失败了?"闻言,古河一愣,旋即有些惋惜又略带些窃喜地松了一口气,他死死地盯着那青色烟雾逐渐散去的神殿,眉头忽然一皱,道,"异火的气息怎么也消失了?"

"里面的能量波动已经平静下来了,至于那异火,难道是被美杜莎女王破坏了?"黑袍人有些迟疑地道。

"应该不可能,虽然美杜莎女王实力强横,但想要毁灭异火,还差了一点儿。"古河摇了摇头,身为炼药师,他自然最清楚异火的力量。

"等烟雾散去,再细细地寻找一番吧。"古河微微皱了皱眉,无奈地道。

"老河,怎么样了?"两道流光从城墙之外飞掠进城市,最后停留在古河两人身旁,严狮的视线在下方的神殿中扫了扫,沉声道,"刚才那股气息?"

"是美杜莎女王的气息,不过似乎进化出了点问题,或许……现在已经烟消云散了吧。"古河沉吟道。

呼……闻言,严狮与风黎皆长长地松了一口气,先前的那股恐怖气息,实在让他们心中无半点战斗之意。那种级别的强者,已经不是他们能够抗衡或触摸的层次了。

"现在怎么办?"

风黎的目光在城市之中扫了扫,无数道仇恨的目光让他眉头微皱。他抬头望向较远处的天空，月媚与墨巴斯正森冷地瞥着他们一行人，偶尔瞟向神殿中的目光泛着些许焦虑。

即使月媚与墨巴斯满心杀意，但此时他们却并未强行冲过来。在他们两人的指挥之下，无数蛇人强者手持蛇矛闪掠上了屋顶，阴冷地死死盯着半空中的几人。

这座在蛇人族心中属于圣城的城市中，蛇人强者也不少，论起斗王级别的强者，比起古河一行人，只多不少。唯一缺少的，便是一个能够与那黑袍人相抗衡的斗皇强者。若不是惧怕这位斗皇强者发起飙来，会造成大量伤亡，他们恐怕早就一拥而上，将古河等人强行击杀了。

所以现在月媚等人并未强行进攻，而是指挥着强者们，将古河等人包围起来，看起来似乎是想将他们困在城市内。

"他们是在等待其他部落首领的到来。若是他们八大部落的人来齐了，就算我们这边有云宗主，也会落入下风。毕竟五名斗王强者已经足够让斗皇强者感觉到麻烦了，而到时候，我们的境况或许就不妙了。这里毕竟是他们的地盘，而且美杜莎蛇卫也不光是摆着看的，虽然他们不足以拦下我们，但是制造一些小麻烦，并不难。"严狮的目光扫过房顶上密密匝匝的蛇人强者，沉声道。他虽然性子粗犷，但是并不蠢，略微思量一下，便猜到了对方的打算。

古河微微点了点头，他自然也知道对方打的什么主意。不过现在最重要的东西还没有到手，就这般退去的话，他实在是不甘心，当下他略微沉吟，低声道："再等等吧。紫色光幕即将消散，等其消散之后，我们立刻进入其中，然后快速地搜索一番。如果发现了异火，那就带着它立刻离开；若是没有发现，那就撤吧。"

见古河坚持，并且一旁的黑袍人也并未反对，严狮与风黎互相对视了一眼，也只得无奈地点了点头。

瞧着两人没有反对的意思，古河轻吐了一口气，偏头瞥了一眼远处满脸冰寒

的月媚以及墨巴斯,然后眼睛紧紧地盯着那开始变得若隐若现的光幕,体内雄浑的斗气开始急速流淌。

巨大的城市之中,一片寂静。所有人的目光都放在那即将崩溃的紫色光幕之上,心情也犹如那紧绷的弹簧一般,不敢有丝毫的放松。

紫色光幕笼罩着大片天地,缓缓地变得虚幻起来。

这般寂静的气氛持续了几分钟之后,半空中的黑袍人忽然扭转过头,眸子盯着西方的天际,淡淡地道:"又有一位蛇人强者来了,感应其气息,想必是八大部落中的某位首领。"

听到她的话,古河几人脸色微微一变,皆回转过头,果然见到一道红色的影子正闪电般地朝着城市飞掠而来。约莫过了一分钟,一道全身笼罩在红色斗气之中的男性蛇人出现在了城市上空,目光在半空中扫了扫,最后停在了古河等人身上。

"该死的人类,你们竟然敢闯进入我族的圣城!"来人脾气似乎极为暴躁,一瞧见古河几人,他愤怒的咆哮声立马响彻城市上空。与此同时,其身体之上的红色斗气,更是剧烈地升腾了将近一米,远远看去,就犹如一个火人一般。

"这家伙是八大部落中炎蛇部落的首领——炎刺,脾气极为暴躁,实力在八大部落首领中名列前茅。当年蛇人族与加玛帝国开战,不少帝国强者都死在他手中,是个很棘手的对手。"风黎微皱着眉头望着忽然出现的蛇人,略微有些无奈地道。

闻言,古河眉头一皱,看向对方,道:"这般算来,他们已经聚集了三名斗王。不过还好,美杜莎蛇卫的队长花蛇儿已经暂时失去了战斗力。"

"光罩马上要破裂了。"黑袍人凝望着面前的紫色光罩,低声道。这光罩是先前美杜莎女王变成蛇体后倾尽全力结出的光幕结界,即使黑袍人以斗皇的实力,也难以将之正面击破,唯有静等它自动消散。

听到黑袍人的话,古河几人脸色一紧,也懒得再理会那全身冒火的炎刺,皆赶紧回头，注视着那越来越虚幻的紫色光幕。

瞧着忽然赶来的炎刺，月媚与墨巴斯顿时大喜，急忙闪掠身形出现在前者身旁，然后低声窃窃私语着，将先前城中所发生的事情详细地与其说了一遍。

满脸怒容地听着月媚与墨巴斯的话语，炎刺身体之上的火红斗气越来越烈，到最后几乎犹如实质的火焰一般。他紧握着拳头，条条青筋在粗壮的手臂上跳动着，眼瞳泛着血红，死死地盯着古河等人，咆哮声中毫不压抑狂暴的杀意："一群人类杂种，今日之辱，定要用你们的鲜血来洗刷！"

对于那狂暴得几欲杀人的炎刺，古河等人直接选择了无视，仍然紧盯着光幕。某一瞬间，紫色光芒微微一亮，旋即轰然爆裂，漫天细小的能量碎片散落天际。

在紫色光幕破碎的那一瞬间，半空上的古河等人几乎在同一时间闪电般地飞掠而下，一头冲进了那青色烟雾还未完全散去的神殿之中。

看到古河几人的动作，无数蛇人发出愤怒的咆哮，一道道影子在房屋上跳跃闪现，然后铺天盖地地冲进了神殿之中，一声声呼喊女王陛下的吼声响彻了城市。

此时，这座蛇人族中的圣城，已经陷入混乱。

凭借着先前的记忆，古河几人迅速地穿过神殿，出现在了那处小岛上空。或许是因为美杜莎女王的消失，这里的飞行禁制也完全消散，所以古河等人毫无阻碍地落在了湖中心的小岛上。

脚掌踏上地面，古河几人的目光四下扫视，却并未发现半点异火及美杜莎女王的踪迹。

黑袍人的眸子在周围扫过，她忽然蹲下身子，捡起一块焦黑的鳞片，黛眉微微皱了皱，喃喃道："她真的被异火烧得灰飞烟灭了？"

"该死的，异火呢？"古河的灵魂感知力迅速笼罩了小岛，却依然没有发现任何异火的气息，当下他从容的脸上露出一抹愤怒。

　　黑袍人站起身来，袍袖轻挥，一股剧烈的狂风猛地自其立足之地暴涌而出，周围的青色烟雾也被一扫而空，众人的视线迅速变得清晰了起来。

　　随着青色烟雾的消散，光秃秃的小岛彻底暴露在了众人的眼中。望着小岛上那些恐怖的光滑深坑，众人能够想象出这里曾经遇到了多么可怕的破坏。

　　"没有异火！"目光扫过空荡荡的小岛，严狮沉声道。

　　风黎双掌之间，暴涌出铺天盖地的细小风刃，将那些向小岛疯狂扑来的蛇人震了出去，回过头来，催促道："快走吧，再不走就来不及了！我感应到又有一位蛇人强者即将赶过来了！"

　　闻言，古河紧咬牙根，片刻后，他深吐了一口气，满脸不甘地道："走！"

　　听到古河这话，严狮与风黎皆松了一口气，然而就在他们准备撤退之时，远处包围而来的蛇人大队之中，却忽然起了骚乱。

　　目光随意地瞟过，古河的眼瞳骤然紧缩，在远处的天空之上，一个手托青莲座的人影正在疯狂地奔掠着，而在那青莲座之上，妖异的青火正不断地腾烧着。

　　"异火！"

　　古河死死地盯着那越来越渺小的人影，忽然发出一声愤怒的咆哮，自己带着这么多强者冒死将蛇人强者牵制住，没想到却为他人做了嫁衣！当下他气急攻心，低吼道："该死的家伙！竟然敢把我们当枪使！"

　　"追！"古河一挥手，浑身斗气狂涌，背后的斗气之翼狠狠扇动，随后疯狂地朝着那道人影狂追而去。其后，黑袍人以及严狮两人也紧紧相随。

第十五章
携宝而逃

古河几人刚刚飞掠出小岛上空，三道光影便闪电般地出现在他们面前，正是满脸阴寒的月媚三人。在他们身后，是那铺天盖地的蛇人大军。

"想来就来，想走就走，当我蛇人族是什么地方？"炎刺身体之上的火红斗气犹如升腾的火焰，他怒视着古河等人，声音如怒雷一般在城市上空滚动着。

"滚开！"

瞧着前路被阻，心急火燎的古河抬头望了一眼那已经几乎变成一个小黑点的人影，忍不住一声怒喝。他手掌一挥，淡蓝色的火焰在其身前凝聚成一个火球，然后携带着炽热的劲气，狠狠地对着炎刺几人暴射而去。

淡蓝色的火焰一出现，周围的气温就急速升高了许多。看来古河掌握的火焰，并非普通的斗气火焰，不过这种蓝色火焰较之异火，又差了许多，想来应该是和萧炎的紫火差不多吧。

"哼，论起炼药术，在这里的确是无人能及你古河，不过论起战斗力，你还是给本大爷滚一边吧！"虽然蓝色火焰声势不凡，但是炎刺并不惧怕，脸上反而

充斥着不屑的冷笑。他手掌探出，微微一握，身体之上火红的斗气猛然凝聚成一只足足有丈许大小的火焰手掌，暴射而出，将那蓝色火球轻易地包裹在掌中。然后他狠狠一捏，随着一道轻微的闷响，蓝色火球顿时化为漫天细小的火焰，逐渐消散。

明显是炎刺的实力更强，想来他的阶别应该比古河要高上一些。

月媚冰冷地瞥着面前的古河等人，她微微偏过头，美眸又望向远处空中的小黑点，黛眉微皱了皱，不知为何，那背影给她一种熟悉的感觉。她轻甩了甩头，略微沉吟了一下，放弃了派人追杀的念头。现在他们最主要的敌人，还是古河等人，而且，此时本就有些陷入下风的他们，也不可能分出一名斗王强者前去追杀，只派斗灵去的话，没有斗气之翼，又不可能追得上。所以百般无奈之下，月媚只得放弃了追杀的打算。

"杀了他们！一群短尾蛇！"瞧着古河吃亏，一旁的严狮冷喝道，凶猛的斗气从身体内暴涌而出。

"我来拦住他们，你们去追先前那人！若是晚了，异火就真落入他人之手了！"黑袍人身形微微一动，径直闪现在古河三人面前，低喝道。

闻言，古河略微迟疑了一下，便重重地点了点头，对于她的实力，他没有丝毫怀疑。对方三名斗王，还不可能对她造成多大的伤害。所以他当下也不废话，手掌一挥，带着严狮两人，对着另外一个方向暴掠而去。

"给我滚回来！"瞧着古河等人的动作，炎刺三人一声怒喝，身形刚欲闪掠而过，黑袍人却犹如鬼魅一般闪现在他面前，袍袖轻挥，一股剧烈的罡风涌现天际，罡风之中，铺天盖地的青色巨大风刃暴射而出，将三人刮得急速倒退。

"你们的对手是我。"黑袍人随意地立在半空之上，淡淡地道。没有了美杜莎女王这一强劲对手，她已经成为此地的最强者，以一当万，对于她这种级别的人来说，并不是夸海口。

"杀了她！"

森冷地盯着面前的黑袍人，即使是脾气暴躁的炎刺，也知道对方的实力远非先前的古河能力。他当下一声厉喝，三道凶猛的劲气冲天而起，旋即三道光影猛然交错，狠狠地对着黑袍人围杀而去。

趁着炎刺三人被黑袍人阻拦的空当，古河三人猛地狂射而出，一路横冲直撞地穿过大批蛇人组成的防线，然后瞬间闪出城市，满脸怒火地朝着黑影消失的方向狂追而去。

城市上空，黑袍人平静地望着三名围攻而来的斗王强者，身体从容地闪避着，随手间轰出的尖锐劲气，将其中一人震得急速倒退。在她的下方，有无数蛇人正向她投射毒矛，不过这些毒矛在进入其周身一定范围之时，便会被骤然涌出的狂风给吹得胡乱飞射，反而给月媚三人造成了不小的麻烦。

虽然黑袍人能够从容不迫地应付三名斗王的攻击，但想要击杀他们，也很困难。毕竟这三人彼此间配合得也算默契，每当黑袍人下狠手之时，三人都会合力将之拦下，虽然阻拦得有些勉强，但是也不会造成太严重的伤势。

黑袍人举止从容地应付着月媚三人近乎拼命的凶悍攻击，半晌之后，她微微偏头，瞟了一眼古河等人追去的方向，发现他们已经消失在了天际，这才松了一口气。她袍袖猛地一挥，浑身气势在此刻骤然变得凌厉起来，脚尖轻点虚空，身形向上暴射了十几米，双手闪电般地结出印结，发出一声清冷低喝："风回大地！"

随着喝声的落下，青色的狂风猛然浮现在黑袍人头顶上空，青压压的一大片，宛如一团团厚实的青色云层。

手掌轻轻挥下，天空中的青色狂风，急速下压。在狂风的压迫下，一道道深青色的风刃，犹如密集的小雨一般，铺天盖地地暴射而下。

感受到压迫而来的凶猛劲气，月媚三人脸色皆有些凝重。三人背靠着背，三股属性各不相同的斗气柱猛然冲天而起，犹如三道擎天柱一般，将那缓缓压下的青色狂风顶在半空，令其动弹不得。

望着那被青色狂风云层拖住的三人,黑袍人忽然偏过头,望着沙漠的东北方,轻声喃喃道:"又来了两人啊……看来该退了。"

将洁白如玉的纤手缓缓收回黑袍之中,黑袍人不再停留,背后青色的斗气之翼微微一振,身体化为一抹黑色光线,瞬间闪现到城市之外,然后迅速消失在先前古河等人奔掠而去的方向。

在黑袍人消失之后不久,沙漠的东北以及西南方向,两道光影追星赶月般地闪掠而来。片刻后,两道身影出现在城市上空,低头瞧见城市内的一片狼藉的景象,两人脸色都极为难看。他们双手急速挥动,两股庞大的斗气狠狠地砸在那巨大的青色风层之上,两人里应外合,方才将之破解。

"追!"破去了风层,月媚三人再度闪掠上天空,来不及和刚刚赶到的两人打招呼,三人朝着黑袍人消失的地方疯狂追掠而去,后面的两人略微一愣,之后也赶紧跟了上去。

五道流光携带着惊天气势,瞬间划过天空,消失在天际。

茫茫沙漠,风沙肆虐,视线之内,千篇一律的金黄色延伸到尽头。

蔚蓝的天空之上,一道人影忽然飞掠而过,巨大的风压直接将沙面压出一道浅浅的沙痕。仅仅过了片刻时间,沙痕便被狂风携带起的黄沙遮掩了起来。

在人影飞掠而过之后不久,三道光影接踵而至,刚刚才被填好的沙面之上,顿时多了三条更大的沙痕。

三道光影飞走,又出现一条速度更加恐怖的黑影,黑影消失后,五道光影再度闪现。经历了这般反复的摧残,这片黄沙地面,似乎在狂风中无奈地发出了低沉的呜咽声。

手掌托着青莲,萧炎疯狂地振动着紫云翼,借助狂风间的气流,他的速度比那沙漠中最快的飞兽还要恐怖。若不是有药老指点,在这没有半点标志的沙漠中,萧炎恐怕会直接迷失方向。

萧炎用舌头在嘴中微微一舔，将两枚回气丹吞进肚内。他那把嘴巴塞满的回气丹，已经在这短短的时间内，被吞下了将近一半。由此可见这般不要命的飞掠，消耗了多少斗气。

再度狂掠了一阵，萧炎紧绷的脸色忽然一变，微微回转过头，只见在视线的尽头处，三个小黑点正逐渐变大。

"真是的，这些家伙也太锲而不舍了吧。"望着这么快就追上来的古河等人，萧炎心头也有些惊慌。那可是三名斗王强者啊，若是正面对碰，恐怕他们一个巴掌就能把自己拍死。

"阁下，在下是加玛帝国的古河，还请朋友能将手中的异火物归原主。请放心，只要异火完好，古河绝对不会让朋友吃亏！"喝声被斗气挟带着，犹如怒雷一般，响彻在这片沙漠之上，经久不息。

"交给你才有鬼了。"心中暗自嘟囔了一句，萧炎向后瞟了瞟，不由得暗骂了一声。这些家伙嘴上说得好听，追赶的速度却是越来越快，双方的距离也变得越来越近。

没有回答古河的话，萧炎刚欲收回目光，眼瞳却微微一缩，只见在古河三人身后不远处，一道黑影正以一种极其骇人的速度暴掠而来。

"糟了，那位斗皇追过来了，这家伙速度太恐怖了吧？"瞧着这么快便摆脱了蛇人强者的阻拦，并且顺利追赶上来的斗皇强者，萧炎顿时头皮一麻，急忙在心中喊道，"老师！"

"知道了，接下来的路程便由我来支持你吧。对方人多势众，绝不能被他们拖住，不然的话，即使我能带着你逃走，异火也将会被他们夺去！"此时药老的声音中也多了一份凝重。一名斗皇、三名斗王所组成的阵容，即使是他，也不能小觑。

"嗯，拜托了，无论如何，这次我们都不能把异火再弄丢了！"萧炎点了点头，苦笑着恳求道。

"呵呵,知道了!"

笑着答应了一声,药老又陷入了沉默。过了一瞬,凶悍的灵魂力量猛地自萧炎体内暴涌而出,只是眨眼时间,便得到了他身体的控制权。

随着药老灵魂之力的涌出,萧炎的身体微微一颤,背后的紫云翼上,淡淡的紫色云纹缓缓浮现,那微微游动的模样,犹如活物一般,极为玄奥与神奇。

这种奇异现象,只有将紫云翼催动到极限方才会出现。以萧炎现在的实力,还不能办到这一点,不过对于药老来说,却是轻而易举。

在紫云翼浮现出紫色云纹之后,萧炎飞掠的速度,瞬间暴涨了将近一倍之多。

随着萧炎速度的暴涨,那正在逐渐向他靠近的古河等人,顿时再度被他抛在身后。

远远的后方,古河三人目瞪口呆地望着前方那几乎是在瞬移的人影,心中皆不由得涌上一股无力感。这速度也实在太快了吧!简直堪与一名风属性的斗皇相媲美啊。

"难道那家伙也是一名斗皇?"

古河心中飞快地闪过一道念头,脸色微微一变,旋即狠狠地握了握拳头。就算对方是一名斗皇,也绝对不能任由他将异火带走,要知道,为了得到这异火,他可是付出极为丰厚的酬劳,请了十大强者之中的严狮以及风黎陪他冒险进入沙漠深处。所以无论如何,他都不会放弃这异火!即使对方是一名斗皇,也绝不可能放弃!

在萧炎速度暴涨之时,一旁的严狮以及风黎,脸色也都变得难看起来。显然,他们也和古河想到一起去了。

两人互相对视了一眼,都微微苦笑着摇了摇头,想要得到古河所说的丰厚报酬,果然是不容易。本来还在为那美杜莎女王的消失而庆幸,没想到竟然又出现了一名不知道底细的神秘强者,这一波三折的变化,实在是让这两位名震加玛帝国的强者感到无奈与苦涩。

"异火,果然是让很多强者为之疯狂的东西啊。"风黎苦笑着喃喃了一声,偏过头望着那满脸怒意的古河,没想到平日里从容洒脱的炼药大师,在异火面前,也难以保持往日的风度,真是让他再度领略了一次异火的诱惑啊。

"追!我倒要看看他是哪路强者,只要知道了他的身份,哼,我就不信,在这加玛帝国,还有我古河得罪不起的人!"古河压抑着怒气,低哼了一声,背间斗气双翼微微一振,速度也猛然加快了许多,朝着那远处的小黑点快速追掠而去。

"嘿嘿,老河看来是真的动怒了啊,不知道那家伙究竟是哪里的强者?若是加玛帝国的人,恐怕他会很倒霉,得罪一名六品炼药师,可不是什么好玩的事情。"瞧着已经难抑怒气的古河,严狮不由得咧嘴笑道。

风黎微微点了点头。的确,一名六品炼药师,即使是斗皇强者,也不会轻易将之得罪。毕竟炼药师的裙带关系实在恐怖,只要知道你的身份,他就可以每天邀请大批好友,轮番上阵,到时候就算打不死你,恐怕也得累死你。

古河三人虽然再度提高了速度,但是依然远远地掉在萧炎身后,而且这个距离,正在被逐步拉大。这一状况,将古河气得脸色铁青,却有些无可奈何,他们都已经将速度开启到了巅峰的状态,想要再快,已经不可能了。

就在古河被越拉越远的距离气得咬牙切齿时,身后的黑影闪电般地追掠而来,片刻时间,便出现在他们前面。

瞧着闪现在前方不远处的黑袍人,古河的脸上顿时涌现一股喜悦,在松了一口气的同时,他急忙喊道:"快拦住那家伙!"

"嗯。"黑袍下传出清冷的声音,不过黑袍人却并未立刻加速,反而减慢了一点儿,转过身来,微微抬头,雪白优雅的下巴暴露在赤日之下。黑袍人轻声道:"我去追他,你们现在立刻分开,各自飞出塔戈尔大沙漠,然后在沙漠之外的岩城集合!若是追上那人,我会将异火带回去!"

"为什么要分开走?"闻言,古河一愣,愕然问道。

"蛇人强者追过来了,他们在沙漠中速度极快,而且他们已经聚集了五名斗王强者。若是我一直护持着你们,倒也能把你们安全送出沙漠,不过追击前面那人的事,恐怕就得……"黑袍人淡淡地道。

"这么快吗?"古河心中惊了一下,他沉吟了瞬间,当机立断地低喝道,"好吧,分开走,前面的人,便拜托你了。至于我们自己,你无须担心,虽然不能和后面的蛇人强者硬碰,但想要走出沙漠,却并不困难!"

"嗯。"黑袍人微微点了点头,叮嘱了一声之后,便扇动着青色斗气双翼,朝着萧炎消失的地方,闪电般地追击而去。

"拜托了,异火一定要夺回来!"望着黑袍人的身影,古河高声呼喊了一句,待前者消失在视线之内后,才紧皱着眉头,回头望了望天际,沉声道,"老狮、风黎,分开走吧。记住,岩城见面,小心点!"

"嘿嘿,好吧,可惜,本来还想和蛇人战斗一番的,不过看现在的情况,似乎没这个机会了。"严狮点了点头,笑道。

"机会以后有的是,现在他们人多,还是先撤吧。"古河有些勉强地笑道。

"呵呵,你也别太担心了,云宗主的实力你还不知道吗?她一定能追赶上前面那家伙的。"瞧着古河的面容,风黎笑着安慰道。

"唉,希望吧,实在不行的话,那多半是我与异火无缘吧。"轻叹了一声,古河对着两人拱了拱手,沉声道,"两位,小心点,告辞了!"说着,他背后双翼微微一振,转身朝着沙漠之外暴射而去。

"呵呵,我们也走吧。"瞧着古河消失的背影,严狮与风黎也笑了笑,背后双翼振动,转身各自朝着一个方向暴掠而去。

在三人消失之后不久,五道光影宛如流星一般闪掠而来,片刻后,停在了先前古河三人站立的地方。

"他们分开了!"月媚感应了一下之后,微皱着黛眉,望向其他四人,"怎么办?"

"分开追,月媚,你们追杀古河三人,我与炎刺追杀那名斗皇。"一位身着灰袍的蛇人,轻声道。这位蛇人年龄颇大,脸上皱纹满布,在几人中他的声望明显不低,听到他的安排,就连那脾气暴躁的炎刺也未出言反驳。

"阴老,你与炎刺两人,可不是那名斗皇的对手啊。在圣城,我们三人齐上,也被她轻易地走脱了。"墨巴斯皱眉道。

"放心吧,我们并不会与她硬碰,沿途我一直留下了标志,南蛇那几个家伙若是赶来,会跟着我的标志追赶上来,到时候我们几人会合,那位斗皇也吃不了好。倒是你们,若是追赶上了对方,一定要给他们留下深刻的教训。大模大样地直闯我蛇人族,若是毫发无损地走了出去,我蛇人族的脸面不是全被丢光了?"灰袍老者阴冷地说道,声音有些嘶哑。

"嗯!"月媚的俏脸布满冰霜,她微微点了点头,也不再废话,与另外两人对视了一眼,背后斗气之翼展动,闪电般地朝着先前古河三人分散的方向暴掠而去。

"走吧,炎刺!我曾经与加玛帝国的三位斗皇强者交过手,若能与那位黑袍人接触一下,应该能认出她的身份。就算这次被她跑了,可日后,我蛇人族也会找回今日的场子。"望着迅速消失的月媚三人,灰袍老者微眯着浑浊的眼睛,淡淡地道。

"嗯。"炎刺点了点头,眼瞳中跳动着凶光,背后双翼微微一振,与灰袍老者化为两道光影,朝着先前黑袍人飞掠的方向暴掠而去。

沙漠之中响彻尖锐的音爆声。片刻后,一道影子闪现,略微停顿,再次出现之时,便在几百米之外了。

在这道影子消失之后,又一道黑影紧随而来。这道黑影在空中飞掠的身形,犹如飘飞的柳叶一般,速度与优雅完美结合,极为赏心悦目。

这道黑影的速度较之前面的影子,有过之而无不及,每次身形飙射时,一道

淡淡的残影便会被留在原地。片刻之后，在日光的照射之下，残影缓缓消散。黑影一路暴掠而来，天空之中竟然最多同时出现了八道残影，可以想象黑影的速度是多么恐怖。

萧炎的身影再次出现在黑袍人的视线之内。

黑袍人望着前方那托着青莲座快速飞行的黑衣人影，黛眉微皱，疑惑的喃喃声从袍中传出："这人的速度实在诡异，在飞行之时，竟然没有斗气外溢，这般完美的控制力，的确罕见。"

"为何我从不知道塔戈尔沙漠附近出了这等强者？这种速度，有些斗皇强者，也难以与之相比啊。若不是我有'风絮残影'这等加速身法的斗技，恐怕也不能与之拉近距离。可即使是这样，似乎也难以真正地追上他。"黑袍之下，一双细长的黛眉越皱越深，显示出其主人心中的疑惑。

"不能再这样拖下去了，万一刮起沙尘暴，就会丢失目标了。"黑袍人缓缓吐出一口兰花般的香气，一双雪白玉手从黑色袍袖中滑出，然后缓缓结出印结，轻声喃喃道，"五百米距离就能攻击，现在还差一点儿，加速吧。"

话音刚落，黑袍人脚尖轻点虚空，身体优雅地在空中略微旋转。一道残影停留在原地，本体却诡异地消失，再度出现时，已经在百多米之外了。

"老师，我们似乎惹到马蜂窝了……"察觉到耳边略有些异样的风声，萧炎向后瞟了瞟，瞧见那闪现而来的黑袍人，不由得在心中苦笑道。

"来的是那位斗皇吗？难怪能追赶上来啊。"药老轻叹了一声，旋即戏谑道，"我看那黑袍人似乎对你有些好感啊，要不然试试看，她会不会再次饶了你？"

"啊……还是算了吧，或许上次只是她怜悯我这可怜虫而已，这次可不一样，异火这东西诱惑力太大了。我与她又不认识，她只要脑子没被门夹过，就会很干脆地把我解决掉，而且是没有半点儿迟疑的那种。"闻言，萧炎干笑了一声，刚欲催促药老加快速度，心头却猛然一紧，全身的毛发此刻都倒竖了起来。

"小心!"

"风旋壁!"

清冷的喝声以及药老的急喝声,同时响起,而随着喝声的落下,萧炎前面几十米处的空间骤然扭曲,一片完全由狂风凝聚而成的实质墙壁霍然成形。墙壁之上,无数风刃正疯狂地旋转着,看这模样,谁若是一头撞了上去,下场肯定很惨。

睁大眼睛死死地盯着那越来越近的风刃墙壁,萧炎的瞳孔此刻几乎缩成了针孔大小。由于惯性使然,即使他已经拼命地压低速度,身体仍然不受控制地狠狠朝风刃墙壁撞击而去。

"哇啊啊!停下来!"心中的骇然,使得萧炎的脸色一片惨白,就在他的身体距离风刃壁只有几米时,森白火焰猛然从其体内腾烧而出,他的身体犹如被钉子狠狠地钉在半空中一般,以极其僵硬的姿势停了下来。

身体静止在半空,萧炎嘴唇微微哆嗦着。在他面前几厘米处,巨大的风刃墙壁,犹如搅拌机一般,狠狠地转动着,一道道"锵锵"的声音不断响起,听起来颇为恐怖。

几滴冷汗从额头滑落,萧炎的声音有些颤抖:"她……她到底什么来路……这也太狠毒了。"

"把异火交出来吧,我不知道你是何方强者,不过,得罪一名六品炼药师并不是什么明智的决定。"清冷的声音缓缓地在身后响起,声音中略带几分气喘。显然,这样突然出手,她也感到有些吃力。

"唉,老师,准备拼命吧。"听到身后的声音,萧炎轻叹了一口气,逃跑计划已经失败,现在唯有开始最惨烈的正面战斗了。

"唉,尽量吧,还是那句话,与斗皇强者战斗,我能保你性命,可我不能保证能保住异火。"药老也叹了一口气,无奈地道。

闻言,萧炎苦笑了一声,道:"没了命,要再多异火能有什么用?还是先保

命吧。"

萧炎手掌托着青莲座,凝望着莲心处的火焰,轻吐了一口气,声音因为长久的飞掠,而显得有些嘶哑:"好吧,你赢了,东西拿去吧。"

说着,萧炎将手中的青莲座朝身后随意地抛了过去,而在青莲座离手的刹那,萧炎脚掌猛地一踏虚空,背后双翼狂振,身体暴冲下来。

瞧着答应得这般干脆的萧炎,黑袍人明显愣了一愣,望着那缓缓飘过来的青莲座,再看了看那猛然暴冲而下的萧炎,她迟疑了一下,便放弃了拦截,背后青翼一振,就欲扑过去将青莲座夺回。

就在黑袍人距离青莲座尚有十几米时,一股凶猛的吸力猛地自地面传来,半空中的青莲顿时暴射而下。

"嘿嘿,抱歉了。"落下地来,萧炎手掌一招,青莲座再度落回手中。他嘿嘿一笑,也不回头,双翼猛地一扇,地面上的黄沙暴涌而起,只片刻时间,便弥漫了这片天地。

身体悬浮在半空之中,黑袍人冷冷地望着那升腾而上,将视线遮掩的黄沙,低低地冷哼了一声,根本没有理会黄沙。她的目光在黄沙弥漫的地方扫了扫,纤手飞快地结出手印,轻喝道:"四方风壁!"

黑袍人喝声的落下,四扇巨大的风壁突然出现,将方圆百米全部笼罩在其中。

在风壁出现的一刹那,地面上借助黄沙的遮掩正在逃跑的萧炎顿时停下了脚步。他傻傻地望着几米之外的巨大风壁,半响后,苦笑道:"这下真的要拼命了,这家伙也太冷静了,竟然能在这么短的时间内做出最有效的拦截。"

"阁下,我的耐心有限,你已经快要触到我的底线了。"略有些冰寒的声音,再度在头顶响起,黑袍人冷冷地瞥着那黑衣背影,缓缓地落下,纤细的左手上,小小的风旋正调皮地旋转着,释放出凶悍的劲气,右手一晃,一把模样有些奇异,并散发着淡淡青光的长剑浮现。

"唉……"萧炎轻叹了一口气，微微蹲下身子，将青莲小心翼翼地放在沙丘之上，轻吸了一口气。清秀的面容上，无奈与颓丧迅速消散，取而代之的是被逼得走投无路，即将狗急跳墙的狠厉神情。

萧炎站起来，缓缓地转过身，首次正面对上这位神秘的斗皇强者，手指轻轻地刨动纳戒，巨大的漆黑玄重尺闪现在掌心中。

手掌紧握着玄重尺，萧炎将之重重地插在沙丘之中，冲着黑袍人微微耸了耸肩，笑道："看到我的容貌，你应该有点儿吃惊吧？你们在沙漠中随意救下的一个少年，竟然是最让你们头疼的家伙。"

吃惊，的确很吃惊，已经吃惊到了震惊的地步。

在萧炎转过身的一刹那，黑袍人的身躯骤然变得僵硬，黑袍下的一对美丽眸子满是错愕地望着那张含笑的清秀面孔。她没想到，差点儿让自己一行人功亏一篑的人，竟然是这个小家伙！这何止是吃惊啊？简直像是被天雷劈中了。

黑袍之下，黑袍人的胸脯剧烈地起伏了一次，她长长地吐出一口气息，难以置信地低声喃喃道："怎么可能是你？怎么可能是你？"

听到黑袍人口中重复的话语，萧炎挠了挠头，低头瞟了一眼异火，无奈地道："抱歉，我很需要它，所以……"

"我不是让你回去吗？你还在沙漠里面乱闯什么啊？"黑袍下，女子的声音忽然变得有些愤怒。

"呃……"被黑袍人的态度弄得一愣，萧炎有些哭笑不得，摇了摇头，道，"这位大姐，我来沙漠就是想寻找异火，而且我早就知道美杜莎女王手中有我需要的东西，我为什么要走？

"异火现在在我手中，想要我交出去是不可能的，阁下还是自己动手来拿吧，不过在下是绝对不会轻易放手的！"萧炎突然抬起玄重尺，指向黑袍人，颇有些豪气地笑道。

"你……"瞧着萧炎的举动，黑袍人着实是被气乐了，这才半年不见，这家

伙竟然敢向自己挑战了。

黑袍之下,一双美眸又气又乐地看着那一本正经地向自己挑战的萧炎,良久后,她苦笑着摇了摇头,纤手上的劲气缓缓收敛,她对这家伙实在是下不了手。

"唉,真是个冤……"心中这般想着,黑袍下那张俏美的脸上却浮现了些许绯红,她无奈地摇了摇头,沉吟了许久,心烦意乱地挥了挥手。素来矜持淡雅的她,也忍不住轻斥道:"滚吧,滚吧,拿着异火快滚,就当今日我没追上你。"

"呃……"黑袍人这离奇的举动,直接让萧炎陷入了呆滞,半晌后,他才难以置信地道,"你……你不要异火了?"

"我没有义务帮古河做太多,这次冒险护卫他们进入沙漠,已经尽到最大的本分了。"黑袍人淡淡地道,说着,她忽然偏过头望了一眼身后的天空,然后转身便走。

"……"无语地望着转身就走的黑袍人,萧炎忽然道,"你干吗去?"

黑袍人微微一顿,沉默了一会儿,方才轻声道:"有追兵来了,你先走吧,我……挡着。"

"那个……大姐,你确定你脑袋没被门夹过?难道你是我哪门亲戚?"嘴角微微抽搐了一下,萧炎实在想不通这女人的怪异举止,忍不住大喊道。

"滚!"听到萧炎这话,黑袍下传出一道羞怒的呵斥,她袍袖一挥,一股黄沙气箭狠狠地对着萧炎暴射而去,在即将射到其脑袋时,"嘭"的一声爆裂开来,撒了他一头的黄沙。

萧炎连忙扫掉黄沙,望向那道即使被大黑袍包裹着,还隐隐透露出几分窈窕的动人背影,满头雾水地叹了一口气。他俯身将青莲座托在手掌之上,忽然似是想到了什么,身体骤然一僵,抬起头来,死死地盯着黑袍人手上那把泛着青光的奇异长剑。那道黑袍身影,在萧炎的脑海之中,与当初那个敢与紫晶翼狮王抗衡的雍容华贵的美丽身影,缓缓地融合在了一起。

脑海之中似乎有一道雷霆劈开了重重迷雾,一个淡雅却让萧炎难以忘却的名字,缓缓地从记忆深处涌现而出。

随着这个名字的涌现,黑袍人先前那傻得可笑的举动,却让萧炎的鼻尖泛红了。

"云芝!是你吗?哈哈,我爱死你了!哈哈!"

漫天风沙之中,少年那洋溢着得意的笑声,顺着狂风传进了转身而走的黑袍人耳中。

黑袍人的身躯骤然变得僵硬,纤细的身形犹如随风摇摆的美丽牡丹,高贵而优雅。

第十六章
五蛇毒刹印

伫立在风沙之中,良久之后,黑袍人轻叹了一口气,她转过身来,纤手拉着黑色头罩,缓缓将之掀了下来。顿时,那张俏美白皙的脸便暴露在了肆虐的风沙之中。

一双美眸凝视着脸上洋溢着灿烂笑容的少年,云芝红润的嘴唇不可抑制地浮现一缕轻笑。对于先前萧炎喊出来的那句颇具杀伤力的话,她并未往心里去,她清楚,那只不过是对方兴奋之余的一句笑语而已。虽然这句笑语触动了一下她内心深处某个柔软的地方。

"唉,还是被认出来了。"云芝的纤手掠开额前的青丝,她晃了晃手中那把奇异长剑,俏美的脸上流露出一抹无奈。

"嘿嘿。"望着那张熟悉美丽的脸,萧炎忍不住咧嘴笑了笑,手掌托着青莲座,上前两步,笑道,"半年不见,你还好吧?"

"嗯,挺不错的。"云芝微微抿了抿红唇,似乎想要使自己和平日一般淡漠,不过每当瞟到少年那灿烂的笑容后,强行装出来的淡然总会迅速瓦解,如此反复几次，云芝也只得幽幽地叹息一声，微微点头，轻声道。

目光在萧炎身上扫了扫，云芝美眸微微一亮，经过半年的历练，萧炎的身躯显得更为挺拔了，那张清秀的脸也因为在沙漠中转了几个月，而变得黝黑了一些，原本有些柔和的线条，现在隐隐透着一抹坚毅。显然，这半年，少年也成长了许多。

以云芝的身份，她见过的青年俊杰，不知有多少，其中不乏一些英俊得能让女人倒贴的男子。不过对于这些人和事，她并未过多关注，能让她因为对方的成长而感到惊喜的男子，似乎只有面前这个少年。

"你晋升成斗师了？"一番扫视后，云芝有些诧异，旋即释然。当初分别的时候，萧炎便在斗者巅峰层次了，以他的天赋来说，突破只是迟早的事情，不过能在短短半年内，便突破斗者并且稳固实力，这倒是让云芝有点儿意外。

"嗯，侥幸而已。"萧炎笑着点了点头，他打量了一下云芝，先前的惊喜已经逐渐平静，略微沉吟了一下，才迟疑地问道，"你怎么会和丹王古河在一起？"

听到萧炎的问题，云芝微微一愣，旋即眼波流转，轻声道："丹王古河在加玛帝国交友广阔，我也与他相识，曾经欠他人情，这次他要来沙漠寻找异火，便把我也请来了。"

"哦。"萧炎点了点头，心中再次为古河在加玛帝国的地位之高咂了咂舌，然后低头瞟了瞟青莲座，道，"那……你没带回异火，他岂不是会怪你？"

"或许吧，不过我的任务只是保护他们的安全，其他的，并没有义务做太多，而且他也把你当成了一名神秘的斗皇强者，他应该清楚，从一名斗皇强者手中抢夺异火是何等困难，我若是失败了，他并不好说什么，当然，难免会有些颓丧。"云芝轻叹了一口气。虽说她与古河是旧交，但她非常清楚萧炎那倔强的性子，若真要出手抢夺的话，这小家伙恐怕会立刻翻脸。别看萧炎平日里看上去有着远超同龄人的成熟，可在某些事上，他可比三岁顽童还要顽固，他想要得到的东西，打死也不会松手。

云芝的纤手轻轻地揉了揉有些发疼的额头，心中苦笑了一声，为自己的倒霉暗叹：遇上谁不好，偏偏要遇见这个小家伙，若面前是另一人，即使对方是一名斗皇强者，自己也会想办法将异火夺走。

虽说以她的实力，眨眼时间便能从他手中取走异火，但对这曾经几乎与自己坦诚相对，并且与自己关系复杂的男子，云芝实在是难以出手。

"嘿嘿……"似是也清楚云芝的苦恼，萧炎讪讪地笑了笑，将青莲座抱在怀中，嘀咕道，"抱歉，我也追踪这东西大半年了，就算你们不来沙漠，我也会去找美杜莎女王的。"

"不过你拿这异火做什么？以你现在的实力，沾上这东西丁点便是尸骨无存的下场啊。"云芝盯着萧炎手掌上的青色莲座，黛眉轻皱，疑惑地道。

"嘿嘿，应该是吧……可我很需要它。"萧炎嘿嘿一笑，有些含糊地道。

瞧着萧炎这含含糊糊的模样，云芝只得无奈地摇了摇头，既然他不想说，那她也不想多问。当下她微微偏过头，望向沙漠远处，道："你先离开这里吧，后面还有两名蛇人族的斗王强者，我替你拦住他们一会儿。"

"然后呢？我以为你又会不告而别。"萧炎耸了耸肩，笑道。

"抱歉，上次的确是有一些急事，所以……"听出了萧炎话语中的一丝怨气，云芝只得轻声解释了一句，然后道，"将他们拦截之后，我便会去与古河他们会合，毕竟是约好了的。"

"这么仓促吗？"有些无奈地叹了一口气，萧炎苦笑道，"好不容易见了面，却马上要分开，下次再相遇，不知道是什么时候了，你们这些人，总是神神秘秘的。"

云芝轻笑了笑，望着少年的面孔，迟疑了一会儿，忽然道："你一直是在独自修行吗？"

"嗯，是吧……"摩挲着下巴，萧炎笑着点了点头，他并没有将药老暴露出来。

"虽然你的修炼天赋不错，但是再好的玉也需要精心雕琢，你独自修行，会走许多不必要的弯路。若是你愿意的话，我可以介绍一处地方给你，在那里，你能得到最好的修炼条件。"云芝美眸轻闪，微笑道。

"啥地方？"萧炎愣了一愣，虽然并没多少兴趣，但是在好奇心的驱使下，还是忍不住问了一声。

"云岚宗。"

云芝微微一笑，道："云岚宗在加玛帝国势力极强，我刚好有个朋友在里面，若是你愿意的话，我可以……"说到这里，云芝的话语忽然顿住，因为她发现，面前的少年原本布满笑意的脸，突然变得阴沉起来。

"怎么了？"不知道发生何事，云芝有些疑惑地道。

"呵呵，算了，云岚宗那种地方，我这小人物去干什么？去了反而自讨没趣。"萧炎摇了摇头，冷笑道。

感觉到萧炎忽然变得有些恶劣的态度，云芝黛眉微皱，似是辩解地道："云岚宗没你想象得那么不堪，而且以你的修炼天赋，谁能够取笑你？我这也是为你好，至少在那里，你能够直接得到最适合自己的斗气功法以及斗技，而且云岚宗中的弟子也是千里挑一的，素质都不错，你应该能和他们相处得很好的。"

"唉，算了，算了，反正我对那里没啥好感，自己一个人修炼挺好，没心情去那些啥啥宗。"听云芝将云岚宗说得那般完美，萧炎心中升腾起些许不快，特别是当听她说他们的素质不错时，一缕怒火更是毫无预兆地冒了出来：不错？能培养出纳兰嫣然那种女人的地方，能不错到哪里去？

萧炎轻吐了一口气，不耐烦地挥了挥手，淡淡地道："好了，不多说了，既然你要去找古河他们，那我们便在这里分开吧，我也有急事，告辞了！以后有机会就见，你若是实在不想见我，那就算了。"

"今天的事多谢了，日后有机会，我会把这人情还给你。"

说着，萧炎不再废话，手掌托着青莲座，转身，背后双翼微微一振，便迅速

飞掠至半空,然后头也不回地朝着远处暴掠而去。

云芝愣愣地立在沙丘之上,望着那化为黑点的萧炎,半晌后,贝齿紧咬着红唇,愤愤地跺了跺脚,那俏美的脸上涌上一抹不甘和委屈。她好心好意地为萧炎打算,没想到却惹得这家伙反弹这么大,他这番夹枪带棍的话砸下来,实在让云芝有一种好心被狼吃了的感觉。

"倔强的家伙,不去就不去,用得着这般吗?"云芝咬着红唇,脚尖重重地踢在沙丘之上,一股凶悍的劲气暴射而出,在沙丘上拉出了一条十几米的沟壑。

"还人情……当我稀罕你这小小斗师的人情不成!"

狠狠地发泄了一通,云芝的俏脸上布满了红晕,手掌紧握起长剑,轻吐了一口气,立刻收敛起那些平日里罕见的情绪,取而代之的是一种冷漠的淡然。

微微偏过头,云芝冷冷地望向视线尽头处,两个细小的黑点正在急速飞掠而来。"一群甩不掉的牛皮糖,真当我不会下杀手吗?"

手中长剑斜指,凌厉的剑罡自剑尖暴射而出,云芝淡漠地盯着那两个越来越近的小黑点,嘴角微微掀起冰冷的弧度。显然,满肚子委屈与怒火的她,已经打算用这两人来发泄了。

萧炎阴沉着脸,在沙漠上空快速地飞掠了一段距离,这才逐渐冷静下来,飞行速度缓缓降下。想起先前自己对云芝的态度,他不由得苦笑了一声,似乎过分了啊。

"人家好心介绍修炼地方,也是为我着想,唉,真是莽撞了。"手掌轻拍了拍额头,萧炎轻声叹息道。

刚才云芝见到自己后虽然纠结苦恼,但最后还是放弃了抢夺异火,想到这里,萧炎心中的歉意越发浓了。

双翼微微一振,萧炎的身形停在了半空中,他偏过头来,望向沙漠尽头处,有些迟疑地喃喃道:"要不要回去一下?"

皱着眉头沉吟了片刻，萧炎又瞟了瞟手掌上托着的青莲座，轻吐了一口气，低声道："以她的实力，两名斗王应该奈何不了她吧？现在我身上带着异火这种奇宝，若是返回的话，反而会给她带来不少麻烦。"

自言自语地喃喃了片刻，萧炎打算先撤。这时，那遥远的沙漠深处，平静的天气骤然变得狂暴了起来。五股凶悍的气势猛地暴冲天际，五股气势凝聚成五条颜色各不相同的巨大气柱，犹如五根擎天柱一般，牢牢地顶着蔚蓝的天空。

"这是？"萧炎凝重地望着视线尽头处的巨大光柱，脸色微微一变，失声道。

"蛇人族的强者……五名斗王。"药老有些愕然的声音，在萧炎心中响起，"蛇人族的强者来得很快啊，那位叫云芝的女人，似乎有麻烦了。"

"五名斗王？"闻言，萧炎心头猛地一跳，脸色瞬间阴沉下来，他紧皱着眉头道，"这些家伙，速度也太快了吧……不过，以云芝的实力，她应该不会有事吧？她毕竟是斗皇强者。"

"难说，斗皇强悍，斗王也不差，更何况是五名斗王加起来。而且蛇人族的强者，出于血脉的缘故，懂得一些合力斗技，这般算起来，那云芝应付起来想必也不容易吧。"药老沉吟道。

萧炎皱紧了眉头，他紧紧地抿着嘴，眼睛死死地盯着沙漠上空处的五道巨大气柱，半响后，他毫不犹豫地道："那就回去！"

"随你吧。"药老倒是无所谓。

微微点了点头，萧炎托着青莲座，背后紫云翼轻轻一扇，转过身形，快速地朝着先前来的方向急掠而去。

一望无际的金色沙漠之中，六道人影悬浮于虚空，每人背后都扇动着一对斗气之翼，斗气双翼扇动之间，一波波劲风在沙面上掀起了阵阵黄尘。

在五道人影的包围圈中，黑袍人淡然而立，美眸瞟了瞟周围的五人，轻声道："诸位的速度，还真是让我吃惊。"

"呸。"脸色有些苍白的炎刺吐了一口鲜血，此时的他，衣衫破烂，一条条有

些骇人的狰狞伤疤，爬在手臂以及腹部之上。

刚才，他与灰袍老者率先将云芝拦下。双方见面，他们还来不及说话，那全身包裹在黑袍中的女人，便忽然对他们展开了进攻，措手不及的炎刺首先受到了攻击。

短短的几分钟，炎刺在黑袍人的攻击之下，便受了伤，若不是后面三位蛇人强者及时赶到，恐怕即使有灰袍老者的照应，他也得落个重伤的下场。

斗王虽然也算是强者，但毕竟与斗皇相差了一个阶别，光凭两名斗王，还没有资格与一名斗皇强者对战。更何况炎刺的战斗方式一直都是硬碰硬，这样和斗皇强者战斗，自然要吃极大的亏。当然最重要的是，黑袍人下手也太过狠辣了。

"阁下下手还真是狠毒啊，这般大摇大摆地闯进我蛇人族，不仅未有一句道歉之语，还这般嚣张，当真是欺我族无人吗？"灰袍老者的目光从黑袍人身上扫过，阴厉地道。

"呵呵，道歉？就算我想这般做，你们也不可能接受吧？既然是没用的事，那我何必要做？"黑袍人淡淡地笑道，"失去了美杜莎女王的蛇人族，似乎翻不出多大的浪。"

"卑鄙无耻的人类！若不是你们的干扰，女王陛下的进化怎么可能失败？"炎刺暴怒地喝道。

"阁下若是真这样认为，那便大错特错了。女王陛下的进化看似失败了，可她是我从小带大的，所以我能模糊地察觉到，她并未真正地陨落，在日后的某一天，她一定会回到塔戈尔大沙漠，再次带领着我们蛇人族离开这个该死的地方！"灰袍老者阴声笑道，"到时候，今天这些账，我们都会一笔笔地找回来！"

"你的名字叫作阴世吧？蛇人族中德高望重的老人，实力已经升为八星斗王。你所说的话，嗯，或许吧。如果真有那么一天的话，我倒挺希望能与她交手的。"瞧着灰袍老者那信誓旦旦的模样，云芝黛眉微微一皱，旋即轻轻摇了摇头，淡淡地道。

"现在的加玛帝国，明面上的斗皇强者仅有三位，我都见过，所以我能认出你。嘿嘿，你的背后的确有庞大的势力，不过等着吧，我蛇人族的报复会来的！"灰袍老者冷笑道。

"无谓的威胁！"

云芝轻笑着摇了摇头，她自然不是那种会被对方的威胁吓得失神的无用之人，她缓缓抬起手中泛着青光的长剑，俏美的脸上扬起一抹森寒的弧度，笑吟吟地道："不过既然你都已经撂下了狠话，那我也就不必再留情了。今天，便试试你们五人，能走脱几个吧。"

"哼，你虽然是斗皇强者，但是要应付我们五名斗王，也不是容易的事！"听到云芝此话，一名身着绿袍的中年蛇人脸上涌现一抹暴戾，大喝道。

"那便……试试吧。"

纤指轻轻地抹过锋利的剑锋，清脆的剑鸣声在半空中回荡。在剑鸣声响起的刹那，云芝的身体骤然消失，再度出现时，已经到了那名绿袍蛇人身后，剑尖处淡青色的剑罡暴涨三尺，刁钻而狠毒地对着后者的要害部位刺去。

在云芝身体消失的那一瞬，战斗经验极为丰富的绿袍蛇人便有所察觉，他蛇尾摆动，身躯诡异地朝左边扭了半尺，刚好险险地避开了那森冷的剑锋。

一击落空，云芝的脸色没有丝毫变化，她松开剑柄，奇异的长剑猛地贴着云芝的掌心，快速旋转了起来。

锋利的剑刃轻飘飘地切过绿袍蛇人的腰。那腰上覆盖的坚固蛇鳞，对上长剑的剑罡，犹如薄纸一般，没有丝毫抵抗之力。

刺……剑刃划破肉体的声音，在天空中沉闷地响起。绿袍蛇人手掌紧捂腰间受伤之处，鲜血从指间流出，剧烈的疼痛使他满脸冷汗。

从云芝的骤然攻击，到绿袍蛇人受伤倒退，其间不过短短十来秒的时间。待众人回神之际，那名在蛇人族中实力名列前茅的绿袍蛇人已经受伤，并狼狈地后窜着。

"她速度太快了，别单独与她战斗，结五蛇毒刹印！"望着受伤的绿袍蛇人，灰袍老者脸色阴沉地急喝道。

口中喝着，灰袍老者双手率先结出一连串让人眼花缭乱的印结，庞大的幽青光芒在其掌心中迅速凝聚着。

在灰袍老者结出印结之后，其他四人也迅速跟上。这种印结的结法，他们已经训练了无数次，一听到命令，便能以极快的速度将烦琐的印结结好。

在五人印结完成的瞬间，一个淡淡的幽光能量罩凭空浮现，将他们牢牢地包裹其中。显然，这是一种防御对方忽然偷袭的措施。

望着五人手中越来越浓郁的能量，云芝脸上闪过一抹饶有兴致的神色。她早就听说过，蛇人族的斗技诡异且自成一脉，特别是一些融合斗技，能够将多人的实力融合在一起，然后一起喷射而出，以达到抗衡高级别强者的目的。

看现在他们使用的这融合斗技，看起来等级是在玄阶高级左右。这种等级的融合斗技，已经能够算是蛇人族中极为高深的秘技了。只有八大部落的首领，才有实力与资格修炼它。

"五蛇毒刹印！启！"

灰袍老者一声低喝，五名斗王强者掌心之中的光芒骤然大盛。过了一瞬，五道几丈长的庞大幽青能量柱，猛地自五人掌心中暴射而出。

幽青能量柱在射出五人掌心之时，便开始交织在一起，片刻时间，一道极其巨大的能量柱猛地浮现在天空之上。

这道巨大的能量柱出现之时，沙漠之中狂风骤起，一股充斥着血腥与暴戾的气息猛地自能量柱中浮现。

巨大的能量柱忽然开始翻腾，过了一瞬，能量柱竟然变幻成一条十多丈长的能量绿蛇！

嗡！能量绿蛇刚一出现，沙漠中的狂风就盛了许多。一缕缕肉眼可见的风卷，在能量绿蛇周身急速旋转着，呼啸之声响彻沙漠。

望着天空之上巨大的能量绿蛇，云芝美眸中掠过一抹惊诧与凝重。她没想到，这五名斗王强者竟然能够发挥出这般强横的斗技。

"难怪蛇人族的斗技在斗气大陆颇有名气。这般奇异的融合斗技，实在让人惊叹。"云芝轻吐了一口气，猛地一握剑柄，浑身气势骤然变得犹如剑锋一般凌厉，一道道庞大的青色狂风在其周身急速凝聚着。

紧紧地盯着那暴冲而来的庞大绿蛇，云芝脚尖轻点虚空，手中蓄势待发的强猛攻击刚欲暴掠而出，脸色却忽然一变，连忙回转过头来。

天边，一道笼罩在森白火焰之中的人影犹如瞬移一般，几个闪现，便诡异地出现在云芝身前。那人双掌翻腾之间，汹涌的白色火焰猛地席卷天际，然后犹如滔天大浪一般，将那庞大的绿蛇一口吞噬。

悬浮在半空中的云芝愣愣地望着这忽然出现的一幕，俏脸之上布满了错愕与震惊。

第十七章
开花结果

　　庞大的幽青能量巨蛇，一接触到席卷而来的森白火焰，便犹如残雪遇到烈火一般，开始急速地消散。仅仅眨眼时间，那呼啸天际的凶猛巨蛇，便突兀地消失了，而那凄厉的嘶鸣声，在天空中回响了一会儿才消散。

　　突如其来的变化让在场所有人都满脸错愕，好半晌之后，一道道震惊的目光方才移向天空中的火焰人影。

　　蔚蓝的天空之下，人影悬空而立，森白色的火焰在其身体表面不断翻腾着，将之完全包裹。因为火焰极浓，所以外面的人难以看出其身形和面貌，并且火焰的温度过于炽热，导致人影周身的空间略有些扭曲与虚幻，远远看去，犹如空间出现了折痕一般，颇为奇异。

　　虽然相隔甚远，但五名蛇人族斗王强者依然能够察觉到那诡异的森白火焰所散发出的炽热温度，当下他们咽了一口唾沫，互相对视了一眼，心中都泛起一抹不安。

　　"阁下是谁？为何要插手我蛇人族之事？"忽然出现的火焰人影，以及他展露出的恐怖手段，让灰袍老者的脸色阴沉了许多。不过这种时候，他也不敢得罪一名来历不明的神秘强者，当下他上前一步，沉声道。

"没有理由，喜欢而已。"苍老的声音不急不缓地从白色火焰中传出，淡漠的声调让灰袍老者几人的脸色更是难看了几分。

站在火焰人影身后不远处，云芝有些愕然地盯着面前的人影，皱着黛眉沉吟了片刻，依然没有想到，加玛帝国何时出了一名能够操控白色火焰的斗皇强者。

美眸从翻腾着的森白色火焰之上扫过，云芝的眸子忽然缓缓地眯了起来。片刻后，一抹震惊在她眼中闪掠而过。她清楚地感知到，那些散发着炽热温度的森白火焰，竟然似一块万年寒冰一般。可寒冰怎么能释放出炽热的火焰？这究竟是什么东西，竟然如此诡异？

"难道……难道是异火？"云芝的眸子眨了眨，想起那种奇异的火焰，她心头猛地一跳，在震惊之余，又有些哭笑不得。平日里难得一见的异火，今日自己竟然遇上了两种。这可以说是幸运吗？

"这位老先生，多谢你出手相助。不过这些跳梁小丑，对我不会造成太大的威胁。"摇了摇头，将脑中的一些情绪甩了出去，云芝俏美的脸上浮现一抹柔和的笑意，冲着面前的火焰人轻笑道。

"或许吧，"火焰人影淡淡地道，"我并不是喜欢多管闲事之人，若不是有人相请，我也不会费这么大的劲赶过来。"

"有人相请？"闻言，云芝一愣，黛眉轻皱，问道，"老先生，不知是谁请你过来帮我的？难道是古河？"

"嘿嘿，他古河虽然在加玛帝国名声不错，但是想要请动我，还没那资格。"火焰人影苍老的笑声中，有着一抹淡淡的不屑。

听到火焰人影一口否定，云芝再次一愣，旋即俏脸上闪掠过一抹疑惑。她认识的人之中，能有本事请来斗皇强者相助的人并不多见。而且，此次她来沙漠是秘密行动，知道的人更是寥寥无几，所以古河的可能性算是最大。可听面前老人

的语气,似乎对那所谓的丹王,并不是很在意。

"别想了,把这些长尾蛇打发走了,我也好早点办事去。"挥了挥手,火焰人影平淡地道,旋即抬起头,凝望着对面的五名斗王强者,淡淡地笑道,"早就听说蛇人族的斗技独树一帜,今日我倒要好好见识一番。"

灰袍老者目光阴鸷地盯着天空中的火焰人影,眼角一阵抽搐。他发现自己竟然判断不出面前之人究竟是何方强者,感到有些不可思议的同时,心也逐渐地沉了下去。

一名斗皇,他们倒还能靠着融合斗技与之抗衡一会儿,可若是两名斗皇,他们这五人恐怕会被人家轻易地各个击破。非常清楚两名斗皇强者实力多么强悍的灰袍老者,自然知道双方的差距有多大。

"我蛇人族与阁下未有半点恩怨,不过今日阁下的举动,我蛇人族谨记在心了。"输人不输阵,即使处于下风,灰袍老者还是冷笑着撂下了一句狠话,然后发出一声尖利的嘶鸣,喝道,"撤!"

听到灰袍老者的喝声,其他四名斗王强者略微迟疑了一下,然后不甘地狠狠瞪了一眼天空中的火焰人影,双手闪电般地结出印结,伴随着一声低喝,五人的身体几乎同时爆炸。在爆炸声响彻天空的那一刹那,铺天盖地的能量小蛇暴涌而出,朝着四面八方飞掠而去。

瞧着打算逃窜的灰袍老者等五人,云芝黛眉微皱,刚欲闪身阻拦,面前的火焰人影却微微摆了摆手。瞧见火焰人影的举动,云芝只得停下了动作。

冷眼望着那些逃窜的能量小蛇,火焰人影沉默了瞬间后,双掌轻挥。顿时,五道由森白火焰凝聚而成的尖刺,便在其身前急速成形。

五枚火焰尖刺缓缓地旋转着,火焰人影冷冷地望着周围那些几乎掩盖了天空的能量小蛇。凶猛的灵魂之力破体而出,火焰人影闪电般地扫描出了那隐藏在无数小蛇之中的本尊,当下发出一声低低的冷笑,屈指轻弹,五枚森白火焰尖刺猛地对着五个不同的方向暴射而去。

森白的火焰尖刺看似细小，可它们在空中穿行时，却在蔚蓝的天空中留下了几道淡淡的白痕。这些尖刺的炽热温度，直接导致其穿过的空间被熏烤得有些扭曲。

那几枚看似不起眼的火焰螺旋尖刺，竟然会造成这般声势，云芝的俏脸上也闪过一抹诧异，对这神秘人的身份也越发好奇起来。

火焰螺旋尖刺闪电般地划过天际，径直冲进了铺天盖地的能量长蛇之中。虽然能量长蛇长得都非常相像，但是螺旋尖刺却有着极为明确的目标，沿途将一些拦路的长蛇焚烧成虚无，然后狠狠地对着外围的五条细小的长蛇暴刺而去。

似是察觉到了即将到来的恐怖攻击，五条小蛇急忙回转过头，望向那暴射而来的火焰尖刺，三角形的瞳孔中掠过一抹骇然。

"放虎归山可不是我的作风，既然为敌，那自然不能留下祸根。"火焰人影淡漠地望着即将被火焰螺旋尖刺击中的五条小蛇，轻声说道。

在他身后，云芝瞧着他的动作，也并未出言阻止。她并非什么愚善之人，该狠的时候，她会比刽子手还要狠辣。到了她这种地位的强者当然能把握，何时该狠，何时该善。

五道火焰尖刺带着尖锐的破风之声，狠狠地射向五条小蛇，然而，就在即将刺中它们的前一秒，突然发生变故。

"哼……"火焰人影的身体猛然一阵剧烈的颤抖，低沉的闷哼声从人影的口中传出。

听得这声闷哼，云芝一愣，急忙道："老先生没事吧？"话音刚落，她的脸色却忽然一变，因为她感应到，在那森白火焰之中，一股极为强横的气息忽然暴涌而出。这股气息来得极为迅速，犹如闪电一般冲过虚空，迅速地追上了那五枚火焰尖刺，微微一震，竟然将五枚由异火凝聚而成的尖刺给生生震成了虚无。

趁着变故发生的一刹那，五条小蛇蛇尾一摆，猛地钻进沙丘之中，以一种极为狼狈的姿态，消失在了两人的视线之内。

"该死的畜生！"森白火焰内响起一声苍老的怒骂声。

怒骂声落下，那股隐隐有些狂暴的恐怖气息，也缓缓消散。片刻后，那股气息完全消失，仿佛从没有出现过一般。

"唉，功亏一篑。"叹息着摇了摇头，火焰人影的手掌狠狠地拍了拍袖口，似乎是在责骂什么东西一般。他转过身来，轻瞟了一眼俏美的云芝，然后便朝着沙漠之外而去。

在与云芝擦肩而过时，火焰人影忽然顿了顿身形，略微迟疑后，才道："对了，一个小家伙让我代他和你说声对不起，先前他似乎有点儿过分了。"

闻言，云芝娇躯猛地一颤，红润的小嘴微微张开，俏美的脸上布满了愕然。从这位神秘人偶尔透露的丁点信息中，她得知这位赶来支援的斗皇强者，竟然是萧炎那个小家伙请来的。

"这小家伙能耐不小啊，以前当真是小觑你了。"偏过头，望着那急速消失在视线尽头的火焰人影，云芝惊诧地喃喃道。

火焰人影飞速地闪掠过天际，片刻之后，停在了半空中，浑身的森白火焰也逐渐消散，待得火焰完全消失后，露出了少年清秀的面孔。

漆黑的眸子轻轻眨动着，少年脑袋微微后仰，眸子之中的沧桑之色迅速褪去，取而代之的是属于少年的朝气与狡黠。

"老师，刚才是怎么回事？"微微扭了扭脖子，萧炎皱着眉头轻声问道。他问的，自然是为什么先前药老的攻击会忽然被阻。

"你袖子里那家伙干的。"药老无奈地回道，"先前若非有骨灵冷火隔绝了气息，恐怕那云芝以及几名蛇人，都会感应到这股气息是美杜莎女王的气息。"

"是她？"闻言，萧炎一愣，手掌伸进袍袖之中，小心翼翼地将冰凉如玉的七彩小蛇掏了出来，放在掌心中，紧紧地盯着它。

察觉到萧炎的目光，七彩小蛇也高高地抬起小小的头颅，泛着淡紫的瞳孔充斥着灵性。蛇嘴微微张开，蛇芯轻吐了吐，似乎想要舔萧炎的脸。

萧炎微微偏头躲开这小家伙的调皮举动，他笑了笑，旋即有些凝重地轻声道："老师，你说她是不是已经恢复了美杜莎女王的记忆？"

"应该没有，若是恢复了记忆的话，以美杜莎女王那高傲不逊的性子，不可能还留在你身边。我想，或许是因为我想要对五名蛇人斗王强者下杀手，才会使美杜莎女王的灵魂暂时突破了七彩吞天蟒的束缚吧。看现在七彩吞天蟒的模样，想必美杜莎女王的灵魂已经再次被压制下去了。"药老沉声道。

轻松了一口气，萧炎的手掌温柔地抚摸着吞天蟒的脑袋，喃喃着苦笑道："这小东西，的确是个不定时炸弹啊，指不定哪天美杜莎女王会再次冲出来。"

"我当初便提醒过你，可你还是把它留在了身边。"药老幸灾乐祸地笑道。

挠了挠脑袋，萧炎盯着那可爱的吞天蟒，无奈地道："谁让这小家伙的诱惑力这么大呢。希望它能一直压制住美杜莎女王的灵魂吧。"

萧炎从纳戒中取出一瓶伴生紫晶源，往吞天蟒嘴中滴了几滴，然后这小家伙便心满意足地伸吐着蛇芯，懒懒地钻进了萧炎的袍袖之中。

将吞天蟒安抚好后，萧炎的目光往下方的沙漠中扫了扫，然后向一个地方缓缓飘下。他低头望着脚下的黄沙，轻声道："是这里了吧。"

萧炎的手掌缓缓伸开，对准沙丘，沉吟了片刻，庞大的吸力猛地自掌心中暴涌而出。在这股吸力之下，脚下的黄沙骤然涌上天际。

黄沙被抽离，下方出现了一个几米宽的漆黑空洞。在那空洞之中，青色莲座散发着淡淡的光芒，青莲地心火正悬浮于其中。

瞧着青莲地心火安然无恙，萧炎松了一口气，手掌一招，青莲座顿时化为一抹青光，飞到萧炎的掌心之上。

手掌托着青莲座，萧炎目光迷醉地打量着那簇不断翻腾的青色火焰。片刻后，漆黑的眼瞳中，闪过一抹炽热的光芒。

"先去沙漠外围吧，那里安全一些，然后找个安静的地方，吞噬异火！"似是清楚此时萧炎心中对异火的渴望，药老笑着提醒道。

"嗯。"萧炎重重地点了点头，从纳戒中取出一枚回气丹，塞进嘴中，将之吞进肚内，然后托着青莲座，开始朝着沙漠之外狂掠而去。

萧炎的身形消失在漫天黄沙之中，在塔戈尔沙漠中发生的这场惊心动魄的异火抢夺战，终于以某人的大获全胜而落幕。

萧炎飞掠了将近大半天的时间，中途接连服用了十三枚回气丹，终于抵达了塔戈尔大沙漠的外围。因为他现在需要一个极度偏僻、不能被人打扰的环境，所以萧炎走的方向，是地图上人烟最为稀少的区域。

空中的烈日逐渐西落，一望无际的金色沙漠里，终于开始出现零星的枯萎草皮。他继续飞行了一段时间，葱郁的绿色再度出现在视线之内。遥远的地平线上，雄伟的山峦逐渐地露出了一截小小的山峰。

望着远处的山峦，长途跋涉了将近一天的萧炎，长长地吐了一口气，甩了甩酸麻的手臂。背后那已经因为斗气告竭而变得若隐若现的紫云翼，渐渐恢复。他双翼微微一振，身体化为一抹黑光，径直投射向远处那雄伟的山峦之中。

十来分钟后，萧炎风尘仆仆地落在山脚下，此时的他，身上黑袍已经落满了细碎的黄沙。他用手掌抹去脑袋上沾着汗水的黄沙，又用袖子胡乱地擦了擦，反而将一张脸搞得更邋遢了。

落地后，脸色有些苍白与凝重的萧炎，迅速将青莲座放在身旁，来不及与药老说话，赶紧从纳戒中取出一枚回气丹塞进嘴中，又迅速摆出修炼姿势，进入修炼状态，以恢复斗气。

虽然赶路期间，有着回气丹的支持，但是丹药毕竟是外物，一直依靠它来恢复斗气，极其容易使身体对它们产生依赖性。长此以往，自身恢复斗气的能力，将会逐渐地减退，甚至到最后，会完全消失。

难以想象，若是一名斗者，失去了恢复斗气的能力，那他还能被称为斗者吗？

所以经过这般长时间的赶路,现在萧炎的首要任务便是赶紧催动身体内的经脉,开始恢复斗气。

修炼的时间持续了将近一个小时,萧炎这才逐渐睁开眼睛。他深深地吐出一口偏黄的浊气,扭了扭依然有些酸麻的肌肉,苦笑道:"虽然现在焚诀已经因为吞噬紫火而进化成了黄阶中级,但是毕竟只是黄阶功法,根本不足以支持我的消耗。若非有大量回气丹的支持,恐怕我早就坚持不住了,唉……"

"呵呵,放心吧,这次只要你能成功吞噬异火,那焚诀一定能够成功进化到玄阶级别。到时候,拥有玄阶功法的你,应该能在功法的等级方面,凌驾于大多数强者之上。"药老笑着安慰道。

"希望吧,我会尽力的。"偏过头来,望着地面上美丽的青莲座,萧炎紧紧地抿着嘴,薄薄的嘴唇隐隐地透出一种倔强。

对于异火蕴含能量之强大,萧炎并未有丝毫怀疑。虽然说功法阶别的进化,比级别的进化需要高上数十倍的恐怖能量,不过萧炎相信,青莲地心火绝对有这种惊天的能耐。不然它也没资格让大陆上无数强者为之折腰。

深深地吸了一口山中清新的空气,萧炎托起青莲座,将之放在面前,眼睛死死地盯着莲心中那簇充斥着灵性的青色火苗,脸上闪过一抹淡淡的欣慰与苦涩。

三年前,在他刚刚接触到那卷神秘的黑色卷轴之时,内心深处便明白:寻找异火,将会成为自己一辈子的使命。因为只有不断地吞噬异火,他才能逐渐踏上巅峰。想要站在大陆的金字塔巅俯视众生,就要付出同等代价的努力。

三年的时间,为了寻找异火,萧炎几乎走遍了半个加玛帝国。当初在地下岩浆世界,一心想要寻找异火的萧炎心中是何等激动。然而,他在与双头火灵蛇死拼了好几次之后,却只得到一个空荡荡的青莲,当时的萧炎,虽然极其颓丧,却并未选择放弃。

不肯放弃的他,做出了一系列任何人听了都会觉得疯狂的举动。只有斗师实力,却只身深入荒凉的沙漠,孤身直闯被人类视为禁地的蛇人族部落。在这次沙

漠之旅中，他站在死神的镰刀上，几次惊险地避开了那足以带走灵魂的死亡刀锋。

因为有这般胆识与辛苦付出，在这场即使是斗灵强者也只能靠边站的异火博弈中，幸运的少年成为最大的胜利者。

为了这簇小小的青色火苗，萧炎努力了三年。今天，他终于得偿所愿，将之抱在了怀中。这是属于他的战利品。

缓缓地仰起头颅，萧炎盯着天空之上的那轮弯月，嘴巴逐渐地张开。过了一瞬，少年略显嘶哑的吼叫声，带着些许张狂，响彻山峦上空。

漆黑的戒指微微一颤，药老的身形突然闪现在萧炎身后，低头望向那压抑着激动情绪的少年，浑浊的老眼中闪过一抹欣慰。

三年，他陪伴着萧炎，见证着他的成长，见证着他的努力，见证着那一次次突破极限的战斗及修行。今天，终于到了开花结果之时。

第十八章
吞噬异火

状态逐渐恢复到巅峰之后,萧炎缓缓地平静下来。他抬起头,看着天空之上那钩弯月许久,忽然轻声一笑,手掌托着青莲座,站起身来。

"先找个安全点的地方吧。"药老低声道。

"呵呵,好。"萧炎微笑着点了点头,四顾着望了下周围的地形,这里是沙漠边缘地带唯一一座山。能将沙漠阻挡在山脚之下,想来这座山不会太小。

山峦之中,偶尔响起的一声声悠长的狼嗥虎吟,似乎是在宣示着,这里是它们的地盘。

萧炎手掌托着青莲座,脚尖在地面重重一踏。一道能量爆炸声响起,他的身体骤然拔高,矫健地落在一旁的巨树顶上,身体随着树枝微微摇晃,目光扫了扫周围葱郁的山林,然后他轻点树枝,宛如在黑夜中飞行的大雕一般,飞快地闪掠过重重密林,向山峦之上迅速掠去。

萧炎化为黑影,在这座山上来回地巡视了好几遍之后,终于选中了一处颇为满意的地方。这是一处天然形成的山洞,山洞刚好位于悬崖的中间位置。在这几

乎是垂直向下的悬崖壁上，没有任何的落脚点，想要攀爬下去，进入山洞，明显不可能。

不过这对于常人来说极难进入的山洞，对拥有紫云翼的萧炎来说，却是能轻松到达的地方。

站在悬崖之顶，萧炎向下望了望，深不见底的悬崖之下有淡淡的云雾缭绕。这种上不着天下不着地的地方，正是萧炎心中最理想的修炼之地。

满意地点了点头，萧炎没有丝毫犹豫，直接从悬崖跳了下去。听着耳边剧烈的风声，萧炎背间微颤，紫云翼扑扇而出，微微振动，急速下落的身形缓缓地慢了下来。片刻之后，萧炎的身体已经平稳地悬浮在了那处山洞洞口，他小心翼翼地往山洞内看去，未曾发现有魔兽居住的痕迹，这才托着青莲座，悄悄地飞掠了进去。

山洞的面积并不大，却足够萧炎使用。他将青莲座放在一处巨石之上，从纳戒中取出几枚月光石，镶嵌在石壁上。顿时，略显昏暗的山洞，变得亮堂了起来。借助明亮的光线，萧炎开始谨慎地检查山洞，任何一块细小的地方，都会被他来回扫视好几遍。

萧炎如此谨慎小心，是因为此次吞噬异火的危险程度，远非上次吞噬紫火可以相比。这种时候，外界随便一点儿干扰，不仅会使他功亏一篑，还有可能让他在瞬间被异火反噬，烧成一堆灰烬。

萧炎花了足足一个小时，才扫视完这个并不宽敞的山洞。扫视的时候，萧炎从几块巨石缝中找出了一些小块的魔兽粪便，想来是偶尔来到此处歇息的飞行魔兽留下来的。将粪便清除出山洞，萧炎又从山洞内部搬来巨石，将山洞口堵得严严实实，只留下些许缝隙，让空气进来。

做完这些烦琐的事情后，萧炎长长地松了一口气。他来到山洞中央，盘腿坐在巨石前，漆黑的眸子中跳动着炽热的火焰，他紧紧地盯着面前的青色莲座。

"老师，接下来该怎么做？"萧炎掌心泛着些许汗水，他咽了一口唾沫，在心中问道。

"先把所有需要的东西都取出来吧。"药老从纳戒之中飘荡而出，苍老的脸上充满了前所未有的凝重。

萧炎微微点了点头，手指轻弹着纳戒，取出一只透明的小玉瓶。玉瓶之中，一枚龙眼大小的血色丹药，正安静地躺着。血色丹药之中隐隐地有些许阴影，微微摇晃，其中似乎还有液体在晃荡。

这枚圆润的血色丹药，便是吞噬异火的必备物之一：血莲丹。

将血莲丹取出之后，萧炎又从纳戒中拿出一个小小的玉盒，将玉盒轻轻地放在光洁的石面上。顿时，淡淡的寒气便在石面上凝结了一层薄薄的冰层。他打开玉盒，一个雪白的玉瓶被安放在其中，淡淡的白色寒雾缭绕在玉瓶周围，看上去有一种缥缈神秘的感觉。这雪白玉瓶之中装的，便是萧炎费尽心机才从古特手中换得的冰灵寒泉。

目光扫过这两种堪称奇宝的物品，药老微微点头，屈指轻弹，一道淡淡的灰色光芒，自其指尖缓缓升腾而出。灰色光芒在半空盘旋了一圈，然后轻轻地落在石面之上，光芒消散，露出了其中所藏的东西。

这是一块拇指大小的灰色石头，通体光滑如玉，没有丝毫瑕疵。在那石心之中，一点儿淡蓝的幽光正缓缓地蠕动着，犹如一条有生命力的小虫子一般。

"这就是所谓的纳灵？"望着这块不起眼的小石子，萧炎有些愕然地问道。

"嗯，这便是纳灵，一种极为罕见的天地奇材。只有在高级纳石之中，才有极小的概率能采出。可别小看它，它的价值绝对远超血莲丹和冰灵寒泉。若非我当年好运，得到了它，即使你现在拿到了异火，也只能望着它发呆。"药老轻笑道。

萧炎点了点头，瞟了一眼手指上的那枚纳戒。这只是一枚低级纳戒，价格便高达好几万金币。若是中级纳戒，起码得翻十几倍，而高级纳戒基本上是有市无价。一些大家族甚至把高级纳戒制作成家族的信物。在斗气大陆中，唯有身份极

高的强者或者势力首领，才有资格得到高级纳戒。可见这东西稀有到何种地步。

相比于高级纳戒，纳灵更是稀少得可怜，用凤毛麟角来形容，也不为过。

仔仔细细地将三种物品谨慎地检查了一番，萧炎这才将目光投到青莲之上。他紧紧地盯着莲心处的那缕青色火焰，舌头轻轻地舔着嘴唇，满脸垂涎与渴望。

"把它释放出来吧。"药老沉声道。

"嗯。"萧炎微微点了点头，手掌托着青莲座底部，灵魂之力迅速侵入其中，将整个莲座与青莲地心火分开，然后小心地将青莲座扯了下来。

失去了青莲座的束缚，那本来极为细小的青色火苗，猛然暴涨了几倍。只是转瞬时间，青色火苗便化为一团火焰，悬浮在半空之中。

火焰的体积越来越大，山洞之中的温度，正在以极快的速度上升着。山洞顶部位置青岩石壁已经被悄无声息地熔出了一个人的脑袋大小的空洞。

萧炎伸手抹了一把额头上的汗水，小退了两步，抬起头来，满脸凝重地望着半空中升腾的青色火焰。虽然竭力地想要冷静下来，但是他的手掌依然不可抑制地轻轻颤抖着。

"接下来，要怎么弄？"萧炎强作镇定，颤抖着声音问道。

"吞噬异火造成的声势极为巨大，所以待会儿我会用灵魂之力将整个山洞包裹，不然，不等你吞噬完毕，这座山就会被异火烧掉一大半。"药老安慰地拍了拍萧炎肩膀，沉声道。

"嗯。"萧炎连忙点头。

"虽然这话说得有些不吉利，但是为了保险起见，你最好坐在青莲之上，万一出现什么意外，青莲能够保你一命。否则，就算是我，也难以在危险来临的那一瞬间，将你救下。你要知道，将异火吞噬进体内是一种极为危险的举动。"药老迟疑了一下，无奈地道。

萧炎苦笑着点了点头，脚尖轻点地面，身体轻飘飘地落在青莲座之上，然后偏头望向药老。

"先服用血莲丹,没有它的血痂防护,凭你的实力,根本不可能近距离接触异火。"药老凝重地道。

萧炎微微点头,手掌微曲,将那小玉瓶吸进掌心之中。倾斜玉瓶,一枚龙眼大小、隐隐透着些许光泽的浑圆丹药滚进手中。

萧炎握着血莲丹,将之放在鼻下轻嗅了嗅。一股奇异的味道缭绕在鼻尖,那种冰凉的感觉,让灵魂都微微颤抖了几下。

萧炎注视着这枚五品级别的丹药,猛然紧握拳头,然后闭上眼睛,将丹药塞进了嘴中。

血莲丹刚刚入嘴,便化为一股有些阴寒的能量,迅速地钻进萧炎体内各处经脉之中,最后缓缓地渗透到骨骼之中。

随着能量的渗透,萧炎的身体忽然一阵剧烈的颤抖,鲜血从毛孔中冒腾而出,看上去极为恐怖。

这些鲜血在萧炎的身体表面急速凝结,最后形成了一层血色的角质层。角质层不仅包裹了萧炎的手与脚,就连他的眼睛也被封闭在了其中。

血色角质层犹如一套密不透风的血色铠甲,将萧炎严严实实地保护了起来。

萧炎缓缓地伸出被血色角质层包裹的手掌,对准半空中的异火,一股吸力暴涌而出。半空中的青色火焰也随之骤然暴涨。眨眼时间,一股恐怖的力量,便犹如苏醒了一般,缓缓地从青色火焰之中扩张出来。

死死地盯着那团越来越庞大的青色火焰,萧炎知道,异火的吞噬,开始了!

明亮的山洞之中,青色火焰剧烈地翻腾着,火焰周围的空间,明显出现了扭曲的痕迹。没想到,青莲地心火的温度,竟然如此恐怖。

青莲地心火逐渐变得狂暴起来,药老早有察觉,雄浑的灵魂力量迅速蔓延而出,将整个山洞完全包裹,同时也将山洞内那极其炽热的温度与山洞壁隔开了。

半空中,青色火焰迎风暴涨,眨眼时间,便将自身的体积扩大了上百倍。随着其体积的变化,火焰也变得更加狂暴,呼呼地翻腾。

萧炎注视着半空中的庞大火团,他偏过头来,看向药老,待药老点头之后,才深深地吸了一口炽热的空气,被血色角质层覆盖的手掌遥遥地对准青火,爆发出更强猛的吸力。

那足以吸掠一块巨石的吸力,在吸扯异火之时,却仅仅能让它在半空中缓慢地移动。而且,这股无形的吸力在接触到青莲地心火之后,只能坚持两三秒,之后便会被它那炽热的温度焚烧成虚无。

虽然萧炎与青莲地心火间的距离只有短短几米,但却消耗了大量的斗气。

紧紧地盯着那缓缓移过来的青色火焰,萧炎的呼吸略显急促,额头上布满汗水,汗水顺着脸颊流淌在血色角质层上,犹如鲜血一般。

青莲地心火逐渐接近萧炎,它所散发出来的恐怖热量,连一旁的药老都十分震撼。显然,这在异火榜上排名第十九位的异火所蕴含的能量,有点儿出乎他的意料。

当庞大的青色火焰到达萧炎面前一米左右时,即使炽热的温度已经被药老的灵魂之力隔离开了,可它散发出来的恐怖高温,还是让山洞内部一些坚硬的青岗石逐渐迸裂。片刻后,巨石化为小小的碎石,而碎石则被焚烧成了一堆堆青色的细小粉末。

药老满脸凝重地望着萧炎面前庞大的青色火焰,他那略显虚幻的身体,忽然犹如水波一般剧烈地波动了起来。感受到自身的变化,药老脸色微微一变,双手闪电般地结出印结,一声低喝,森白色的火焰迅速从体内升腾而出,直到将身体完全包裹之后,方才逐渐停歇。

将骨灵冷火召唤出来之后,药老的身形方才再度平静。他小退了几步,脸色凝重地紧盯翻腾的青色火焰,快速地道:"将手掌伸进青色火焰之中,在那团异火的中心位置,有一缕火种,把它抓出来!快点!"

听到药老的话,萧炎身体猛地一颤,血色角质层之下,一双眼睛瞪得极大,他有些不可思议地扯了扯嘴角,把手伸进异火之中?找死吗?

片刻后，萧炎稳定了心神。既然药老这般说，那便照着做吧。对于吞噬异火，他自己可没有半点经验，唯有听从药老的吩咐。

虽说在吞噬异火之时，任何一点儿小小的失误，都可能会使自己被反噬成一团灰烬，但是萧炎对药老是毫无保留的信任。

不着痕迹地点了点下巴，萧炎霍然抬起头来，死死地盯着那越来越近的青色火焰，有些颤抖的手掌微微张合，随时准备着伸进异火之中。

青莲地心火离萧炎只有两三尺的距离了，周围的坚硬的山石地面，被生生地焚烧出了一个巨大的空洞。而这，还是药老努力护持的结果，若是药老现在撤去灵魂之力的防护，那整座山峰将会瞬间被焚烧成一堆灰烬。

萧炎盘坐在莲座之上，青莲释放出一道淡淡的青色光罩。这层光罩替萧炎阻拦了大部分的异火，尽管如此，还是有高温渗透进来，在血色角质层之上，一滴滴殷红的液体正在流淌。

萧炎漆黑的眸子里映出了青色的妖异火焰，他望着面前庞大的火焰，喉咙微微滚动着。某一刻，他猛地一咬牙，被血色角质层覆盖着的手臂，缓缓地伸进这团青莲地心火之中。

进入青莲地心火之后，手臂上覆盖的那层血色角质层，竟然开始急速熔化。一滴滴鲜血一般的液体不断滴落。那些脱离手臂的液体，立刻被青色火焰焚烧成一片虚无。

在异火之中的血色角质层熔化得极快，但是在它熔化之时，萧炎体内的血莲丹，又再度释放出源源不断的阴寒能量。这些能量穿过经脉，迅速地将手臂上熔掉的血色角质层修补完毕。

熔化和修补就这样往复循环着，萧炎的手臂终于完全探进了异火之中。这般近距离地接触青莲地心火，萧炎全身上下的血色角质层出现了程度不一的熔化，身上像流水一般不停滴落着血色液体。

萧炎眼睛眨也不眨地盯着不断翻腾的青色火焰，手掌在异火之中急速地抓动

着。这是他第一次如此近距离地接触无人控制的异火,虽然感到有些异样的新奇,但是更多的还是忐忑不安。要知道,若是手臂上的血色角质层修补不及时,那么他萧炎在短短几秒内就会变成一捧骨灰。

血色角质层之下,汗水从萧炎额头上滴落,落进眼睛之中,虽然感到酸涩胀痛,但是他连眨都不敢眨一下。他紧抿着嘴,手掌一寸一寸地在青色火焰中摸索着。

在寻找火种的过程中,萧炎忍不住为异火的温度感到震撼与惊叹。它所蕴含的高温,远远地超出了萧炎的意料。即使做了这么充分的准备,那恐怖的高温,还是缓缓地渗透进了青莲能量罩和血色角质层,让躲在其中的萧炎,皮肤红得犹如烧红的烙铁一般。

萧炎咬着牙忍受着这剧烈的灼烧之痛,他快速地瞟了瞟周围,有些惊骇地发现,原本并不算宽敞的山洞,现在居然被生生地扩大了将近一倍。

此时的青莲地心火仿佛有灵识一般,似乎也察觉到了萧炎的举动。顿时,青色的火焰一阵剧烈地翻腾,周围的空间中蕴含的天地能量,此刻也暴动起来,五颜六色的斑驳能量缓缓地流动着,犹如一条五彩河流,极为炫目。

斑驳的能量盘旋在青莲地心火周围,偶尔一簇火苗扑腾而上,顿时,这些环形的斑驳能量圈,就犹如被狗咬了一口的馅饼一般,缺了一角。

青莲地心火骤然暴动,山洞内本就高得恐怖的温度,再度暴涨。而四围的山洞壁也因为这骤然暴涨的高温,开始迅速地龟裂,一道道庞大的裂缝悄悄地蔓延着,仅片刻时间,便遍满了整个山洞,若非有药老的支撑,这山洞恐怕早就坍塌了。

"真是恐怖,如果将它丢在一座城市里,恐怕不到一个小时,就能将一座大型城市焚烧成废墟吧?"看着仅仅片刻时间就大变了模样的山洞,萧炎一阵心悸,喃喃了一声,旋即看向药老。

此时的药老,正满脸紧张地盯着青色火焰,感觉到萧炎望过来的目光,他紧绷的脸上微微现出一点儿柔和，对萧炎回以一抹安慰的微笑。

萧炎对药老点了点头，忽然眉梢一挑，一抹狂喜涌到脸上，他急忙回转过头，死死地盯着青色火焰。

萧炎那被血色角质层覆盖的手臂，在青色火焰之中狂抓了一阵，过了一瞬，急速舞动的手臂猛然一僵，一抹笑意爬上萧炎的嘴角。

一旁的药老瞧见萧炎的神情，也大大松了一口气。血莲丹凝结而成的血铠虽然强横，但是也耐不住异火长久的熏烤。一旦血铠因为能量耗尽而全部挥发，那么萧炎此次吞噬异火就得以失败告终了。

萧炎的手死死地抓着一抹仿佛会流动的物体，他咬着牙，忍着手掌上传来的火辣辣的疼痛，缓缓地将手臂从青色火焰之中抽离出来。

萧炎的掌心之中躺着一摊犹如青色岩浆的液体状的东西，它在掌心中微微蠕动着。

"这就是青莲地心火的火种吗？"萧炎盯着手中那摊正释放着恐怖温度的青色岩浆，眨着眼睛，轻声喃喃道。

第十九章
异火锻体

火种被抽离出青莲地心火，面前那庞大的青色火焰，顿时缩小了。片刻之后，它化为一缕细小的青色火焰，钻进了萧炎掌心中的青色岩浆条之中。

"这便是青莲地心火的本源火种，别看它现在体积小，起初成形之时，它应该有半座山峰那般大。不过经过大地的千年磨炼，它的体积越变越小，而它被压缩得仅有巴掌大小时，方才能够形成一点儿火灵，而此时的它，才能被称为异火。

"你可以想象一下，千年来它吸收的恐怖能量都被压缩在一个只有拇指大小的岩浆条中，若完全爆发出来，这种力量将能毁天灭地。即使是一名斗宗强者，面对它骤然爆发的力量，也只有一个下场……"药老盯着萧炎掌中那犹如蠕虫一般的青色岩浆，轻声道，"那便是，陨落！"

呼……萧炎长长地吐了一口气，默默地点了点头，他小心翼翼地握着青色岩浆条。岩浆条中所蕴含的恐怖高温，使得那厚厚的血色角质层正在以一种让人胆战心惊的速度熔化着。

"接下来?"萧炎眨了眨眼睛,喃喃道。

"吞下……"

药老身体之上的森白火焰不可抑制地颤抖了几下,努力地想要维持镇定。现在萧炎要做的,才是吞噬异火时最危险的一步。身体内部始终是强者们最脆弱的地方。别说是吞入具有毁灭性力量的异火,就算是只钻进点进攻性的东西,也能将一名强者搞得求生不得,求死不能。

听到药老此话,萧炎那握着青莲地心火火种的手掌,也不可察觉地颤抖了几下。他微微垂着头,漆黑的眸子死死地盯着那缓缓蠕动的火种,黑白分明的眼睛中闪烁着挣扎。

不管萧炎性子如何镇定,在面对生死抉择的时候,也难免心存有几分恐惧。这怪不得他,毕竟即将吞下去的,可是一颗极不安分的炸弹啊。那个炸弹,有极大的可能,会在萧炎吞下它的那一刹那,将他炸得灰飞烟灭。

山洞之中,气氛逐渐地沉寂下来,闷热的空气在洞中徘徊着,有些顺着裂缝钻了出去。

看到萧炎微微抽搐的手掌,药老也轻叹了一口气,并未因为萧炎的迟疑而表现出什么失望的神情。吞噬过异火的药老非常清楚,在这一刻,人会多么摇摆不定。

当年,吞噬骨灵冷火之时,药老托着火种傻傻地坐了将近一个小时,方才抱着赴死的念头,一咬牙将火种吞进了肚中。

看着那手握火种满脸挣扎的少年,药老也保持着沉默,没有开口说任何安慰的话语。因为吞噬异火本就有着极大的风险。虽然他们已经准备好了血莲丹等物品,但是这些东西也只能将吞噬异火的成功率提升一些而已。

按照粗略的计算,若是没有血莲丹这些辅助物品,吞噬异火的成功率不足百分之一。而有了它们,成功率或许能够提升到百分之十左右。可就算如此,风险依然不小。甚至可以说,吞噬异火本就是一种拼运气的赌博:运气好,遨游九

天，俯视天地；运气坏，化为一撮灰烬，与黄土同埋。

药老安静地站立一旁，等待着他的决定。他相信面前的少年不会让自己失望，经过三年的苦修，他已经彻底摸清了少年骨子里的那股狠劲与倔强。为了异火，少年付出了太多，现在到了开花结果时候，他定然不可能放弃。

"既然不会放弃，那便握住它吧。生与死，强者与弱者，便从此刻开始选择。"药老微微垂目，在心中低声喃喃道。

时间在沉默中悄然而过，某一刻，静坐的少年忽然轻轻一颤，他长长地吸了一口炽热的空气，微微抬起头，露出那已经不再稚嫩的侧脸，偏过头来，对一旁的药老微微一笑，冲他扬了扬手上的火种，轻声道："老师，开始了！"

闻言，药老苍老的脸上流露出一抹欣慰的笑意，微微点了点头，低声道："祝你成功，相信自己，你不会失败的。"

"呵呵，我对自己一向很有信心。"少年清秀的脸上漾起灿烂的笑意，他握着火种的手掌缓缓抬起，停滞了片刻后，猛然把火种丢进张开的嘴巴里。

青色岩浆条入嘴，萧炎立刻闭上了嘴唇，与此同时，他的身体犹如被雷击一般剧烈地颤抖着，本来还有些血色的脸，骤然变得惨白起来。

强忍着体内传出来的阵阵灼痛之痛，萧炎缓缓闭上眼睛，心神逐渐沉进体内。顿时，一片雾气蒙蒙的感官界面，便出现在了萧炎面前。刚才进入体内的青色岩浆，已经分化成一缕缕细小的青色火焰。这些蕴含着恐怖能量的青色火焰，在经脉之中胡乱地穿行着，一切阻挡它们的东西，都会瞬间被它们焚烧成一片虚无。

青色火焰不断穿行，萧炎的经脉虽然有血莲丹所凝结成的血膜保护着，但是那恐怖的高温依然缓缓地渗透了进去。虽然渗进去的高温已经没有先前那么炽热，但是对于脆弱的经脉来说，却无疑能带来毁灭性的打击。

在高温的熏烤之下，粗实坚韧的脉络已经扭曲得如同麻花，看上去极为怪异与恐怖。

经脉被熏烤得这般扭曲，造成的疼痛让萧炎的身体不受控制地间歇性地抽搐着。他浑身肌肉紧绷，一条条青筋不断地耸动着，惨白的脸没有丝毫血色。

经脉之中，青色火焰疯狂地穿行着，仅仅几分钟的时间，萧炎的身体便被破坏得一塌糊涂。但最糟糕的还是，血莲丹的药力在抗衡异火时，已经快被消耗完，受损的血膜已经不能被及时修补。

有血膜的保护，萧炎的身体还被异火搞成了近乎残废的模样。血膜一旦消失，萧炎体内的经脉、骨骼、心脏等，会在极短的时间内，被青莲地心火焚烧成灰。到那时，失去维持生命的重要器官的萧炎，也唯有死亡这一个结局。

在青莲地心火的灼烧之下，血膜迅速变得浅薄起来。就在血膜若隐若现，即将消失之时，萧炎手中被塞进了一个温凉的东西。同时，药老的声音响起："服用冰灵寒泉吧，然后驱使它在经脉中流转！完成运转之后，用斗气包裹着异火，驱使它运转焚诀的功法路线，然后将之吞噬！"

萧炎微微点了点头，他抓住玉瓶，眯起眼睛将之贴在唇边。顿时，一股冰冷得足以让人体冻结的寒流，猛地自嘴唇钻进身体之中。

冰冷彻骨的寒流经喉咙，萧炎似乎感觉到喉咙被冻住了。他微微打着哆嗦，头发上缠绕着一条条晶莹的冰丝。

寒流一路冲进体内，然后顺着经脉，开始流向四面八方。寒流经过的经脉和骨骼都会快速地覆盖上一层乳白色的冰层。

彻骨的寒冷刚好将体内那股因为异火而出现的炽热给抵消。突如其来的舒畅感，让萧炎长长地松了一口气，极为惨白的脸色也渐渐变得红润起来。

冰层逐渐将体内所有地方覆盖，萧炎的心神也开始尝试着接触穿行在经脉中的一缕青莲地心火。刚一接触，萧炎便大感头疼，这异火能量属性狂暴至极，想将一头犯倔的牛给拉回来，再让它听从命令行走，显然不是一件容易的事。

尝试失败之后，萧炎并未放弃，他驱使心神，坚持不懈地试图控制这缕异火。一次失败，两次失败，三次失败……在不知道失败了多少次之后，已经麻木

的萧炎，心头猛地一跳，他赶忙稳下心神，当下惊喜地发现，经脉之中那缕胡乱穿行的青莲地心火，竟然开始顺着心神牵引的路线行走起来。

察觉到这一情况，萧炎的精神顿时为之一振，他赶忙小心翼翼地控制着这缕小小的青莲地心火，让它顺着经脉路线缓缓地运转起来。

千疮百孔的经脉之中，一缕青色火焰缓慢地流淌着，所经之处，与经脉四壁上黏附的冰层互相消融作用，淡淡的白色雾气缭绕在经脉之中。片刻后，白雾又转换成冰晶层，黏在四周的经脉上，保护经脉不受异火的侵蚀。

这缕青色火焰在经过一些经脉时，另一些胡乱游走的青色火焰，也被它吸引过来。萧炎利用青莲地心火的这个特性，更加小心地控制着这缕青色火焰在身体中运转，一缕缕分散在体内的青莲地心火，开始缓缓融合在一起。

当最后一缕青色火焰被萧炎收集起来时，所有的青色火焰竟然凝聚成了一股细小的青色岩浆。

望着再度出现的青色岩浆，萧炎强行忍着体内传来的一波波抽痛感，咬着牙，牵引着它，在经脉之中运转。

融合之后的青莲地心火，无疑变得更加狂暴和恐怖。它流转过的地方，本来勉强能与先前的青色火焰相匹敌的冰层，顿时有些支撑不住。青色岩浆淌过，厚厚的冰层居然变得不足一指深。而挥发出去的寒雾，也被青色火焰焚烧成了一片虚无，被断了补给的冰层，再也难以抵挡异火的侵蚀。

冰灵寒泉的效用，正在逐步减退着。某一次，青莲地心火爆发时，一截经脉之中的冰层，竟被融化得干干净净。一小滴青色岩浆落在了赤裸裸的经脉之上。顿时，经脉犹如受到刺激的泥鳅一般，瞬间紧绷了起来。一股深达灵魂的剧烈疼痛，直接让萧炎喷出了一口鲜血。

牙齿紧紧地咬着，那股突如其来的剧烈疼痛，让萧炎晕眩了好一阵，才逐渐平息。当下他连血迹也没时间去擦，赶忙再度凝聚心神，控制着那股青色岩浆，沿着经脉缓缓运转。

运转间，萧炎的心神对青莲地心火的控制越来越熟练，不过正因为这样，青色火焰所释放出的温度也越来越高。现在，在萧炎的体内冰灵寒泉已经在异火的进攻下节节败退，想必过不了多久，便会完全消失。

萧炎咬紧牙关，死命地拖动着那股小小的青色岩浆，炽热的温度从岩浆中散发而出，透过经脉，透过骨骼，使萧炎的皮肤开始迸裂，令萧炎看起来像一个破碎的瓷娃娃。

看到萧炎迸裂的皮肤，一旁的药老眼角不可抑制地跳了跳。出现皮肤迸裂的现象，说明此时萧炎体内已经被炽热的气息占领。这些气息只有将萧炎的皮肤胀破，才能借助皮肤裂缝逃窜出来。

出现这种情况，通常说明进展并不顺利，此时一旦有能量暴动，萧炎的皮肤可能直接会被炸飞。

苍老的脸上阴云密布，药老的手掌紧了又松，松了又紧，好一阵后，方才压制住内心的冲动，安静地在一旁等待，不敢弄出丝毫的声响，生怕打扰萧炎。

萧炎没有理会皮肤的变化，此时的他，将所有心神都投注在那即将完成又一次经脉周转的青色岩浆之上。

当青色岩浆从一条主干经脉中流淌而出时，终于完美地完成了一次循环运转。这一刻，萧炎能清楚地感觉到，心神与青莲地心火之间的联系，变得更为默契了一点儿。

青色岩浆完成运转时，萧炎体内的斗气猛地一阵波动，牵一发而动全身，斗气只是轻微一震，那充斥在体内的炽热气息却猛地暴涌而出，炸破了萧炎手臂上的皮肤。

突如其来的剧烈疼痛，让萧炎的灵魂狠狠地颤抖了几下，额头之上冷汗犹如流水一般，急速掉落，打湿了衣衫。

萧炎深深地倒吸了几口凉气，手掌从纳戒中摸索着取出一瓶疗伤药，胡乱喷洒在伤口上，然后继续将心神投注在体内的青色火焰之中。

　　体内的青莲地心火完成了一次运转，那气旋之中的紫火斗气，却忽然翻腾了起来。在心神的指挥之下，一缕缕紫色斗气从气旋中流转而出，然后将青色岩浆包裹其中。虽然紫火斗气一接触到异火，便被焚烧成虚无，但好在有源源不断的大军支持。所以，刚刚完成了一次运转的青莲地心火，又被驱使着沿焚诀功法的路线运转起来。

　　青莲地心火被推进焚诀功法的路线之中，顿时，因为运转了周天而温和了许多的火焰，再度变得狂暴起来。深青色的火焰从岩浆中升腾而出，狠狠地熏烤着被冰层包裹的经脉。火焰所过之处，经脉几乎完全变了一个模样，看上去和受了重伤没什么区别。

　　这般吞噬青莲地心火，萧炎算是亲身领教了它们的恐怖。吞噬还未完成，可体内已一片狼藉。现在这个伤势，即使有着各种治疗内伤的丹药相助，也得休养几个月时间，否则恐怕难以恢复到以前的状态。这一次伤得实在太重了，若是换作常人，恐怕早已变成一个废人了。

　　经脉之中，紫火斗气还在不断地被焚烧，而气旋也不要命似的输送着斗气，你烧多少，它便输送多少。这般拼下来，气旋之中储存的斗气正以肉眼可见的速度减少着，但青莲地心火也顺利地沿着焚诀功法路线运转起来了。

　　经脉内部，冰灵寒泉所形成的冰层经过与异火长时间的消耗，逐渐地从厚实变得浅薄，然后再由浅薄变得若隐若现。现在那冰冷的冰层已经彻底地失去了防卫作用。

　　冰层消散，萧炎体内本就严峻的形势，变得更加不妙了。炽热的高温将经脉熏烤得扭曲，一些细小的经脉更是打起了结，斗气的流通颇为不畅。

　　到了这一步，几乎拿出了所有底牌的萧炎，也唯有咬紧牙齿，努力地驱使青莲地心火完成焚诀功法所有路线的运行。否则，异火一旦反噬，萧炎恐怕当场就得化为灰烬。

　　萧炎的脸上，一道小小的血缝忽然迸裂开来，鲜血流淌而出。

闭目的萧炎，自然不知道自己的外貌现在变得有多恐怖，他只能模糊地感觉到，脸上忽然又剧烈地疼了起来，可他无暇顾及，只全神贯注地运转着斗气，拖着那反抗越来越烈的青色岩浆，朝焚诀功法的最后一条路线行进。

这么长时间的消耗，气旋之中的紫火斗气已经快被消耗殆尽了，唯有那十七滴液体的紫色能量，还在气旋中滚动着。

当最后一缕气态斗气输出之后，萧炎略微迟疑了一会儿，便将液体能量调出气旋，指挥它们包裹着青色岩浆条，拼命地往前拖。

液体能量果然比气态能量高上一个等级。小小一滴竟然生生地抵抗了二十多秒异火的焚烧。之后才逐渐地被蒸发。

紫色液体能量效果竟然如此之好，萧炎精神为之一振，当下再不管其他，直接将气旋之中的液体能量调出，然后驱使着青色岩浆条，走在最后一程的路途上。

当气旋内的十七滴紫色液体能量被消耗得仅剩三滴时，青色岩浆终于钻出了焚诀功法的最后一条运行路线。

在青色岩浆行出最后一条经脉时，萧炎那被剧痛搞得近乎麻木的脑袋，猛地泛起一股淡淡的温凉之意，使他恢复了冷静。

走完焚诀功法的路线之后，青莲地心火释放的那股极具破坏力的高温，忽然缓缓地收敛了。片刻之后，高温几乎完全被收敛进熔岩之中，而且不再狂暴，甚至隐隐透出一丝温顺。

"成功了吗？"

药老望着全身基本没有一块完好皮肤的萧炎，重重地松了一口气，脸上充满了欣慰的笑意。他微微点了点头，屈指轻弹，石面之上的那小小的纳灵便化为一道灰芒，径直射进了萧炎的身体之内。

纳灵进入身体，瞬间一股刺眼的青色火焰罩自萧炎体内弹射而出，将他包裹在其中，火焰罩上还翻腾着炽热的青色火焰。

凝望着那忽然出现的青色火焰罩,药老微微一笑,低声喃喃道:"真是个厉害的小家伙啊,竟然承受住了异火的锻体之痛,了不起!"

宽敞的山洞之内,青色火焰罩犹如鸡蛋壳一般,将少年包裹起来。翻腾的青色火焰,似乎宣示着他要蜕茧化蝶了。

青色的火焰罩释放着炽热的高温,而火焰罩上剧烈翻腾的火焰,则使得外面的人难以看清里面的状况。

悬浮在半空中,药老望着那青色火焰罩,微微松了一口气,紧绷的神色也逐渐放松下来。既然已经走到了这一步,那炼化异火的计划起码有七成成功率。接下来,只要萧炎能够将那霸道的青莲地心火收进纳灵之中,那这青莲地心火就会彻彻底底地成为他的本源火种。

"等他完成炼化火种的步骤,接下来就该用青莲地心火进化焚诀了啊。以青莲地心火的能量强度,恐怕此次焚诀能直接跃为玄阶功法了吧?"药老微笑着道。

轻笑了一声,药老再度陷入沉默,山洞之中也安静下来,一阵凉爽的山风从山壁间的缝隙中吹了进来,将洞内那燥热的空气挤了出去。

山洞内,浑圆的火焰光罩正释放着淡淡的青色光芒。那青色光芒忽明忽暗,幽光投射在山壁之上,犹如波荡的绿色水纹一般。

火焰罩内的萧炎盘坐在青莲之上,此时的他,似乎处于一种无意识的玄奥状态。他的心神因为先前与青莲地心火对抗而深感疲惫,浑浑噩噩地在体内飘荡着,始终难以凝聚。

萧炎处于一种浑浑噩噩的半昏迷的状态,但那缓缓流淌在经脉之中的青莲地心火,却顺着经脉路线自行运转了起来。

此时的青莲地心火,或许是已被萧炎炼化的缘故,不仅没有释放出恐怖的高温,反而变得有些温和。一缕缕细小的青色岩浆从中分离而出,贴着那被破坏得近乎失去了容纳斗气作用的经脉蠕动着,微微蠕动之时,居然缓慢地融进了经脉壁。

这些翻腾着淡淡火苗的青色岩浆钻进经脉之中，顿时，那扭曲得犹如麻花一般的经脉，仿佛沙漠中得到水源的小草一样，缓缓地展开了叶片。

体内的无数条经脉此刻都发出了兴奋的叫声。青莲地心火一路运转所留下的青色岩浆，被不断张缩的经脉以一种恐怖的速度吞噬着。与此同时，灰白色逐渐从经脉之中褪去，取而代之的是充满活力的淡青色。

青莲地心火顺着一条条经脉流淌而过，所过之处，枯萎的经脉重新焕发着活力，龟裂的骨骼与烧伤的肌肉，也以一种可喜的速度被修复着。被修补好的经脉、骨骼等在坚韧程度上远远地超过了吞噬异火之前。显然，虽然青莲地心火给萧炎的身体带来了毁灭性的打击，但收服它之后带来的回报，也让萧炎的身体觉得所有付出都是值得的。

在青莲地心火修补萧炎身体内部的同时，他那布满血痕的体表也出现了惊人的变化，血缝逐渐愈合，血疤快速浮现，然后掉落，没有留下任何痕迹。萧炎的肌肉也被迅速强化着，虽然并不能和那些肌肉男相比，但是手臂屈伸间，能感到一股强大的力量，在隐隐汇聚。

干枯的皮肤犹如蛇蜕皮一般，急速掉落着。新生的肌肤十分白皙，萧炎在沙漠中辛苦历练了好几个月才弄出来的古铜皮肤彻底不见了。但是这看上去娇嫩的皮肤所具备的防御力以及对天地能量的敏感度，却比以前强了很多倍。

此时的萧炎身处奇异的状态。青莲地心火中蕴含的那股庞大得近乎恐怖的能量，正在迅速地修复和强化着他那残破的身躯，这实在是一种罕见的机缘和幸运。

当青莲地心火钻出最后一条受伤的经脉之后，萧炎那遭受重创的身体内部，终于被修复到近乎完美的地步。此时这具身体的战斗力，远非先前的那具身体能比。

萧炎的身体内外都被整修了一遍，无所事事的青莲地心火，又将目光投向了萧炎小腹处那近乎枯竭的气旋之上。

因为先前那般疯狂挥霍，现在的斗气气旋，已经空空如也，仅有三滴紫色的液体能量在其中孤独地游动着，看上去颇为凄凉。

青莲地心火盘旋在气旋周围，沉寂了一会儿之后，忽然一头钻进气旋之中。

随着青莲地心火的进入，平静得犹如一潭死水的气旋，猛地剧烈地波动了起来。一圈圈能量涟漪犹如水波一般，不断地在气旋内部荡漾着。

青莲地心火化成的青色岩浆，在气旋之内流淌着，那三滴可怜的紫色液体能量似乎想要逃脱，却在沾上青色岩浆的那一瞬间，被焚烧成了虚无。仅存的三滴液体能量也被青莲地心火霸道地焚烧了，这个供萧炎储存斗气的气旋，彻彻底底地被它给强行霸占了去。

霸占了气旋之后，青色岩浆在其中缓缓地徘徊着。半晌后，一缕缕青色的精纯气态能量，从其中涌出，然后快速地在气旋之内聚涌着。不过片刻时间，那空空荡荡的气旋便被这泛着淡淡青色的能量灌满了。

青色气态能量在气旋之内急速扩张时，股股湿气也随之出现。又过了片刻时间，一小滴青色的液体能量突然涌现出来。

第一滴青色液体能量出现之后，犹如在气旋中引发了连锁反应一般，一滴滴翡翠般的青色液体，接连不断地从气态能量中涌现而出，然后掉进气旋内，宛如调皮的小鱼一般游动起来。

原本萧炎修炼十来天才有可能凝聚出来的液体能量，此时，却犹如下小雨一般，滴滴答答地不断掉落。不过短短时间，气旋之内便存了一小半的液体能量。

当初，从一星斗师到二星斗师，萧炎总共凝聚了十五滴液体能量。而现在，气旋之内的液体能量恐怕不会少于百滴。

十五滴液体能量，便是二星斗师。那百滴，又算是几星？

若此时萧炎苏醒过来，恐怕会高兴得蹦上天去吧？当然，也是因为他此刻处于半昏迷的状态，否则，这无所事事的青莲地心火，也不会好心到用自己的能量替萧炎修补身体。

气旋之内的液体能量达到了百滴，那慵懒流转的青莲地心火忽然停止了制造能量的动作。它微微摆动着身子，向气旋中心位置的一个细小的灰色光点游去，仿佛一个终于找到心爱玩具的小孩一般。

在气旋的中心位置，悬浮着一个小小的灰色光点。光点之内却是无尽的黑暗。而黑暗的尽头似乎隐藏着另外一个空间，看上去极为神秘。

青莲地心火徘徊在灰色光点的周围，它似乎对这东西很好奇，几次想要触摸，但因为冥冥中的一丝忌惮，举动有些迟疑。经过千年的大地磨炼，青莲地心火出现了些许灵智，它模糊地知道，如果触摸了这个灰色光点，那么它将失去永久的自由。

青色岩浆缓缓地在光点周围盘旋着，几番思虑之后，它放弃了这一冒险的举动，为了一个稀奇的玩具失去自由，并不是它愿意做的事情。

又盘旋了一圈，青色岩浆终于不再停留，蠕动着身躯，转身欲离开这处让它有些不安的地方。

然而，此时，萧炎那处于昏迷中的灵魂却骤然一颤，然后苏醒过来。

苏醒之后，萧炎的心神条件反射般地在身体内部迅速扫过，焕然一新的一切，不禁让他失神。而当他发现青色岩浆与灰色光点只相隔短短一段距离时，不禁一阵狂喜。没有思考的时间，萧炎凝聚所有劲气，狠狠地对着那想要退走的青莲地心火撞了上去。

轰！在撞击的刹那，萧炎的脑袋之中，仿佛有雷鸣炸响，旋即感到一阵剧痛。

在萧炎捂着脑袋、咬牙忍受剧痛之时，气旋之中那被萧炎狠狠一撞的青莲地心火，顿时往前一倒，刚好触到了灰色的光点！

刹那间，灰色光点的光芒急速消散，恐怖的吸力暴涌而出，将那逃脱不及的青莲地心火，"嗖"的一声，全部吸了进去。

青莲地心火被收纳之后，萧炎体内终于恢复了平静。

　　这个灰色光点,正是先前药老弹射进萧炎身体的那枚细小的纳灵所化。

　　将异火炼化成本源火种的最后一步,也是最重要的一步,便是把青莲地心火强行压迫进纳灵所形成的空间之中。只有将青莲地心火完全收纳进纳灵之中,炼化才真正地完成了。

　　本来这一步极为艰难,毕竟异火的火灵都有一点点灵智,对危险的东西,有着本能的抗拒。若是强行驱赶的话,那已经完成初步炼化的异火,可能会再度反噬。

　　巧的是,因为萧炎先前那浑浑噩噩的状态,这青莲地心火不仅无聊地将他的身体修补完全,而且还没事干地跑到纳灵附近盘旋。才使得萧炎能有机会以极微小的代价,将炼化的最后一步完成。不得不说,这家伙运气太好了!

　　宽敞的山洞之中,药老悬浮在半空中,望着下方那青色火焰光罩,手指轻轻弹动着,半响后,眉头微皱,低声道:"怎么这么久?难道出问题了?"

　　又等了一会儿,瞧着青色火焰光罩依然没有散去的势头,药老眉头皱得更深了,沉吟了片刻后,便欲动手强行击破青色火焰光罩。

　　药老手指微动,那青色火焰光罩表面却忽然出现一波波能量涟漪,紧接着,一股雄浑的气息猛地自火焰光罩内扩散而出。

　　察觉到这股气息,药老微微一怔,有些愕然地道:"这股气息怎么忽然变强了许多?炼化异火虽然能够提升战斗力,但是并不具备提升等级的功能啊。"药老茫然地摇了摇头,低声道,"虽然有些奇怪,但是还好,炼化异火应该成功了吧。"

　　药老笑了笑,再度将目光投向表面泛起阵阵涟漪的青色火焰光罩,双手插在袖间,安静地等待着。

　　光罩之上的能量涟漪的波动越来越剧烈,不久后,一条条裂缝出现在浑圆的光罩之上,裂缝缓缓蔓延开来,最后布满整个光罩,一眼看去,犹如布满裂纹的青色鸡蛋一般。

咔嚓……清脆的声响在山洞之内回荡着。青色光罩之上，一小块能量碎片悄然掉落，落到一块石头上，碎片散发的炽热高温，立刻将石头熔出了一个小坑。

咔……咔……

第一块能量碎片掉落之后，青色能量光罩猛地剧烈颤抖起来。在某一刻，光罩轰然一声，爆裂开来。

巨大的爆炸声响起，无数细小的能量碎片朝四面八方暴射而出，在周围的洞壁上留下了数不清的细小坑洞。

悬浮在半空之上，药老微眯着眼睛。向他射来的能量碎片，在到达其周身半尺之时，都凭空化成了一缕青烟，没有给他造成任何伤害。

山洞之内暴射的能量碎片，持续了好一会儿，方才逐渐完全平息。

能量碎片落完后，淡淡的青色光芒缓缓升起，一尊青色莲座从中升腾而起，直到与悬浮在半空的药老相平。

青色莲座之上，全身赤裸的少年盘膝而坐，微闭的双眼微微颤动，片刻后，他缓缓睁开了眼睛。

漆黑如墨的眸子之中，跳跃着淡淡的青色火焰，半响之后，那火焰忽然变得剧烈，竟然将整个眸子都淹没了。一时间，萧炎的眼睛竟然变成了青色，看上去有股妖异的感觉。

眼睛中的青色火焰没多久，便逐渐地消退了，待青火完全消失之后，萧炎的眸子再度恢复了黑色。但现在这对眸子，较之先前，明显明亮许多。显然，经过青莲地心火的煅烧，萧炎的眼睛似乎得到了某些不为人知的好处。

睁开眼来，萧炎微微扭动了一下脖子。顿时，骨头碰撞发出了一阵极为流畅的噼里啪啦的声响。听到这阵清脆的响声，萧炎深吸了一口气，满脸舒畅与陶醉。

萧炎低下头，瞧见自己白皙的皮肤，脸上不由得浮现出些许无奈：好不容易弄出来的古铜色肌肤，现在竟然又变回去了。

"小家伙,在我面前裸奔很有趣是吧?"望着那正认真打量自己的萧炎,药老翻了翻白眼,戏谑地笑道。

"呃……"被药老一提醒,萧炎这才回过神来,瞧着自己那光溜溜的身子,讪讪地笑了笑,赶忙从纳戒中取出一套衣衫,手忙脚乱地套在了身上。

"我看你似乎变了很多啊?感觉整个人焕然一新。"围着萧炎盘旋了两圈,药老望着他那没有丝毫伤疤的身体,不由得有些诧异地道,"你的伤全好了?"

"嗯……"萧炎穿好衣物,站立在青莲座上,紧握拳头,虎虎生风地打了一阵拳,笑道,"非常棒的感觉,以前从未有过。"

"全力爆发一下气息,让我感受一下你现在到几星了。"药老沉吟道。

萧炎微微点了点头,身体紧绷着,过了一瞬间,一股较以前强了不知几倍的气息,猛然从其体内暴涌而出。

"咦?"药老微眯着眼睛,感受着萧炎爆发出来的这股气息,然后有些惊异地挑了挑眉头,惊疑地道,"奇怪?从你这股气息来看,实力起码达到了四星斗师的级别啊?你做了什么?"

"四星斗师?"听到药老此话,萧炎也微微一愣,旋即一抹喜意涌上心头,没想到,炼化异火竟然还有这般好处。以他的修炼速度,想要从二星斗师到四星斗师,至少也需要三个月的时间,可如今,这青莲地心火却给了他一个额外的惊喜。

萧炎兴奋地搓了搓手,咧嘴一笑,然后将先前自己昏迷时青莲地心火的情况详细地说了出来。

"啧啧……原来如此,真是个幸运的家伙。"听完萧炎的话,药老满脸错愕,半响后,方才发出啧啧的惊叹声。

这种好事绝对不多见,先不提那青莲地心火修补身体所带来的一系列好处,光是那家伙自己跑到纳灵旁晃悠,便让药老不得不为萧炎的好运感到惊叹。

这本来算是炼化异火最为重要及艰难的一步,没想到萧炎这么容易就做到了。除了心神蛮横撞击青莲地心火时，脑袋剧痛了一下，萧炎便没有付出其他任何代价了。可以说，这种付出与收获是极其不平衡的，药老真是哭笑不得。

当初，为了将骨灵冷火驱赶进纳灵之中，他付出了巨大的代价。若不是最后一刻，一丝幸运眷顾了他，恐怕他早已被异火搞得灰飞烟灭了。

"这不是炼化异火自动提升的等级吗？"瞧着药老那不可思议的表情，萧炎挠了挠头，愕然地道。

"做梦呢！"药老白了萧炎一眼，瞧见他那副无辜的模样，只得在心中暗叹了一声，"人比人，气死人。"

药老说道："炼化异火所带来的好处是长久性的，并且是隐性的。在日后的岁月中，你对它的掌控越熟练，得到的好处便越大。也就是说，在刚刚炼化的那段时间里，实力并不会因为吞噬异火而出现暴涨的情况。短时间之内，异火不会直接为你的实力带来增幅。像你这种情况，应该算是极度好运吧。不过，若你现在的实力是斗灵或者斗王，再猛飙几星，那才真正是大赚了。"

"嘿嘿，足够了，飙升到这地步，我已经很满意了。若是再高的话，我的身体会不适应，毕竟不是自己一步步走上去的。而且台阶不稳，指不定哪天会忽然掉下去，那种落差才更让人难以接受。"萧炎笑道，脸上满足的神色绝非装出来的。

"嘿，小家伙还知道适可而止，不错啊。"闻言，药老眉毛一挑，有些诧异地笑道。显然，他对萧炎的这番话颇感意外，毕竟大幅度的提升实力，可是很多人梦寐以求的事情。

"实话而已。"萧炎耸了耸肩，微笑道。

"呵呵，好了，试试你的本源火种吧，这是你的第一个异火。"药老笑着点了点头，有些好奇地道。

"嗯。"闻言，萧炎脸上也涌上一抹难以掩饰的兴奋与好奇，他搓了搓手，缓缓探出右手，然后慢慢闭上双眼，心神在体内急速闪掠，将一道命令发送了

出去。

命令发出,身体内部第一时间便有了反应。只见斗气气旋的中央位置,那灰色的小光点微微一颤,略微沉寂了一瞬之后,一缕青色火焰猛地暴涌而出。青色火焰穿过气旋,顺着体内的经脉飞速流淌,眨眼之间,进入了手臂的经脉之中。

山洞内的萧炎猛地睁开双眼,淡青色的火焰再度从眼睛中闪掠而过,他猛然摊开拳头,掌心朝上,脸上涌现一抹激动的神情,轻喝道:"青莲地心火,现!"

萧炎的喝声落下,他右掌微微一颤,汹涌的青色火焰瞬间腾烧而出,飞快地将手掌包裹在其中。

萧炎紧紧地盯着手掌之上的青色火焰,嘴角浮现一抹浅浅的笑意,片刻之后,笑容的弧度逐渐扩大,一阵轻笑声从喉咙间传出,又过了一会儿,轻笑声变成了大声的狂笑。

"哈哈,我萧炎终于拥有异火了!哈哈!"

瞧着那兴奋得有些忘乎所以的萧炎,药老微微笑了笑,并未阻止他。几年的苦寻,今日终于得偿所愿,让他宣泄一下情绪,也没什么不好。

高亢的笑声,在山洞中持续了许久,方才逐渐平息。

嘴角犹自带着一抹笑意,萧炎低头望着自己的手掌,青色的火焰在其上缓缓升腾着。因为已经彻底炼化了青莲地心火,所以现在它并没有给萧炎带来难以忍受的炽热高温或不适的感觉,萧炎相信,只要经过长久的锻炼,自己对异火的控制迟早能像药老操控骨灵冷火那般炉火纯青。

青色的火焰宛如那调皮的精灵,在萧炎的指尖跳跃着。偶尔蹿上半空,便会展现属于它的恐怖力量。只见那手掌之上半尺处的空间,被炽热的温度焚烧得有些扭曲起来,一股热浪腾上半空,甚至导致视线也变得模糊起来。

萧炎紧紧地握着被青色火焰覆盖的拳头,轻吐一口气,沉寂了片刻后,脚掌猛地踏在青莲之上,身体顿时犹如离弦之箭一般,迅速闪掠至洞壁处,拳头带起一股炽热的劲风,狠狠地砸了上去。

轰！

萧炎的拳头还未接触到坚硬的山石，青色火焰的炽热高温，便将山石熔出了一个空洞，拳头顺着空洞狠狠地砸进了山石之中。顿时，一道闷声自其中响起，旋即，一条条裂缝从那坑洞处急速蔓延开来，仅仅片刻时间，便遍布了这处洞壁。

萧炎缓缓地吸了一口气，望着面前这即将崩碎的洞壁，脸上浮现一抹惊喜，他咧嘴笑了笑，抽拳后退。

在萧炎后退的那一刹，那处已布满裂缝的洞壁，顿时碎石四溅，塌了下去。

萧炎随手挥出一股劲风，将迎面扑来的灰尘拂去，他望着那一堆碎石，扭了扭脖子，惊喜地笑道："不错，身体力量和速度都变强了许多。若是以前的话，不使出八极崩，不可能有这般破坏力。"

"青莲地心火，果然不凡啊……"萧炎啧啧赞叹了几声，手掌随意地挥了挥，其上覆盖的青色火焰缓缓收敛。手掌之上的青色火焰全部收回后，他略微查探了一下体内的情况，旋即眉头微微皱了起来，有些无奈地低声道："果然，这异火是个吞噬斗气的大家伙，这么短的时间，便消耗了十分之一的斗气。若非提升了两星的实力，恐怕这消耗会更大。"

"呵呵，你现在实力太低，还不足以完全发挥异火的能量。而且焚诀的功法，现在也不过是黄阶中级。以这种功法对斗气的储存上限，自然不可能任由异火随意地挥霍。"药老笑道。

"对了……功法！"听到药老的话，萧炎眼睛顿时一亮：这最重要的步骤，竟然因为炼化异火过于欣喜，把它给忘记了。

"先别急，反正现在已经彻底炼化了青莲地心火，吞噬它进化功法，只是迟早的事情，你今天的消耗已经够大了，先休息一天吧。吞噬异火这种事，讲究的是一个平衡，搞得太急，反而会起反作用。"药老摇了摇头，劝诫道。

"呃……好吧。"闻言，萧炎一愣，瞧见药老那认真的脸色，虽然心中有些不

情愿，还是无奈地点了点头。

"明天深夜再开始吧，那是一天之中气温最低的时候，或许会对你吞噬异火有微小的帮助。虽然微小，但我们不能不在意，说不定正是因为增加这一丁点成功率，就成功了。"药老凝重地道。

"嗯，那就明天深夜开始吧。"萧炎微微点了点头，笑道。

瞧见萧炎答应，药老也松了一口气，他身形微晃，化为一道流光钻进戒指之中，那淡淡的笑声还徘徊在山洞内："既然如此，那你便自由安排接下来的时间吧，我明天再出来。"

萧炎点了点头，轻轻抚摸着手指上的黑色戒指，笑了笑，旋即挥手将青莲收进纳戒之中，然后脚尖点在石壁之上，身体宛如一片柳絮，轻轻地飘出了山洞。

一天的时间缓缓流过。第二天，当夜色逐渐笼罩大地之时，那盘坐在山崖上一处凸出的石岩上的萧炎，缓缓地睁开了双眸，他伸出手来，感受到逐渐变凉的空气，脸上顿时露出一抹满意的笑容。

萧炎站起身子，抬头望了望那黑沉沉的天空，或许是暴雨即将到来的缘故，天地间被一片压抑的气所笼罩着。

萧炎脚尖轻点石面，矫健地跃进了下方的那处山洞之中，行至洞中央，然后缓缓盘腿而坐。

似是感应到了外界的变化，戒指之中的药老此刻也飘了出来。药老伸出手掌在面前虚抓了几把，旋即微微点头，轻声道："不错，或许是天气的缘故，空气中的热量已经被压制到了最低点，正好是最适合吞噬异火的气候环境。"

"现在开始？"萧炎紧张地搓了搓手，抬头问道。

"再等等，午夜时分才是一天中寒气最重之时，那时候再开始！"药老微微摇了摇头，飘至山洞入口处，望向那黑沉沉的天空。

萧炎点了点头，没有再开口，盘坐在巨石之上，眼睛缓缓闭上，安抚着那颗紧张不已的心。

黑沉沉的天空下，略带些寒意的轻风刮过，在山林间带起一阵阵哗哗的声响。在某一刻，沉闷的雷声忽然从云层之中传出，片刻后响彻整片山林。雷声过后不久，一道巨大的银色闪电猛地自云中穿行而出。明亮的银色光芒仿佛要将天地分开一般，黑漆漆的山林顿时被照了个通透。

站在山洞边，药老望着那忽然间就电闪雷鸣的天空，伸出手来，豆大的雨滴噼里啪啦地从空中洒落而下。一时间，整座山林中都回荡着雨滴砸在树叶上发出的啪啪声。

"开始吧。"迎面吹来一阵寒风，药老缓缓地吐了一口气，微微偏过头来，望着山洞中的少年，轻声道。

闻言，眼睛紧闭的少年睁开眼来，将目光扫向洞外那被闪电照得颇为亮堂的山林，深吸了一口气，重重地点了点头。

"在吞噬异火进化功法的过程中，我帮不了你半点儿，一切只能靠你自己。但我相信你能成功。"药老背负着双手，仰头望向天空中的电光银蛇。

沉默了许久，药老低沉的声音伴随着阵阵雷鸣，在山洞内响起："但有一点我还是想提醒你，虽然你曾经吞噬紫火，成功进化了一次功法，但是根据卷轴上记载，只有不断吞噬异火，才有可能让功法进化到真正的高阶。可异火这种东西，究竟是否能够被人不断吞噬，在斗气大陆上，恐怕并没有多少人真正确切地知道，包括我。"

"你是修炼焚诀的唯一一人，它是否具备成为天阶功法的资格与潜力，需要你来衡量。"说到此处，药老紧皱了眉头，半晌后，淡淡地道，"如果进化失败，那么这焚诀功法，或许的确有些问题，到时候……便放弃这种功法吧。不具备进化这一功能的焚诀，价值顶多与一卷玄阶功法相仿。"

萧炎微微垂着头，让人看不清他的表情，袍袖下的拳头紧紧地握着。

轰！一道闪电在天际闪过，轰隆隆的雷声在山林中不断地回荡。

萧炎的身体微微颤了颤，他缓缓抬起头来，望向站在山洞口的苍老背影。这几年如影随形地陪在自己身边，老人的身形似乎越发佝偻了。

闪电之下，老人的身影显得极为渺小单薄，萧炎忽然轻轻一笑，温和的声音在山洞中响起。

"呵呵，老师，都已经走到这一步了，怎么还说这些丧气话？就算这次进化功法失败，我想，我依然不会放弃它。您说过，它是我踏上巅峰强者的必经之路。再者，老师，您的躯体还需要进化焚诀之后制造的火焰才能煅制。若是放弃修炼焚诀，那也等于放弃了让您复生的希望。"

身后响起少年温和的笑声，药老的身体骤然紧绷起来，他深深地吸了几口气，缓缓地抬起头，在银色闪电的照射之下，能看出他浑浊的眼睛中，隐隐带着感动与欣慰。

"既然你坚持，那么……我的好弟子，安心修炼吧，我相信你。"药老抹了抹眼角，笑了笑，然后负手仰望着夜空，沉默片刻后，他低声喃喃道，"而且，就算这功法真的不能吞噬异火，老师也会想尽一切办法让你成为巅峰强者。"

干枯的手掌轻飘飘地击打在洞口边，一道道裂缝蔓延而上，旋即巨大的石头轰然砸下，转瞬间，便把洞口堵得严严实实。

偏头望了一眼被堵死的洞口，药老的身体飘浮在一处山岩之上，任由那雨滴穿过虚幻的身体，安静地屹立在漫天银蛇之下，等待着少年的成功。